Knaur.

Im Knaur Taschenbuch Verlag erschien bereits
Susanna Calavernos erotischer Roman

Verborgene Blüten

Susanna Calavernos erotische Geschichten erschienen bereits
in folgenden Anthologien des Knaur Taschenbuch Verlags

Zungenküsse
(herausgegeben von Marie-Sophie Bollacher)

Love for Sale
(herausgegeben von Marie Sahr)

Nimm mich hier und nimm mich jetzt
(herausgegeben von Nora Dechant)

Weitere erotische Highlights aus dem
Knaur Taschenbuch Verlag
finden Sie ab Seite 283.

Die Autorin

Susanna Calaverno, Jahrgang 1955, lebt in der Nähe des Bodensees.

Susanna Calaverno

Das Erwachen der Tigerin

Ein erotischer Roman

Knaur Taschenbuch Verlag

Besuchen Sie uns im Internet:
www.droemer-knaur.de

Sagen Sie uns Ihre Meinung zu diesem Buch:
leidenschaft@droemer-knaur.de

Originalausgabe 2004

Redaktion: Katja Volkmer
Umschlaggestaltung: ZERO Werbeagentur, München
Umschlagabbildung: Corbis
Satz: Ventura Publisher im Verlag
Druck und Bindung: Clausen & Bosse, Leck
Printed in Germany
ISBN 3-426-62538-5

2 4 5 3 1

Inhalt

Kapitel 1
Christoph

Hätte ich etwas merken müssen? Im Nachhinein grübelte ich verzweifelt, wieso ich dermaßen ahnungs- und arglos in solch einer Situation gelandet war. In endlos scheinenden Nächten, in der Schlange vor der Kasse am Supermarkt, bei geistlosen Tätigkeiten wie Kartoffeln schälen, überprüfte ich in Gedanken jedes Gespräch und jede Geste auf eine eventuelle, verräterische Offenbarung. Aber meine obsessive Beschäftigung mit der Vergangenheit mündete letztlich immer in der beschämenden Erkenntnis, nichts, aber auch gar nichts gemerkt zu haben.

Dabei fing alles so harmlos an: Als Christoph sich ein halbes Jahr vor dem entscheidenden Ereignis auf den ausgeschriebenen Direktorenposten seiner Großbank in Georgia beworben hatte, rechneten wir beide nicht ernsthaft damit, dass aus seinem Luftschloss etwas werden würde. Gut – er war schon als Azubi mit Abstand der Beste gewesen, ebenso wie der jüngste Vermögensberater, und seine Karriere verlief gradlinig aufwärts wie die Kurve der T-Aktien in ihrer Jugendzeit. Aber dies schien doch ein Griff nach den Sternen! Zu seinem Triumph und meinem Entsetzen bestand er das Assessment-Center aber mit Glanz und Gloria. Und nun

wollte eine Entscheidung getroffen werden. Ein Umzug der Familie – von Weldingen im Bodenseegebiet in die Vereinigten Staaten – kam nicht in Frage. Lilli stand anderthalb Schuljahre vor dem Abitur und wir, beziehungsweise ich, hatten genügend Zeit, Nerven und diplomatisches Geschick aufwenden müssen, um sie bis hierhin zu bringen. Auch Alex hatte gerade den Sprung von der Realschule auf die Fachklasse »Kommunikation und Medientechnik« geschafft – stolz wie ein Spanier auf seine neue Zugehörigkeit zu einer handverlesenen Hoffnungsträgergruppe.
Wir hatten keine echte Wahl. Zeit auch nicht. Es ging alles so furchtbar schnell, dass man das Gefühl zu träumen gar nicht ablegen konnte. Die Bank gestand ihm neben einer Menge anderer Vorteile eine großzügige Heimflug-Regelung zu. Und ich fügte mich zähneknirschend in mein Schicksal als »grüne Witwe«. Mutter Bank sorgte für alles. Christophs Appartement war bereits gemietet und möbliert, die Formalitäten zu Visum und Aufenthalt liefen verdächtig schnell. In der Hektik der Organisation alles Nötigen kamen wir kaum zum Atem holen.

Unsere letzte Nacht war – zumindest aus meiner Sicht – ein Desaster. Um kurz vor halb zwölf lagen wir endlich in unserem Doppelbett mit den zwei verschiedenen Matratzen – Christophs gesunder Taschenfederkern- und meiner weniger gesunden, dafür gemütlicheren Latexmatratze. Christoph streckte einen Arm nach mir aus.
»Komm, rutsch rüber!«
Ich unterdrückte ein Gähnen und schmiegte mich in die angebotene Armbeuge. Genieß es, du wirst es bald genug vermissen, erinnerte ich mich selbst. Meine Wange lag auf seinem Oberarm, dort, wo auch bei so haarigen Männern wie Christoph die Haut ganz zart und glatt ist, und

ich sog tief seinen Geruch ein. Der orientalische Duft von *Egoïste* passte zu ihm, als wäre er für ihn komponiert, und gehörte zu ihm wie ein unverwechselbarer Geruchs-Fingerabdruck. Als ich ihm, acht Jahre zuvor, an Weihnachten das erste Mal eine Flasche Eau de Toilette davon geschenkt hatte, schaute er etwas bedenklich drein. Er fand die Marke zu exotisch, zu erotisch für einen Banker. Inzwischen hatte er sich daran gewöhnt und trug sie mit der gleichen Selbstverständlichkeit wie seine korrekten, ausgesprochen langweiligen (und saumäßig teuren) Seidenkrawatten. Und er passte fantastisch zu seinem raubtierhaften Charme! Vielleicht war er deshalb so wahnsinnig erfolgreich, weil alle reichen Kundinnen zu Wachs in seinen Händen wurden? In diesem Moment glitt seine freie Hand über meinen Oberschenkel und streifte Zentimeter für Zentimeter den Saum meines Schlaf-T-Shirts hoch.

»Dieses alte Ding könnte ich inzwischen aus einem Haufen Altkleider erfühlen! Warum wirfst du es nicht endlich weg?«

»Weil es mein Lieblingsnachthemd ist. Hilf mir doch mal …«

Ich drehte und wand mich, einen Arm halb aus dem Ärmel gezogen. Christoph zog kräftig und plötzlich riss der Halsausschnitt mit einem dezenten *Raaatsch*. Das war mein Lieblingsnachthemd gewesen. Mit innerlichem Abschiedsseufzen entsorgte ich die armseligen Reste über die Bettkante und kuschelte mich wieder an die haarige Oberseite seiner Brust. Die dunklen, krausen Haare kitzelten mich an der Nase, als ich sie leicht darüber rieb. Ich musste niesen. Oh, Gott, Christophs Allergiemedikament! Ich hatte eine größere Menge davon bestellt, weil der Apotheker meinte, speziell dieses würde er in den Staaten nicht so leicht bekommen. Heute Nachmittag hätte ich es abholen sollen.

»Wir müssen unbedingt morgen bei der Apotheke vorbei-

fahren. Ich habe völlig verschwitzt, dein Allergiezeug zu holen.«
»Mach dich nicht verrückt – im Notfall kriege ich auch in Georgia etwas in der Art. Ich gehe doch nicht auf Safari.«
Er hatte ja Recht. Ich versuchte, mich zu entspannen, und konzentrierte mich darauf, meine Handflächen über seine Flanken streifen zu lassen, entlang der Grenze, an der die drahtig-behaarte Brust in die verletzliche, weiche Haut an den Seiten übergeht. Ich kannte und liebte alle seine Körperregionen: Brust und Unterbauch mit den festen, gekräuselten Haaren, die Beine mit den längeren und glatten, die weichen auf den Unterarmen und die Stoppeln am Kinn, wenn er sich einmal nicht rasiert hatte. Die üppige Lockenpracht der Lehrzeit, auf zahlreichen Fotos dokumentiert, war schon vor Jahren dem geschäftsmännischen Haarschnitt gewichen. Er wurde alle vier Wochen nachgeschnitten und war allmählich mit vereinzelten grauen Exemplaren durchmischt. Christophs glatte Haut am Rücken unterschied sich deutlich von den Partien an den Flanken, Unterarmen und dem festen kleinen Po, auf dem sich die Nachhut der Oberschenkelbehaarung sammelte. Auf seiner linken Pobacke saß ein hemdenknopfgroßes, schokoladenbraunes Muttermal, aus dem ein dickes einzelnes Haar wuchs. Sein Teufelszeichen, wie er es nannte. Meine Hände waren unten angelangt und schoben sich vorsichtig unter seine Hinterbacken. Er gab ein grunzendes Geräusch von sich und warf sich mit mir im Arm herum.
»Es ist ziemlich spät geworden. Hast du was gegen einen Quickie? Du scheinst nicht ganz bei der Sache …«
Wie denn auch, wenn mir hundert Dinge durch den Kopf gehen, lag mir auf der Zunge. Ich verkniff es mir. Es war tatsächlich spät. Aber ich würde mindestens einen Monat auf dem Trockenen sitzen. Wieso konnte ich mich einfach nicht

der Lust überlassen, die ich so bald schmerzlich vermissen würde? Hirnrissig, aber ich kam nicht dagegen an.
»Tut mir Leid! Ich bin irgendwie total kribbelig. Ich werde dich so schrecklich vermissen.«
»Himmel, Elisabeth, du stellst dich wirklich an, als sollte ich auf Weltumseglung gehen! Der Monat wird so schnell vorbei sein, dass du gar nicht groß zum Vermissen kommst. Mach doch nicht so eine große Sache draus.«
Und damit senkte sich sein Mund auf meinen. Nach 17 Ehejahren war mein Körper gut konditioniert. Ein paar Küsse, ein paar Streicheleinheiten für die Brustwarzen, der vertraute Druck auf mir – mehr war nicht nötig, um mich ausreichend feucht werden zu lassen. Christoph war mit meinem Timing so vertraut, dass er genau wusste, zu welchem Zeitpunkt er sich zwischen meine Oberschenkel schlängeln und eindringen konnte. Manchmal bedauerte ich meine zuverlässige Reaktion. Es war deprimierend, zu funktionieren wie ein pawlowscher Hund. Aber bequem …
Christoph seufzte zufrieden auf, sobald seine Eichel in der feuchten Öffnung ansetzte, und schob sich weiter in mich hinein. Genüsslich, Zentimeter um Zentimeter auskostend, füllte er mich mit seiner Härte. Ich versuchte, mich auf dieses Gefühl in mir zu konzentrieren. Ehe ich mich darauf eingestellt hatte, atmete er tief durch und die Muskeln unter meinen Händen spannten sich, um unmittelbar in die typische pumpende Rhythmik zu verfallen. Sein Atem wurde schneller, heftiger, steigerte sich zum Keuchen. An meinem linken Ohr pfiff sein heißes Hauchen geradezu vorbei, streifte dabei meine Wange. Die Haut am Rücken, feucht und glitschig, rutschte mir unter den Handflächen weg. Kühl wie ein Meeresgeschöpf bewegte sich sein Körper in mir, auf mir, versuchte, mich mitzureißen, und blieb doch der Schwerkraft unterlegen. Mit einem gutturalen Tri-

umphlaut brach er auf mir zusammen. Ich schlang meine Arme fest um ihn, um die kurze Verschmelzung so lange wie möglich auszukosten. Aber er entzog sich mir sanft und griff nach dem Gästehandtuch, das ich gewohnheitsmäßig unter dem Kopfkissen platziere.

Manche nehmen Tempos, ich ziehe hübsche, kleine Frotteehandtücher vor. Seltsam, dass man in unserer angeblich so offenen Gesellschaft solche Dinge immer noch ignoriert. Ich erinnere mich gut, wie ich die harten Flecken im Laken verabscheute, als ich noch zu Hause lebte und die Bettwäsche alle zwei Wochen eingesammelt wurde. Sie waren peinliche Zeugen meines Intimlebens.. Wie viele Gästehandtücher wohl für diesen Zweck in deutschen Haushalten kursieren?
»Versuch einzuschlafen. Wir müssen morgen früh raus.«
Christoph küsste mich auf die Nasenspitze und knipste seine Nachttischlampe aus.
»Gute Nacht, Elisabeth.«
Wir lagen Rücken an Rücken in der Dunkelheit und bereits nach ein paar Minuten verriet mir der regelmäßige, tiefe Atem, dass Christoph eingeschlafen war. Um seine Nerven war er wirklich zu beneiden! An seiner Stelle hätte ich seit Tagen nicht mehr einschlafen können. Tagsüber schien er voller Ungeduld, wie ein Rennpferd vor dem Start, ständig mit den Hufen scharrend, schnaubend und Mähne schüttelnd. Aber diese Nervosität wirkte sich erstaunlicherweise nicht auf seine Schlafgewohnheiten aus. Irgendwann schlief ich dann doch ein.

»Mama, du hast versprochen, uns zur Feier von Papas Abreise ein richtiges Frühstück zu machen!«

Der empörte Vorwurf in der Stimme meines Sohnes riss mich unsanft aus einem unangenehmen Traum, in dem ich irgendetwas oder irgendwem hinterher rannte – natürlich vergeblich. Ich öffnete vorsichtig ein Auge. Alex' schlaksige Gestalt ragte in voller Größe vor meinem Bett auf. Er war fertig angezogen. Der Anblick seiner grässlichen Skaterhosen in giftgelb, kombiniert mit dem Fan-T-Shirt des Schulhockey-Teams, ließ es mich gequält wieder schließen.

»Nicht wieder einschlafen! Papa versucht gerade, Rühreier zu machen, weil Lilli unbedingt welche wollte. Ich glaube übrigens nicht, dass das was wird.«

Raffiniertes Biest! Er wusste genau, wie er mich schnellstmöglich aus dem Bett scheuchen konnte. Christoph war in der Küche eine absolute Katastrophe. Ein Wunder, dass er beim Wasser kochen nichts anbrennen ließ. Erstaunlich, wie ein Mann, der mit Millionen jonglierte, dass einem schwindlig wurde, bei einfachen Dingen dermaßen ungeschickt sein konnte.

»Verschwinde, Alex und hilf ihm lieber. Lass ihn auf gar keinen Fall Milch warm machen«, grummelte ich.

Zufrieden grinsend polterte er die Treppe hinunter und ich schleppte mich ins Bad. Angesichts der Tatsache, dass unten vermutlich Alarmstufe Rot herrschte, sparte ich mir die Dusche und absolvierte nur das minimalistische Grundprogramm. Mit wehendem Morgenmantel stürzte ich in die Küche. Keine Minute zu früh. Alex hatte ein wenig übertrieben – vermutlich aus taktischen Überlegungen heraus. Der Tisch in der Essecke war fertig gedeckt. Christoph stand stirnrunzelnd vor dem Eierkocher und drehte ratlos den Messbecher hin und her.

»Woher weißt du eigentlich immer, wie viel Wasser du nehmen musst?«

»Gib her, ich mach es selber. Wer möchte denn alles ein Ei?«
»Ich.«
»Ich auch. Aber nicht zu weich.«
»Und für mich auf keinen Fall hart.«
Lillis Duftwolke schwebte in die Küche. Ich schnüffelte.
»Riecht ein bisschen aufdringlich. Ist das für die Schule nicht verschwendet?«
Lilli warf ihre lange, braune Mähne zurück. Sie erinnerte an ein bockendes Pony.
»Ach, Mama, was verstehst du denn schon davon? Das machen alle so. Du solltest mal Jana sehen, wie aufgedonnert die ist. Neben der sehe ich aus wie Aschenputtel.«
Das war schwer zu glauben. Vermutlich lag es am Alter, aber ich hatte in den letzten Jahren das Gefühl, die jungen Mädchen sähen alle seltsam gleich aus. Mehrfach passierte es mir, dass ich dachte, Lilli gerade auf der anderen Straßenseite zu sehen – bis sich das Mädchen umdrehte und jemand völlig anderes war. Alle trugen sie die gleichen Bell-Bottom-Hosen, vermutlich alle die gleiche Marke. Alle latschten in Turnschuhen oder staksten ungeschickt auf Klumpfüßen herum und alle zeigten Bauch, ob es nun ratsam war oder nicht. Die radikale Ansicht »Einen schönen Menschen kann nichts entstellen« war mit der verlogenen Behauptung »Alle Menschen sind von Natur aus schön« eine unglückselige Liaison eingegangen. Auch unsere Tochter unterwarf sich der strikten Uniformierung. Glücklicherweise konnte sie es sich figürlich leisten.
»Aschenputtel habe ich mir immer anders vorgestellt«, warf Christoph ein. »Mehr in Lumpen und ollen Sachen. Wenn ich mich recht erinnere, hat mich allein diese komische Hose über 100 Euro gekostet. Von den Turnschuhen ganz zu schweigen.«
Der Unterton echter Entrüstung war unverkennbar. Ge-

schickt, wie stets im Umgang mit ihrem Vater, bog Lilli sofort ab und fuhr auf anderer Schiene:

»So war das doch nicht gemeint, Paps. Die Sachen, die du mir gekauft hast, sind super. Kann ich heute Mittag bei Olli essen? Sein Vater fährt mich abends heim.«

Olli war ihr neuester Freund, seit etwa drei Wochen, soweit ich das beurteilen konnte. Da er die Parallelklasse ihrer Schule besuchte, klebten sie praktisch den ganzen Tag aufeinander.

»Aber nicht wieder so spät wie letztens. Denk dran, dass ihr morgen Mathe schreibt«, mahnte ich.

Der durchdringende Pfeifton unseres antiquierten Eierkochers wirkte wie ein Signal. In null Komma nichts saß alles um den Tisch. Die Verabschiedung der Kinder fiel geradezu beiläufig aus.

»Ciao, Paps, mach's gut da drüben«, rief Alex im Hinauslaufen.

»Wann kommst du eigentlich wieder? Zum Abschlussball bräuchte ich unbedingt ein anständiges Kleid!«

Christophs hilfloser Blick verriet nur zu genau, dass er nicht die leiseste Ahnung hatte, dass ein solcher Ball überhaupt stattfinden würde. Ich scheuchte Lilli zur Tür hinaus und sank wieder auf meinen Stuhl.

»Wann ist dieses Welt bewegende Ereignis eigentlich? Ich kann mich nicht erinnern, es im Terminkalender zu haben. Sag es mir rechtzeitig, ich will zusehen, hier zu sein.«

»Das ist noch fast ein Vierteljahr hin. Rufst du an, wenn du angekommen bist?«

Ein ungeduldiger Seufzer.

»Kann ich dir nicht versprechen. Aber ich melde mich, sobald es geht. War das nicht das Taxi?«

Draußen hielt ein schwerer Wagen. Christoph sprang auf, wischte sich die letzten Krümel von der Oberlippe und

sprintete zur Haustür. Er konnte es kaum erwarten. Unser Abschied verlief so schnell, dass ich mich plötzlich winkend an der Haustür wiederfand. Die flüchtige Berührung seiner trockenen Lippen auf meinem Jochbein war so hastig, dass ich sie kaum registrierte. Der Wackeldackel nickte mir freundlich durchs Taxi-Rückfenster zu und dann war das Auto um die Ecke gebogen. Ich lehnte am Türrahmen und starrte ihm hinterher, als könnte ich das Bild durch schiere Konzentration zurückrufen. Der Luftzug des Speditionslasters, der gerade mit der üblichen Missachtung der innerörtlichen Geschwindigkeitsbeschränkung an mir vorüberdonnerte, riss mich aus meiner Erstarrung. Ich fröstelte in meinem Seidenkimono, einem Geschenk meines Mannes am vorletzten Weihnachtsfest.
»Und jetzt wirf diesen alten Morgenmantel von deiner Mutter endlich weg«, hatte er gesagt. »Du siehst wie eine Pennerin darin aus.«
Natürlich warf ich ihn nicht weg. Er war für mich eine zu wichtige Verbindung zu meiner Mutter. Davon gab es sowieso nicht allzu viele. Sie war kurz nach Alexanders achtem Geburtstag bei einem Wohnungsbrand umgekommen. Kabelbrand. Vermutlich hatte sie wieder einen ihrer abenteuerlichen Reparaturversuche an defekten Elektrogeräten unternommen. Wir hatten während meiner Kindheit nie Geld, und sie sparte, wo es nur ging. Auch, als es nicht mehr nötig gewesen wäre. Zu unserer Überraschung hatte mein Vater eine Lebensversicherungs-Police übersehen. Als er bei einem seiner Alkoholexzesse ironischerweise von einem Milchlaster überfahren wurde, änderten sich unsere Lebensumstände bei Ausschüttung des unerwarteten Betrags erheblich. Aber alte Gewohnheiten sind zäh!
Diesen Morgenrock aus schwerem, dunkelrotem Baumwollsamt hatte Mutter mir zu meinem 18. Geburtstag selbst

genäht – aus einem preiswerten Rest. Wenn ich ihn trug, seine weiche Wärme spürte, umhüllte mich seine wirklich nicht sehr elegante Schnittführung mit der ganzen Liebe, die sie auf andere Art so schwer ausdrücken konnte. Für den strengen Ästheten Christoph war es unmöglich nachzuvollziehen, was mich mit diesem, in seinen Augen hässlichen, Kleidungsstück verband. Und so packte ich ihn liebevoll in eine *Tally-Weijl*-Tüte und schob ihn unauffällig in meine hintere Schrankecke. Ich trug ihn nur noch, wenn ich sicher sein konnte, Christoph damit nicht über den Weg zu laufen. Wenn ich wollte, konnte ich jetzt hinaufgehen, dieses todschicke Designerstück weghängen und meinen alten Morgenrock wieder aus seinem Versteck holen. Aus einer seltsamen Anwandlung von Loyalität unterließ ich es.

Der nächste Heimaturlaub entfiel. Die Geschäftsleitung betraute Christoph mit der Führung diffiziler Verhandlungen in Singapur. Natürlich konnte er da nicht einfach nein sagen. Er rief mich an – es war ziemlich spät.

»Hör mal, es tut mir schrecklich Leid, aber ich kann diesen Monat nicht kommen. George braucht mich dringend in Singapur. Es steht eine Menge Geld auf dem Spiel, und ich soll unsere Interessen vertreten.«

Der Stolz in seiner Stimme war unüberhörbar.

»Ich dachte, deine Heimflüge seien eine ausgemachte Sache? Gedenken die, sich daran zu halten, oder war das bloß eine mündliche Abmachung, an die sich keiner erinnern will?«

»Mach doch bitte nicht so einen Aufstand. Entweder bin ich ein Manager oder ein kleiner Aktenkofferträger.Ich muss die Chancen nehmen, wie sie mir geboten werden. Oder verlangst du etwa von mir, dass ich mich vor George hinstelle und sage: ›Tut mir Leid, aber ich habe meiner Frau versprochen, nach Hause zu kommen. Schick jemand anderes.‹ Da kann ich mich genau so gut gleich aus dem Fenster stürzen. Aus, fertig, vorbei.«

Ich atmete tief durch und biss mir auf die Unterlippe.

»Schon gut. Ich vermisse dich nur so.«

Seine Stimme wurde schlagartig wärmer, sank eine Oktave tiefer. Wenn Christoph sich aufregte, rutschte er in eine höhere Stimmlage.

»Ich dich doch auch. Weißt du was, ich schick dir eine Überraschung. Lass das Paket aber nicht in die Hände der Kinder geraten. Wie geht's ihnen überhaupt?«

Resigniert erstattete ich ihm ausführlich Bericht: Alex engagierte sich seit neuestem in der Schülerzeitung. Er hatte schon immer gerne Aufsätze geschrieben und dieses Talent benutzte er jetzt, um Persiflagen über einzelne Lehrer zu schreiben. Man konnte nur hoffen, dass er sich nicht zu sehr ins Fettnäpfchen setzte. Lillis Freizeitverhalten entwickelte sich Besorgnis erregend. Wagte ich einen Einwand oder eine Ermahnung, bekam ich nur zu hören:

»Papa würde es erlauben. Du bist ja bloß neidisch auf mich, weil ich mit Olli ausgehe und du niemand hast.«

Als ich ihm das erzählte, runzelte Christoph geradezu hörbar die Stirn.

»Das darfst du dir nicht bieten lassen. Ich werde ein ernstes Wörtchen mit ihr reden.«

Wann er das zu tun gedachte und wie ich es umsetzen sollte, das *Nicht-bieten-lassen*, blieb offen. Da ich unser unbefriedigendes Gespräch nicht auch noch mit Missklängen beenden wollte, schnatterte ich ein paar Dinge von geringem Interesse. Ich verstummte irgendwann in dem Gefühl, Christoph hörte mir überhaupt nicht zu. War er noch am anderen Ende oder war die Verbindung unterbrochen?

»Warum sprichst du nicht weiter? Was hast du?«
»Ach, es ist doch nicht so wichtig. Bitte lass dich nicht wieder nach Fernost oder sonst wohin schicken, ja? Wir vermissen dich.«
»Ich euch auch. Grüß die Kinder. Bis demnächst.«

Es dauerte nicht lange und das versprochene Paket wurde mir von der Postbotin ausgehändigt. Misstrauisch schüttelte ich es hin und her. Einzelne Gegenstände im Inneren rutschten dabei herum. Offenbar hielt man da drüben nicht allzu viel von Füllmaterial. Ich warf einen Blick auf die Absenderadresse. Dort stand nicht die von Christophs Appartement und auch nicht die der Bank, sondern eine völlig unbekannte: *Good Vibrations.* Hoffentlich nicht so eine Life-Style-Geschichte mit reinem Aloe-Vera-Saft, Vitaminbomben und Ballaststoff-Pillen! Als ich den Deckel öffnete, klappte mein Unterkiefer herunter: Das Sortiment verblüffte mich. Zwischen dem zusammengeknüllten, lilafarbenen Seidenpapier sprang mir als Erstes ein lila-rosa geflammter Vibrator mit den Abmessungen eines Tischstaubsaugers ins Auge. Die opulente Farbenpracht ließ mich blinzeln. Seit wir in unseren experimentierfreudigeren Anfangsjahren verschämt ein billiges Einstiegsmodell bei Beate Uhse bestellt hatten, kamen in regelmäßigen Abständen die Kataloge mit den »revolutionären Neuheiten der letzten Erotik-Messe«. Von daher erkannte ich wenigstens Sexspielzeug, wenn ich es sah. Dieses ließ das deutsche Angebot geradezu provinziell erscheinen. Das Riesending fühlte sich so echt an, dass ich es vor Schreck fast fallen gelassen hätte. Allein die Farbe …
Das Kabel für den Netzbetrieb war sogar mit einem Adapter für mitteleuropäische Steckdosen ausgestattet. Irgendwie logisch, dass dies Monstrum nicht mit Batterie betrieben

wurde. Ich schaltete es sofort ein. Im Unterschied zu den Batterie betriebenen Ratterkisten begann dieses Ding tatsächlich absolut lautlos zu vibrieren. Und als Dreingabe wand sich die dicke Spitze abwechselnd in Kreisen und Achten! Der Rest im Karton entpuppte sich als ein wunderschöner Umschnallschmetterling mit dem Namen *Lady's Angel*, in allen Farben des Regenbogens irisierend, anschmiegsam und *easy to clean*. Außerdem lag da ein ganzes Sortiment kleinerer Dildos mit herausnehmbarer Vibrationskugel. Wo, um Himmels willen, sollte ich das alles unauffällig unterbringen? Ganz unten fand ich noch ein Taschenbuch mit dem viel versprechenden Titel *How to make love to yourself.*
Verwirrt schaute ich auf dieses Zeugnis liebevoller Fürsorge und hatte doch leichte Probleme, mir meinen korrekten Gatten beim Auswählen vorzustellen. Gab es im Land der unbegrenzten Möglichkeiten vielleicht spezielle Geschenk-Sets für unbefriedigte Ehefrauen? Nach dem Motto: Wie viel wollen Sie ausgeben? Den Rest erledigen wir für Sie. So sehr ich auch suchte – ich schüttelte sogar das Buch aus –, ich fand keine persönliche Zeile. Ich musste mich wohl mit der Geste alleine begnügen. Der *Lady's Angel* zog meinen Blick magisch an. Wieso nicht? Irgendwie bestand ich den Kampf mit den Gummibändchen und riskierte einen Blick in meinen Ankleidespiegel. Es wirkte eigentlich ganz hübsch, wie ein fremdartiger Körperschmuck. Der Schmetterling saß auf meinem dunklen Schamhaar wie auf einem Nest. Ich stellte ihn an und er begann sanft, dann immer schneller zu vibrieren. Sein Zittern kitzelte ein wenig, aber nicht an den richtigen Stellen. Die Befestigung widerstand all meinen Versuchen, sie meinen Bedürfnissen anzupassen. Um mir einen Höhepunkt zu bescheren, waren die Vibrationen zu schwach, aber sie reichten aus, um in mir

den Wunsch danach zu wecken. Das letzte Mal mit Christoph, das meinen Ansprüchen genügt hatte, war ewig her. Notgedrungen hatte ich mich bemüht, nicht allzu viel über sexuelle Frustrationen nachzudenken, und tatsächlich: Mit der Zeit hatte der nagende Hunger nachgelassen. Dieses kleine, harmlose Spielzeug erweckte ihn jetzt zu neuem Leben. Überrascht fühlte ich, wie meine Schamlippen anschwollen. Mein instinktiv tastender Finger glitt durch Feuchtigkeit, warm und schlüpfrig. Die Berührung erinnerte mich an das aufregendste Abenteuer mit Christoph. Eigentlich war es völlig untypisch für ihn und gerade deshalb so erregend.

Den ersten »Familientermin« absolvierte er mit einer Gelassenheit, die ich angesichts meiner eigenen Nervosität nur bewundern konnte. Die Aufforderung meiner Mutter, ihm doch den Dachboden zu zeigen (»Schließlich habt ihr Kinder da immer am liebsten gespielt!«), ließ mich peinlich berührt abwiegeln. Christoph aber versicherte mit einem viel sagenden Seitenblick und verschwörerischem Grinsen in meine Richtung, dass es ihn glühend interessierte, wo seine künftige Frau ihre Freizeit verbracht hatte. Notgedrungen führte ich ihn hinauf. Im Dämmerlicht der verschmutzten Dachbodenfenster orientierte er sich kurz, um dann zielstrebig auf die alte Kinderschaukel zuzusteuern, von der ich ihm schon erzählt hatte.
»Komm, setz dich doch einmal darauf.«
Kopfschüttelnd erfüllte ich seine Bitte. Sentimentale Anwandlungen waren das Letzte, was ich von Christoph erwartet hätte. Als ich vor ihm stand und die Arme hob, um mich auf das Schaukelbrett zu ziehen, bückte er sich blitzschnell, zog mir den Slip bis in die Kniekehlen herunter und hob mich hoch. Völlig überrascht saß ich auf einmal mit bloßem

Hinterteil auf dem kratzigen Holzsitz und schaute geradewegs in seine übermütigen Augen.
»So was habe ich mir schon länger vorgestellt.«
Endlich fand ich meine Sprache wieder:
»Und was hast du jetzt vor?«
Er antwortete nicht, zog mich nur ganz nahe an sich und küsste mich tief. Seine Zunge drang rasch ein, nicht spielerisch, eher aggressiv. Sie wühlte sich in meine Mundhöhle. Der unerwartete Angriff nahm mir den Atem. Als er den Kopf ein wenig hob, rang ich nach Luft. Seine Wildheit hatte mich angesteckt. Ich spreizte meine Beine so weit wie möglich, als er mich heftig an sich zog und dabei meinen Rock hochschlug. Seine Finger, die so elegant Geldscheine zählen konnten, gruben sich in das nachgiebige Fleisch meiner Oberschenkel. Ich unterdrückte ein Aufstöhnen. Die Finger lösten sich, strichen sanfter aufwärts, betasteten mein nacktes Geschlecht. Noch jetzt, in diesem Moment, spürte ich die ungeheure Spannung in mir; fühlte, wie meine prall geschwollenen Schamlippen gespreizt wurden, atmete die staubige Luft und sah die einzelnen Streifen Tageslicht voller flirrender Partikel. Ich roch den Moschusgeruch, der aus meinem Schoß aufstieg und Christophs Nasenflügel sich witternd blähen ließ. Mit einer Hand streichelte er damals mein schwarzes Kraushaar, mit der anderen öffnete er geschickt seine Jeans. Der steinharte Penis sprang geradezu heraus und richtete sich auf mich aus, als hätte er einen eigenen Willen.
Quälend langsam dirigierte Christoph ihn in sein schwebendes Ziel. Wir schauten beide zu, wie der dicke, rote Kopf Zentimeter für Zentimeter verschwand, wobei er sich so gut wie gar nicht bewegte, sondern stattdessen meinen Unterleib immer näher an sich zog. Sobald er ganz drinnen war, seufzten wir beide gleichzeitig auf. Die Hände auf meinen

Schenkeln drückten mich zurück und er glitt fast wieder heraus. Ich, die ich nur an zwei Seilen hing, war weit gehend in die Passivität gezwungen, seinen Bewegungen ausgeliefert. Das fehlende Körpergewicht ermöglichte ihm, sein Spiel ganz nach seinen Regeln zu spielen. Ich schloss die Augen und überließ mich dem Gefühl, nur über seinen Penis mit der Erde verbunden zu sein. Federleicht glitt er vor und zurück. Ich bog den Rücken durch und bat wortlos um Erlösung, aber er zögerte sie hinaus, bis ich mir nur noch der Bewegungen in mir bewusst war. Einzig der Rhythmus des Hinein- und Hinausgleitens zählte. Und dann flog ich, über alle Wolken, mitten hinauf in helles Licht.

Als ich wieder zu mir kam, umklammerte ich immer noch mit verkrampften Händen die Seile. Christophs spitzbübisches Grinsen war leichter Besorgnis gewichen. Er hatte seine Hose schon wieder zu und bückte sich nach meinem Slip, sobald ich die Augen öffnete und »Oh, Christoph« hauchte. Der äußerte sich etwas prosaischer.

»Du siehst süß aus, wenn du so verzückt schaust, aber wir warten lieber einen Moment, ehe wir wieder zu deiner Mutter gehen.« Er drückte mich kurz an sich. »Eigentlich schade, dass Kinderschaukeln immer im Garten stehen müssen. Da ist die Verwendung doch etwas eingeschränkt.«

In der Folgezeit probierte ich an stillen Vormittagen und einsamen Wochenenden das Spielzeug, das Christoph mir hatte zukommen lassen, aus. Unser tägliches Leben hatte sich sowieso längst darauf eingestellt, ohne Christophs Anwesenheit abzulaufen. Die Kinder schienen ihn kaum zu vermissen. Alex bekam ich fast nur noch anlässlich der Mahlzeiten zu Gesicht. Computer degradieren Mütter zu reinen Dienstleistern. Aus purer Gutmütigkeit ließ er sich

hier und da dazu herab, mit mir gemeinsam einen Film anzuschauen.
»Damit du nicht immer allein vor der Glotze hocken musst.«
Lillis einzige Sorge kreiste um die Frage, ob ihr Vater wohl da sein würde, wenn sie ihr Abschlussballkleid kaufen wollte. Meinen ernüchternden Einwand, dass sie immer noch fast ein Vierteljahr Zeit hatte, wischte sie beiseite.
»Ich will doch nicht irgendeins! Im Schaufenster von *Vivace* hängt ein supertolles, das wird jeden Moment heruntergesetzt. Nicht, dass mir das jemand wegschnappt. Die halbe Schule ist scharf drauf.«
»Du meinst doch nicht etwa diesen halbseidenen Fummel?«, fragte ich entsetzt. »Da kannst du ja gleich nackt gehen.«
»Siehst du, genau deshalb brauche ich Papa. Der würde es mir kaufen. Du hast einen so spießigen Geschmack.«
Würde Christoph tatsächlich seinen Augenstern in einem Kleid paradieren lassen, dass seine Trägerin so unmissverständlich als lockeren Vogel auswies? Für einen Abschlussball, bei dem die örtliche Presse kiloweise Filmmaterial verbrauchte, fand ich es keinesfalls passend. Die Aufmerksamkeit, die man damit auf sich zog, würde sich unweigerlich als Bumerang erweisen. Je engstirniger eine Kleinstadt, desto besser das kollektive Gedächtnis. Aber wieso sollte ich sie ihrer Illusion berauben? Feige überließ ich diese Aufgabe ihrem Vater.
»Das besprichst du am besten mit ihm selbst. Falls er heute Abend anruft. Ich bin im Literaturkreis. Bis später.«
Ich war dazu übergegangen, eine fleißige Nutzerin des örtlichen Volkshochschul-Angebots zu werden. Unsere gesellschaftlichen Kontakte beschränkten sich auf ein paar Kollegen mit passender Familienstruktur. Und da Christoph es hasste, abends auszugehen, rankte sich unser üblicher

Feierabend rund um ein gutes Abendessen – darauf legte er großen Wert – mit anschließendem Fernsehen. In der Schulzeit hatte ich nichts dagegen, denn ich musste schon um halb sechs aufstehen, um das Bad nicht für die anderen zu blockieren. Die Reihenfolge und Zeiten waren sorgfältig ausgeklügelt. Ich hatte die erste Viertelstunde, dann kam Alex, schließlich Lilli und als Letzter Christoph. Der hechtete gleich danach in seinen Wagen. Die Kinder mussten mit dem Bus um Viertel vor sieben fahren und dank Lillis Trödelei vor dem Spiegel geriet jeder Morgen unweigerlich zum Zeit-Thriller. Schaffte sie's oder schaffte sie's nicht? In letzter Zeit hatte ich mir angewöhnt, nur schnell in meinen alten Morgenrock zu schlüpfen und mich erst fertig zu machen, wenn ich meine Ruhe hatte. Das verschaffte mir morgens eine halbe Stunde mehr Schlaf.

Ich besuchte also neuerdings den wöchentlichen Lesekreis, der sich, zur allgemeinen Überraschung, vor einem halben Jahr etabliert hatte. Wenn der Fanfarenzug sein Probelokal nicht benötigte, durften wir es benutzen. Dann saßen wir da, inmitten des schimmernden Metalls der Instrumente, und diskutierten über aktuelle Veröffentlichungen. Die Auswahl war nicht einfach. Ich bewunderte unsere Seminarleiterin für ihr Geschick. Die dicke Organistin wollte nur etwas mit Happy End, die verhuschte Zahnarztgattin konnte nichts auch nur entfernt Krimiähnliches ertragen (»Keine Leichen, bitte! Da kann ich nachts nicht schlafen.«), die Sportlehrerin hätte am liebsten ausschließlich Bergbesteigungen und Weltumsegelungen besprochen und die Mehrheit las alles gerne, »nur nichts zu Schweres«. Wobei unklar blieb, wo hier die Grenze gezogen wurde. Die Frau des Bäckers gestand einmal leise und verschämt, sowieso immer einzuschlafen.

»Sogar beim Konsalik – ond dere Kerle isch g'rad saumäßig schpannend.«
Ich war erst drei Mal dabei gewesen. Es schien darauf hinauszulaufen, dass es immer einen kurzen Abriss der Handlung gab. Darauf folgte eine Lesung von ein paar Seiten, um einen Eindruck vom Stil zu vermitteln. Die anschließende Diskussion war das Beste. Gnadenlos wurde jede Geschichte von den Teilnehmerinnen auf einen Präzedenzfall vor Ort oder in der näheren Umgebung hingebogen. Falls das wirklich unmöglich zu bewerkstelligen war, dann hatte garantiert jemand aus der Runde beim Friseur oder Zahnarzt oder im Fernsehen etwas Vergleichbares gelesen oder gesehen. Das Prinzip der Fiktion griff einfach nicht. Ich amüsierte mich jedes Mal.
Einmal gingen wir sogar noch auf ein Viertele Wein in den *Kranz* nebenan und dann wurde es erst richtig interessant. Kein Städter würde es für möglich halten, was in der Provinz nicht geheim zu halten ist …
Dieser Abend bescherte mir im Anschluss an die Lektüre des Buchs *Grüne Tomaten* einen unglaublichen Querschnitt durch die menschlichen Niederungen. Ich hörte allerhand Klatsch und Tratsch und begann in Folge dessen die Menschen, denen ich täglich begegnete, mit anderen Augen zu sehen. Unseren Pfarrer beispielsweise, mit dem ich mich früher immer wegen seiner rigiden Auslegung von Disziplin angelegt hatte, hatte ich noch nie ausstehen können. Jetzt erfuhr ich, dass seine frömmelnde Gattin bereits die zweite war. An und für sich nichts Ungewöhnliches – bis auf die Tatsache, dass Gottfriedchen ziemlich genau zwei Monate jünger war als das jüngste Kind der ersten Frau. Aber es kam noch besser: Nummer Zwei war die beste Freundin von – Nummer Eins. Vorher natürlich. Noch ganz erschüttert, ein Zustand der durch zwei Viertel Schwarzriesling ge-

mildert wurde, kam ich relativ spät heim. Beide Kinder schliefen bereits. Auf dem Esstisch lag ein Zettel:

> Papa hat angerufen. Kommt nächste Woche. Sollst dir keine Mühe machen, er weiß nicht, wie lange er bleiben kann.

Nächste Woche. Wann nächste Woche? Montag oder Freitag? Egal, die Vorfreude machte sich in mir breit und sorgte für einen Adrenalinspiegelanstieg. Als Erstes musste ich morgen das Schlafzimmer aufräumen. In letzter Zeit war ich nachlässig geworden. Bügelwäsche, nur einmal Getragenes, Bücher und Zeitschriften hatten sich zu einem gemütlichen Chaos zusammengefunden. Christoph würde es grässlich finden. Er liebte es peinlich ordentlich. Ich würde die wunderschöne Satinbettwäsche einweihen: weinrot marmoriert, mit schwarz-weißen Streifen, auf denen japanische Kalligraphie erholsamen Schlaf wünschte. Christoph liebte asiatische Schlichtheit.
Hoffentlich konnte meine Friseuse mich schnell einschieben. Hatte ich noch genug Kaltwachs, um meine Beine zu enthaaren? Wenn ich morgen das Rindfleisch besorgte, hatte ich noch Zeit, es zu marinieren. Sauerbraten mit Klößen war Christophs Lieblingsgericht. Die Mousse au chocolat konnte ich auch noch machen, wenn er schon da war. Zwar wird sie besser, wenn sie eine Nacht im Kühlschrank steht, aber notfalls reichen auch zwei Stunden. Dafür schmelze ich (ganz behutsam im Wasserbad) eine Tafel erstklassige Zartbitterschokolade. In der Zwischenzeit rühre ich zwei Eigelb mit zwei Esslöffeln Zucker so lange, bis der Zucker sich vollkommen aufgelöst hat, schlage zwei Eiweiß steif und (in einem Extragefäß) einen Becher Schlagsahne. Das Schwierigste ist, das alles richtig zusammengeht. Die Scho-

kolade darf nicht zu heiß sein, sonst gerinnt das Eigelb. Also ganz vorsichtig mit einem Schneebesen unterrühren. Dann das steife Eiweiß und ganz zuletzt die Sahne. Außerdem ist Fett ein Geschmacksträger – das predigt mir die Fleischersfrau jedes Mal vor, wenn ich »mageres« Fleisch möchte.

Vor lauter Plänen und gedanklichen Vorarbeiten konnte ich erst spät einschlafen. Die nächsten Tage verbrachte ich mit der Umsetzung. Meine Nervosität irritierte die Kinder.
»Wieso muss ich jetzt die Treppe wischen, nur weil Papa kommt? Der sieht es doch gar nicht.«
Alex war mitfühlender.
»Sie ist doch jetzt nur so aufgeregt, weil es das erste Mal ist. Warte mal ab – das nächste Mal ist sie schon viel cooler.«
»Dann mach du's doch, du Schleimer!«
»Ach nee. Wer soll dir immer helfen, wenn du Vorschuss brauchst?«
Lilli verstummte und begann mit finsterer Miene umständlich den Lappen auszuwringen. Ungeachtet ihrer ständigen Zankereien hielten sie gut zusammen, wenn es darauf ankam. Als sie kleiner waren, drangsalierte Lilli ihren kleinen Bruder fast wie die Luzie bei den Peanuts ihren Charlie Brown. In den letzten Jahren hatte Alex allerdings ein erstaunliches Geschick zur Selbstbehauptung entwickelt. Mittlerweile war mir nicht mehr so sicher, wer von den beiden das Sagen hatte.

Völlig überraschend erschien Christoph am Montagmorgen. Ich hörte die Haustür und dachte im ersten Moment, es sei eines der Kinder, das früher aus der Schule käme. Er stand mit gesenktem Kopf, den neuen anthrazitfarbenen Mantel über dem Arm, die Reisetasche in der anderen Hand – eine Momentaufnahme in Sepia. Einziger Farbtupfer: die aquamarinblaue Paisley-Krawatte. Er sah müde aus und irgendwie …

»Christoph!«

Ich fiel fast die Treppe hinunter, weil ich mich nicht schnell genug in seine Arme werfen konnte. Er fing mich an den Oberarmen ab und hielt mich auf Abstand. Hatte er Angst um seinen teuren Anzug? Das war wohl berechtigt, denn seine unvermittelte körperliche Gegenwart wirkte auf mich ungeheuer aphrodisierend. Ich schnupperte.

»Hast du ein neues Aftershave? Du riechst damit so fremd.«

Ungeachtet seines Griffs versuchte ich mich näher an ihn heranzuschlängeln, um wenigstens meine Unterarme um seine immer noch bemerkenswert schlanken Hüften zu schlingen.

»Komm, zieh den Anzug aus und lass uns nach oben gehen. Ich habe dich so schrecklich vermisst, ich weiß gar nicht, wie wir das aufholen sollen.«

Er holte tief Luft und presste dann hastig hervor:

»Ich muss mit dir reden, Elisabeth.«

»Machst du Witze? Nach Reden ist mir jetzt überhaupt nicht zumute. Ich möchte mit meinem Mund ganz andere Dinge tun.«

»Bitte, komm ins Wohnzimmer.«

Es war wohl mehr der verzweifelte Unterton, der mich alarmierte. Ich stand still und musterte ihn genauer. Ja, er sah müde aus, aber nicht nur müde. Da lauerte auch eine ziemliche Portion Nervosität. Oder Angst? Er wich meinem fragenden Blick aus, studierte die Treppe hinter mir, als wolle er sich jede Einzelheit einprägen. Gut, dass Lilli sie gewischt hat, schoss es mir unpassend durch den Kopf. Mein Magen verkrampfte sich und ich fröstelte.

»Was ist los?«

Eine lebhafte Fantasie ist manchmal ein Fluch. In einer Kette des Schreckens zogen die Möglichkeiten an meinem inneren Auge vorbei. Hatte er seinen Job verloren? War er ernsthaft erkrankt? Krebs? Oder gar Aids? Wollte er mich deshalb nicht berühren? Zitternd und im Inneren schmerzhaft verkrampft, ließ ich mich von Christoph in einen der tiefen Sessel drücken. Am liebsten hätte ich mir die Ohren zugehalten und mich in die Polster vergraben. Stattdessen klemmte ich beide Hände zwischen meine zusammengepressten Knie und wartete.

»Ich möchte dich um die Scheidung bitten.«

Ich musste mich verhört haben. Ich musste träumen, anders war diese verrückte Situation nicht zu erklären. Ganz ruhig, Elisabeth. Gleich wachst du auf und außer heftigem Herzklopfen ist nichts mehr davon Wirklichkeit.

Ich wartete. Ich wartete, bis mir mein Verstand sagte, dass ich nicht träumte. Dass anderthalb Meter von mir entfernt mein Mann äußerst unbehaglich dreinschaute und seinen Blick überallhin schweifen ließ – nur um mich nicht ansehen zu müssen. Er hatte es wirklich gesagt und es war ihm bitterer Ernst. Leicht fiel es ihm nicht. Sein Kiefer wirkte vor Anspannung wie gemeißelt und er zerrte immer wieder an seiner Krawatte, als sei die an seiner Lage mitschuldig. Die Zeit schien stillzustehen, während ich seine Hände beobachtete, die sich ballten, über seine Oberschenkel fuhren und die Bügelfalte platt drückten. Er verlor die Geduld.

»Hast du mich gehört? Ich möchte, dass wir uns scheiden lassen!«

Dieser Euphemismus. *Er* wollte sich scheiden lassen. Mich verlassen. Was hatte ich verbrochen, dass ich einfach aus

seinem Leben geworfen wurde? Jeder Kündigung muss doch eine Abmahnung vorausgehen. Hatte ich sie übersehen?
»Warum?«
»Wie bitte?«
»Warum willst du dich scheiden lassen?«
Auf diese Frage war er nicht vorbereitet. Also inspizierte er seine Schuhe, wie er es gewöhnlich tat, um überraschende Momente unauffällig zu überspielen.
»Hattest du nicht auch manchmal den Eindruck, dass wir uns nicht mehr viel zu sagen haben? Ich gebe dir ja gar nicht die Schuld, aber irgendwie haben wir uns doch auseinandergelebt. Du bist eine wunderbare Mutter, wirklich. Ich könnte absolut nichts an dir bemängeln, aber wir leben doch nur noch nebeneinander her. Du bist irgendwann stehen geblieben und ich habe mich weiterentwickelt und jetzt passen wir einfach nicht mehr zusammen. Ich brauche jemanden, mit dem ich über meine Arbeit sprechen kann, der mich versteht und der mich bei meiner Karriere unterstützt.«
Er verstummte und ich schmeckte die Bitterkeit der Ungerechtigkeit. Wer hatte darauf bestanden, dass ich bei den Kindern zu Hause blieb? Wer trug abends meist nur noch Knurrlaute zur Unterhaltung bei? Wer hatte es mir abgewöhnt, nach seinem Tag zu fragen, weil er dann angeblich nicht mehr richtig abschalten konnte? Die Liste war beliebig fortführbar.
»Und wie hast du so schnell eine kennen gelernt, die besser zu dir passt? Ist sie die Tochter des Bankdirektors?«
Der Schlag saß. Christoph errötete selten, aber wenn er es tat, sah man es deutlich.
»Ganz so schnell ging es auch wieder nicht. Wir kennen uns schon seit anderthalb Jahren. Und *Tiffany* ist nicht die Toch-

ter des Direktors. Wenn alles klappt, ist sie bald Vizedirektorin.«
Der durchschimmernde Stolz und die Gewissheit, dass zumindest ein Teil der letzten Jahre nur Täuschung gewesen war, zerbrachen etwas in mir. Jede zärtliche Geste, auch diese letzte Nacht – nichts als Verstellung und Theater. Anderthalb Jahre, grübelte ich. Das musste der Besuch der »hochrangigen Delegation« gewesen sein. Danach fingen die Dienstreisen an. Und ich war so absolut ahnungslos gewesen. Wenn ich wenigstens einen Hinweis gehabt hätte, eine Änderung in seinem Verhalten, fremde Parfümspuren – irgendetwas, das mich hätte warnen können. Aber er hatte seine Rolle gut gespielt. Dieses Schwein!
Die Wut und der Hass, die plötzlich wie ein explodierender Geysir in mir hochschossen, überraschten mich selbst. Ich hatte ihn geliebt, umsorgt, ihn vor häuslichen Problemen abgeschirmt, ihm den Rücken frei gehalten. Er war die Achse, um die mein Leben sich gedreht hatte. Es war kein Wunder, dass ich jetzt orientierungslos dahintaumelte. Die Wut füllte das riesengroße Loch des Verlusts und sie füllte es reichlich. Ich fühlte, wie mir heiß wurde. Es juckte etwas, als mir an Schläfen und Oberlippe der Schweiß ausbrach. Wut, glühende Wut über den Verrat, ließ mich zittern. Meine gepflegten Hände krümmten sich zu Krallen und ich hätte es genossen, sie ihm in die Haut zu graben, richtig tief. Ihm mit den Fingernägeln langsam und genüsslich Furchen hineinreißen. Im Blut abrutschen und wieder hineingraben, bis ins Fleisch bohren. Schließlich meine blutigen Klauen um seinen Hals legen und zudrücken. Fühlen, wie er zuckt, wie das Blut verzweifelt versucht, auf seiner Bahn zum Hirn vorzudringen. Versiegt. Kein Sauerstoff, die Zellen ersticken. Eine nach der anderen. Der Widerschein meines inneren Aufruhrs muss sich

auf meinem Gesicht gespiegelt haben, denn Christoph wich vor mir zurück.
»Meinst du, wir können vernünftig darüber sprechen, wenn du dich etwas beruhigt hast?«
Fast hätte ich gelacht. Feiger kleiner Arsch.
»Verschwinde!«
War das meine Stimme? Wild, fast gespenstisch.
»Soll ich morgen wiederkommen?«
»Geh, aber schnell!«
Er kramte nervös in der Innentasche seines Anzugs.
»Hier. Das ist der Entwurf vom Anwalt. Du kannst ihn dir in Ruhe anschauen. Er fand ihn zu großzügig, aber das bin ich dir wohl schuldig.«
Ich blieb regungslos. Es kostete mich zu viel Kraft, mich zu beherrschen, ihm nicht an die Kehle zu springen.
Er legte die Papiere vorsichtig wie eine Opfergabe auf das entfernteste Ende des Tisches.
»Wenn du mich sprechen willst, ich habe im *Weißen Stein* ein Zimmer.«
Ein unbehaglicher Blick. Ein Mann, der eine unangenehme Pflicht hinter sich gebracht hat. Entsprechend erleichtert ging er. Ich hörte ihn leise, fast verstohlen die Haustür zuziehen.

Die Stichflamme, mit der die Wut in mir hoch geschossen war, brannte nicht lange. Weil mir vor dem Danach graute, bemühte ich mich, das Feuer in mir am Leben zu erhalten. Aber die Verzweiflung löschte alles wie eine erstickende Ascheschicht. Ich zog die Beine hoch und kringelte mich im Sessel zusammen, so kompakt wie es nur ging. Die Kugel ist die widerstandsfähigste Form in der Natur. Ich beobachtete die Gänsehaut, die sich auf meinen Unterarmen zu einer grotesken Hügellandschaft ausbreitete. Die kleinen, ge-

krümmten Härchen schienen alle in eine Richtung zu weisen. Zugvögel in Formation. Erschauernd zog ich die Ärmel bis an die Handgelenke herunter und vergrub die Hände in den Achselhöhlen, mich selbst umklammernd, bis die Brüste gegen den Druck protestierten. Mein Mann hatte mir gerade eröffnet, dass er mich verlassen würde und ich fühlte gar nichts. Bis auf die kühle Zugluft. Komisch, ich hatte immer gedacht, in solchen Momenten würde man schreien, toben, Geschirr zerschmettern. Es wäre nett, sich mit einer solchen Reaktion aus der Lähmung zu befreien. Leider konnte ich mich zu keiner aufraffen. Ich hockte da und versuchte zu begreifen.
Wieso wurde ich nur das Gefühl nicht los, in einem Alptraum zu stecken? Woran merkt man, ob man träumt oder ob die schlimmsten Szenarien Realität sind? Ob man genauso empfand, wenn die Polizei einem den Tod eines nahen Angehörigen mitteilte? Tausendfach im Film gesehen – und doch nicht nachvollziehbar. So fühlte es sich also an, wenn man sich vorkam wie im falschen Film. Wenn wir uns wenigstens oft gestritten hätten. Oder wenn er Affären gehabt hätte. Woher wusste ich eigentlich, dass er keine gehabt hatte? Vielleicht war diese Tiffany ja nur die Letzte in einer langen Reihe? Unser schönes geordnetes Leben: Einen schönen Tag, Schatz. Wie war dein Tag, Lieber? Hattest du wieder Ärger mit den blöden Klienten? Ich bin doch bald wieder da. Ich freue mich so auf dich. Ich mich auch.
Langsam, sehr langsam sickerte das Wesentliche in mein Empfinden. Und es tat nicht nur weh, es versetzte mich geradezu in blinde Panik. Mein halbes Leben – mein halbes bewusstes Leben – war Christoph mein Pol gewesen, an dem ich alles ausgerichtet hatte. Um ihn rankten sich meine Pläne und Wünsche. Ich hatte mich so vollständig darauf verlassen, dass er schon alles bestimmen und einrichten

würde, dass ich mich alleine inzwischen so lebenstüchtig wie ein Labortier fühlte. Was fängt ein Labortier außerhalb seines Käfigs an?
Ich kauerte mich noch tiefer in den Sessel, unfähig, die Papiere auf der sauber schimmernden Tischplatte anzurühren. Sie sahen so harmlos aus: ein strahlend weißer Umschlag. Unschuldig, bis auf den protzigen Druck in der oberen Ecke. Unter der eindrucksvollen Namensliste konnte ich von meinem Platz aus die etwas kleiner gehaltene Zeile darunter gerade noch lesen: Fachanwälte für Familienrecht. Die Zeit verlief zu einem Brei, in dem ich seltsam distanziert und hilflos dahindümpelte.

So fanden mich die Kinder vor, als sie mittags nach Hause kamen. Ihre drängenden Nachfragen zwangen mich zu einer Reaktion. Müde nickte ich in Richtung des Briefumschlags. Es auszusprechen überforderte mich. Genauso gut konnten sie es auch nachlesen. Lilli griff zögernd nach dem Umschlag. Sie starrte den Absender an, dann riss sie den Umschlag auf. Alex hatte sich auf meine Lehne gesetzt und, ganz männlicher Beschützer, seinen schlaksigen Jungenarm um meine Schultern gelegt. Knöchern und schwer drückte er auf mein rechtes Schlüsselbein. Lilli überflog leise vor sich hin murmelnd den obenauf liegenden Brief:
»Sehr geehrte Frau Schellhammer, Ihr Gatte hat uns beauftragt, in seinem Namen die Einzelheiten der Scheidung zu regeln … Was soll denn der Scheiß? Wieso auf einmal Scheidung? Mir hat er gesagt, er kommt auf Heimaturlaub.«
Ich zuckte hilflos mit den Schultern. Alex' Griff verfestigte sich.
»Komm, versuch uns zu erzählen, was passiert ist. War Papa hier?«
Ich nickte brav wie ein Kind.

»Vielleicht ist das alles nur ein Riesenirrtum.«
Ich seufzte. Das hätte ich auch gerne geglaubt. »Ihr könnt es ja mal im Weißen Stein versuchen. Er sagte, er hätte dort ein Zimmer.«
Die beiden wechselten einen schnellen Blick. Dann packte Lilli den Umschlag.
»Okay, ich gehe. Du bleibst bei Mama und kümmerst dich um sie!«
Kampflustig stürmte sie davon. Meine Tochter liebte Herausforderungen. Und sie war Christophs Liebling. Wenn ihn jemand zurückholen konnte, dann sie allein.

Der Zweckoptimismus zerplatzte, als ich später ihr Gesicht sah. Sie stürmte herein, in eine Wolke aus Zigarettenrauch, Frittierfett und Alkohol gehüllt. Sie hatten es also beim Essen besprochen. Irgendwie störte es mich, dass etwas derart Essenzielles so beiläufig stattgefunden hatte. Vermutlich hatten sie sogar Zuhörer gehabt, denn wer lässt sich schon ein solches Thema entgehen, wenn er nur die Ohren zu spitzen braucht? Die steile Falte zwischen Lillis Brauen verriet jedem Vertrauten, wie unzufrieden sie war. Mit einem genervten Knurren ließ sie sich aufs Sofa fallen. Alex und ich starrten sie ebenso stumm wie erwartungsvoll an.
»Keine Chance. Nicht einmal uns zuliebe will er hier bleiben.«
Die ungewollte Kränkung schmerzte. Merkte sie nicht, dass mich die Annahme, er könne nur der Kinder wegen bei uns bleiben, beleidigte?
»Er ist wild entschlossen, mit dieser Tusse eine neue Familie zu gründen. Wir können hier wohnen bleiben, sagt er. Er will das Haus erst verkaufen, wenn Mama ihre Zustimmung

dazu gibt. Bis dahin bezahlt er alle Kosten und den Unterhalt für uns.«
Das war wirklich großzügig. Diese Tiffany musste ja im Geld schwimmen, sonst wäre es auch für Christoph nicht möglich, zwei Familien zu unterhalten.
»Hast du gehört, Mama? Du musst also nicht arbeiten gehen, solange du nicht willst. Es wird sich nicht viel ändern, außer … «
Unbehaglich brach sie ab. Ja, außer, dass wir ohne Christoph zurechtkommen mussten. In den vergangenen Wochen hatte ich mir bereits angewöhnt, abends den letzten Rundgang zu machen, Türen und Fenster zu kontrollieren. Das würde jetzt für immer meine Aufgabe bleiben.

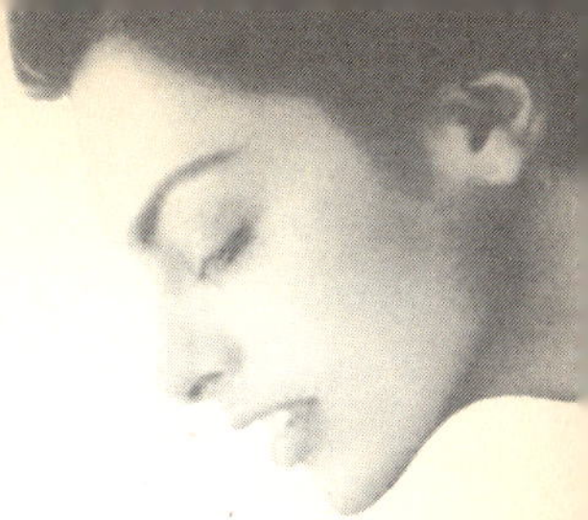

Kapitel 2

Erste Schritte

Ich sah Christoph nicht wieder. Weder ich noch er hatten offensichtlich das Bedürfnis zu einer letzten Aussprache. Es war Lilli, die seine Sachen zusammenpackte. Ein Wochenende lang standen große Container bei uns im Wohnzimmer, in die sie seine Kleidung verstaute. Und nach einer Liste, die sie taktvoll vor mir zu verbergen suchte, packte sie zusätzlich Ordner, seine Karajan-Plattensammlung, die Bee Gees, seine Bücher und einige Bilder moderner Künstler dazu. Sie hatten mir noch nie gefallen und ich war froh, sie nicht mehr sehen zu müssen. Nur die hellen Flecken an den Wänden störten mich. Deutlicher konnte man nicht demonstriert bekommen, dass etwas fehlte.

Die notwendigen Unterschriften leistete ich in der Kanzlei Dr. Alfred von Holst & Kollegen. Es waren weniger, als man denkt. Überhaupt wunderte ich mich, wenn ich darüber nachzudenken wagte, wie schnell und unproblematisch 18 Jahre Ehe »rückabzuwickeln« sind. Ehe ich es ganz begriff, war ich geschieden. Es dauerte, aber mit der Zeit begann ich, mich an das seltsame Gefühl zu gewöhnen. Ich tauchte aus dem dunklen Loch des Nicht-wahr-haben-Wollens wie aus einer langen Krankheit auf. Noch ein wenig wacklig auf den Beinen, etwas unsicher über meine Fähigkeiten, aber nichtsdestotrotz entschlossen, wieder mitzuspielen.

Als Erstes tat ich das, was sämtliche Scheidungs-Ratgeber einem nahe legen: Ich entfernte alle Gegenstände, die mich an Christoph erinnerten. Das Negligee wanderte in den Kleidersack für das Rote Kreuz, ebenso die spießigen Faltenrock-Kostüme, die ich immer zu den bankinternen Veranstaltungen hatte tragen müssen. Das Kirschholzfurnier-Doppelbett tauschte ich bei einem Gebrauchtmöbelhändler gegen ein verspieltes französisches Messingbett ein. Mit den übrigen Möbeln war es nicht so einfach, obwohl ich sie gerne alle auf den Sperrmüll gestellt hätte. Sie waren stillos – nicht im Sinne von geschmacklos, sondern weil sie ein rein auf Funktionalität beschränktes Design hatten. Das hatte sein Gutes: Es ließ sich gut aufpeppen. Das gesichtslose Wohnzimmer bekam mühelos einen orientalischen Touch: mit goldenen Wänden, weinroten Überwürfen, azurblauen und smaragdgrünen Samtkissen, duftigen, nachtblauen Vorhängen und passenden Dekorationen. Der Kachel-Couchtisch musste als Erstes daran glauben (»So praktisch, Elisabeth. Du wirst sehen, kein Ärger mit Wasserrändern!«). Er wich zwei zierlichen, dunklen Holztischchen.

Alex half mir beim Streichen. Auch wenn es mit den nichttropfenden, nicht-spritzenden Wandfarben heutzutage kein Problem mehr ist, kommt doch irgendwann der Punkt, an dem die Arme den Dienst aufkündigen. Zuerst aus Mitgefühl und Ritterlichkeit, später mit wachsender Begeisterung half er beim Umräumen und der Malerci, stieg sogar mit geheimnisvoller Miene auf den Dachboden und kehrte triumphierend mit zwei Georgia-O'Keeffe-Posterdrucken zurück. Auf einem sah man zwei riesige, glühend rote Mohnblüten. Sie wirkten so realistisch, als wären sie fotografiert worden. Das zweite zierte eine aquarellartig gemalte Kelchblüte, ebenfalls in einer geradezu brutal-vital leuchtenden Farbstellung.

»Alex, wo hast du die denn gefunden? Die passen ja wunderbar übers Sofa.«

Leicht verlegen legte er sie vorsichtig auf dem Fußboden ab.

»Als Lilli die Bilder abhängte, bin ich hoch gegangen, weil ich dachte, vielleicht kann ich was anderes hinhängen – damit es nicht so auffällt. Aber sie passten irgendwie nicht …«

Jetzt taten sie es! Ich hatte ihre Existenz total vergessen. Es musste über zehn Jahre her sein, dass ich in der O'Keeffe-Ausstellung in Zürich gewesen war. Diese beiden Blumenmotive hatten mich fasziniert. Aber als ich meine Beute präsentierte, konnte Christoph sein Entsetzen kaum verbergen:

»Sie sind sicher sehr interessant, gute Technik, aber die Farben! Du willst doch nicht ernsthaft vorschlagen, dass wir sie bei uns aufhängen?«

Mein naiver Besitzerstolz verpuffte wie ein angestochener Luftballon und die beiden großformatigen Bilder wanderten in einen dunklen Winkel auf dem Dachboden, wo ihre unbotmäßige Vitalität niemanden irritieren konnte. Jetzt glühten und leuchteten sie mit einer Intensität über dem Sofa, dass man glauben konnte, sie strahlten tatsächlich Wärme ab.

»Sieht toll aus, richtig stylish.«

Von diesem Tag an begann ich planmäßig, Christophs Berber-Holz-Naturfarben-Stil auszumerzen und ihn durch Elisabeths Farbenrausch-Samt-Exotik-Stil zu ersetzen. Das beschäftigte mich und das Ergebnis befriedigte mich. Schließlich hatte ich das Haus so umgestaltet, dass Christoph vermutlich auf der Stelle einen Herzinfarkt erlitten hätte.

Überrascht stellte ich fest, dass ich mich darin jetzt viel mehr zu Hause fühlte als je zuvor.

Alex unterstützte mich, Lilli ließ mich gewähren, anders konnte man ihre herablassende Nachsicht nicht nennen. Und ähnlich wie bei der Geburt der Kinder – bei der man denkt, die Welt müsse sich nach diesem Ereignis anders drehen, und überrascht oder sogar enttäuscht ist, wenn sie das nicht tut –, stellte ich jetzt erleichtert fest, dass meine Scheidung bei weitem nicht die Umwälzungen mit sich brachte und das Interesse anderer Menschen erregte, das ich befürchtet hatte. Bis auf die Lehrerin, die sich nicht verkneifen konnte zu bemerken, dass räumliche Trennung für die Ehe immer gefährlich sei, verhielten sich alle äußerst taktvoll und beschränkten sich auf Angebote wie:
»Wenn wir Ihnen irgendwie helfen können …«
Das lehnte ich dankend ab und damit war das Thema erledigt.

Monate später ertappte ich mich zum ersten Mal dabei, dass ich einen gut gebauten Mann betrachtete und ihn in Gedanken auszog: den Studenten in der S-Bahn mit den wunderschönen Musikerhänden und dem kleinen, festen Hinterteil. Dann der halb nackte Bauarbeiter, der in der warmen Oktobersonne mit fast anmutigen Bewegungen, die an einen Tanz erinnerten, auf der anderen Straßenseite Kies in eine Kabelgrube schaufelte. Der Schweiß rann in Bächen seinen Rücken herunter und ich beobachtete fasziniert, wie er den Erhebungen und Senken der Muskelstränge folgte. Auf der dunkelblauen Arbeitshose zeichnete sich ein dunkler Gürtel ab, dort, wo der Schweiß vom Stoff aufgesogen worden war. Fast wäre ich zu ihm hingegangen, nur um einen näheren Blick auf seine Vorderseite werfen zu können.

Ob sein Waschbrettbauch auch von Nahem so gut aussah, dass man das Relief aus Haut und Fleisch mit den Fingerspitzen nachfahren wollte …

Christophs »Notfallkoffer« genügte auf Dauer einfach nicht. Ich wurde langsam, aber sicher nervös und kribbelig. Ich wollte wieder in den Dunst aus Rasierwasser und männlicher Wärme eintauchen, die Augen geschlossen, nur fühlen und riechen. Ein Männeranzug trägt die Spuren des Tages an sich. In den letzten Jahren durfte ich eine sehr feine Nase entwickeln. Ein Hauch von Kaffee, aus dem Vorzimmer. Eine Ahnung von Knoblauch, überdeckt von Rosmarin, verriet mir, dass Christoph in seinem Lieblingsrestaurant zu Mittag gegessen hatte. Trockene, nach teurer Seife duftende Hände deuteten auf regen Kundenverkehr. Er wusch sich nach jedem Klienten die Hände, wie ein Arzt. Und unter allem die Herznote – sein persönlicher, unverwechselbarer Geruch. Der Schweiß nach einem Tag in der Vorstandsetage riecht einfach anders als der Schweiß am Abend eines Sommertages. Unüberriechbar deutlich sind die Rauchspuren von Geschäftsessen, erkaltet verwischen sich die Unterschiede zwischen Kuba-Zigarre und Gitane. Es stinkt nur noch. Genau so deutlich zeichnen einen billige Restaurants. Diese Mischung aus altem Frittierfett, Zigarettenrauch, Bier und Zwiebeln ist so impertinent, dass ich die Hunde bewundere, die das klaglos ertragen, wo sie doch eine viel feinere Nase haben. Wenn ich das Pech habe, dass sich in der S-Bahn ein solches Exemplar neben mich setzt, stehe ich lieber.

Ich fühlte mich geradezu depriviert, meine Umgebung war so antiseptisch – Zahnpasta, Deo, Duschgel, Haarspray, Gel … Alles gut und nützlich, aber eben künstlich. Ich sehnte mich nach Authentizität. Wenn ich aber Alex in den Arm

nehmen wollte wie früher, entzog er sich mir peinlich berührt. Bei Lilli versuchte ich es erst gar nicht. Ihre Duftwolke aus *CK one* umgab sie stets wie ein Schutzschild. Gut, dass ich alle Sachen von Christoph entfernt hatte. In meiner Sehnsucht nach Intimität mit einem männlichen Wesen hätte ich womöglich noch sein Kissen umarmt!
In Gedanken ging ich die Liste unserer früheren Bekannten durch. Die meisten hatten den Kontakt zu mir abgebrochen, so dass ich schnell damit durch war. Unter den Verbliebenen war leider niemand, der sich berufen gefühlt hätte, mich zu verkuppeln. Und was die Männer anbelangte – alles gut situierte, bequem gewordene Mittelschichtstypen ohne jeden Verdacht auf erotische Gedanken.
In dieser Phase ergab es sich, dass mir ausgerechnet der wöchentliche *Kulturanzeiger* einen möglichen Ausweg eröffnete. Ich saß am Esstisch, trank meinen Nachmittagstee und blätterte durch endlose Seiten im Stil von

> **VW Polo,** Bj. 92, 5-tür., TÜV, gepfl., Erstbes., Schiebed., € 3.200.-,Tel.ab 17.00 h . …

Vielleicht sollte ich mir ein Auto kaufen? Lilli wurde bald 18 und sprach ständig davon, wie sie ihren Vater am besten zur Finanzierung ihres Führerscheins überreden könnte. Christophs großzügige Versorgung ermöglichte mir ein Leben ohne Arbeit. Jedenfalls in bescheidenem Rahmen.. Ein Auto war darin allerdings nicht vorgesehen. Dafür musste ich schon selbst etwas tun. Sollte ich mir einen Job suchen? Eigentlich keine schlechte Idee. Allmählich fiel mir die Decke auf den Kopf, meine sexuelle Frustration strapazierte mein Nervenkostüm und die Kinder aßen sowieso nur Pizza oder Spaghetti – das konnten sie sich notfalls auch alleine warm machen.

Mit neuem Eifer studierte ich die Stellenanzeigen. Leider eine frustrierende Angelegenheit. Gesucht wurde nur in wenigen Rubriken: 25- bis 35-jährige, flexible, einsatzfreudige Fachkräfte mit spezieller Berufserfahrung, Reinigungs- und Haushaltshilfen sowie Leute, die zu Hause offenbar ohne größeren Arbeitseinsatz reich werden wollten. Auch langsames, sorgfältiges Zweitstudium des Angebots förderte nichts Passendes zu Tage. Missmutig blätterte ich weiter, auf der Suche nach den Todesanzeigen. Vielleicht war jemand dabei, den ich kannte? Dabei stieß ich auf die *Lonely-Hearts*-Seite. Wie hatte ich diese Perle der Anzeigenlyrik nur jahrelang achtlos ins Altpapier befördern können? Sobald ich die ersten Anzeigen gelesen hatte, war ich fasziniert.

> **Unendlich in Deinen Augen** – was gibt es mehr, als die gewisse zärtlichkeit, geborgenheit und dennoch freiheit, das leben zu genießen – und nicht ganz blöd durch die gegend traben sei meine sonne durch die tage und durch die nacht schwinde in meinen armen und verleumde hernach, was du tatst, wenn das licht am horizont wieder erwacht eine hand, die ich drücken kann sei du – um meinen arm um dich zu legen, ich bin nichts besonderes, doch will ich jemand besonderes für dich sein (39,178,78). Schick mir eine E-Mail …

War das jetzt ein Original oder hatte hier jemand schamlos geklaut? Der Schreibstil erinnerte mich fatal an stefan george. Die *hard facts* blieben jedenfalls geschickt überspielt im Dunklen. Der größte Teil der Anzeigen kam von Männern. Aber auch Frauen schienen nicht immun gegen solche geschwätzige Selbstdarstellung.

Sie sucht ihn. Gibt es einen Mann ohne Bindungsängste, der nicht gleich das Handtuch wirft, wenn dunkle Wolken in einer Beziehung aufziehen? Der auch Liebe meint, wenn er von Liebe spricht? Ich suche nach einem Partner, der mit dem natürlichen Zyklus von Nähe und Distanz, Harmonie und Auseinandersetzung umgehen kann oder es mit mir zusammen lernen möchte. Ich (41,168,52) versuche mein Leben bewusst zu leben, spontan und manchmal auch unkonventionell. Ich mag Kunst und Kultur, gute Gespräche, bewege mich gerne in der Natur, ich habe Spaß am gemeinsamen Kochen und Essen, liebe die Geselligkeit genauso wie zärtliche Stunden zu zweit, ich mag das fröhliche Spiel der Liebe. Ich bin sehr direkt und offen und ich mag Aufrichtigkeit und Ehrlichkeit. Neugierig? Dann sende mir doch eine Mail ...

Diese Betonung der Offenheit würde mich als Mann ja misstrauisch werden lassen. Eine solche Fixierung hat doch meist einen Grund. Irgendwie fiel es schwer sich vorzustellen, dass diese Auslese an humorvollen, sensiblen, zärtlichen, aufrichtigen, warmherzigen, sympathischen, intelligenten Mitbürgerinnen und -bürgern so verzweifelt suchen musste. Warum brachte man nicht einfach die passenden Anzeigen zusammen? Unten auf der Seite wurden die Anzeigen kürzer und präziser.

Sie gesucht für ... Du bist verheiratet und doch unzufrieden und hast Lust auf ein schönes Abenteuer? Dann solltest Du dich melden. Alter egal. 100 % Diskretion geboten/erwartet. Alles Weitere dann. Schick mir doch eine Mail ...

Angesichts der hohen Erwartungen weiter oben auf der Seite fiel mir die absolute Anspruchslosigkeit als höchst seltsam auf. Der musste wirklich verzweifelt sein. Oder in einem Alter, in dem man nimmt, was man kriegen kann ... Der nächste Text war noch unverblümter:

> **Was kannst du** einem wohlhabenden, großzügigen, verheirateten Mann, Akademiker, Ende 30, 187, bieten? Chiffre 518/1097

Und dann sah ich sie! Ganz unten, vielleicht in letzter Minute noch hineingeschoben, sicher oft übersehen.

> **Wir sind ein Paar**, Ende 30, mit Hausfreund und möchten gerne mutige Frau für prickelnde Spiele kennen lernen. Chiffre 518/1306

Nach all den dominanten, drängelnden, arroganten Herren fiel mir diese Anzeige geradezu angenehm auf. Ich fühlte mich abenteuerlustig. Sollte ich es mal mit so was versuchen? Wenn mich der Mut verließ, könnte ich immer noch sagen, ich hätte es mir anders überlegt. Es klang so solide: Paar mit Hausfreund. Ehe meine Feigheit mich wieder ausbremste, holte ich den Briefblock und schrieb:

> Liebes Paar mit Hausfreund,
> ich bin geschieden und würde mich euch gerne anschließen. Auch ich bin Ende 30, aber leider nicht sehr mutig. Wenn das kein Hindernis ist, würde ich gerne mitspielen. Elisabeth

Erst als ich den Brief schon eingeworfen hatte, fiel mir ein, dass ich weder ein Foto beigelegt noch etwas über mein

Aussehen geschrieben hatte. Vielleicht hätte ich auch besser die Kinder erwähnt … Zu spät. Jetzt musste ich abwarten, was sich tat. Die nächsten beiden Tage raste ich ans Telefon, sobald es klingelte. Alex und Lillis Freunde zeigten deutlich ihre Irritation über meine Übereifrigkeit. Normalerweise ging ich in den üblichen Sprechzeiten gar nicht erst dran – es war ja doch nie für mich. Als am vierten Tag das Telefon klingelte, während ich gerade den Tisch für das Abendessen deckte, saß Alex mit der Fernsehzeitschrift direkt daneben und nahm ab. Sobald ich seine Worte »Augenblick, bitte« hörte, wusste ich, dass sie es waren. Ich stand neben ihm und starrte auf den Telefonhörer, den er mir so beiläufig hinhielt.

»Deckst du bitte fertig? Die Lasagne kann schon aus dem Backofen.«

Mit Märtyrermiene legte er die Zeitschrift beiseite und entknotete seine endlos langen Beine, um aufzustehen und betont langsam das Zimmer zu verlassen.

»Bitte?«

Meine Stimme klang etwas atemlos. Wenn ich aufgeregt bin, ist das immer so.

»Schönen guten Abend. Spreche ich mit Elisabeth Schellhammer?«

»Ja, das bin ich.«

»Sie haben uns einen Brief auf unsere Kontaktanzeige geschrieben. Sind Sie noch interessiert?«

Die weibliche Stimme klang so normal und unverbindlich freundlich wie die einer Sprechstundenhilfe. Was hatte ich denn erwartet? Meine Nervosität legte sich.

»Natürlich!«, rief ich.

Die Frau lachte, ehrlich amüsiert.

»Gut, das freut uns. – Ich habe mitbekommen, dass Sie Kinder haben. Sind die ein Problem?«

»Nein, sie sind alt genug, um alleine gelassen zu werden. 15 und 17.«
»Dann würde ich sagen, Sie kommen nächsten Samstag mal zum Kaffee. Da können wir uns besser kennen lernen. Einverstanden?«
»Gerne. Wie komme ich denn am besten zu Ihnen?«
»Wir liegen ganz günstig an der S-Bahn. Wenn Sie in Weitersdorf aussteigen, gleich die erste Straße links – das ist die Seestraße. Die Nummer 16a ist es, gleich neben der alten Villa. Wir heißen Villing. Andrea und Manfred. So um vier?«
Ich bedankte mich für die Einladung und legte auf. Puh.
Am Tisch klapperte Alex ostentativ mit dem Besteck. Man konnte seinen Blick nicht gerade als fragend bezeichnen. Rudimentäres Interesse vielleicht.
»Das war eine Bekannte aus dem Lesekreis«, log ich. »Sie hat mich für Samstag zum Kaffee eingeladen.«
Sofort liefen ein paar Regelkreise in seinem Gehirn an.
»Klasse, dann macht es dir doch nichts aus, wenn ich zu der *LAN-Party* bei Conny gehe, oder?«
»Natürlich nicht. Aber sieh zu, dass du auch ein bisschen schläfst. Letztes Mal warst du die ganze Woche nicht ansprechbar.«
Diese seltsamen Partys sind wohl eine Spezialität der heutigen Zeit. Das erste Mal stellte ich eine Menge naiver Fragen, weil ich mir nicht vorstellen konnte, dass ein Haufen Jungs nichts Interessanteres zu tun hat, als sich für ein komplettes Wochenende mit ihren Computern einzuschließen und nonstop irgendwelche blöden Spiele zu spielen. Alex hatte sich herabgelassen, mir einen Blick in eine gänzlich neue Welt zu gewähren. Das Vergnügen blieb mir unverständlich, aber das galt schließlich für viele andere Dinge auch. Was dem einen seine Eule, ist dem anderen seine Nachtigall – oder so ähnlich. Und ich gönnte ihm seine Eule

von Herzen! Er war rührend, aber fast begann ich, mich von ihm bedrängt zu fühlen. In seinem Bemühen, mich nicht vereinsamen zu lassen, hing er an mir wie eine Klette. Und wenn er dann doch endlich den Verlockungen seiner *Peer-Group* nachgab, musste ich ihm quasi Absolution erteilen und mir etwas ausdenken, das ich dringend erledigen musste und wobei er mir keinesfalls helfen konnte. Ich hoffte auf die Verlockungen des anderen Geschlechts, aber bisher dominierten eindeutig die um Männlichkeit bemühten Jungenstimmen die Telefonate.

Wir hatten gerade das Frühstücksgeschirr abgeräumt, als es vor der Haustür hupte und mein Sohn mit Hilfe von zwei endlos langen, einen knappen Gruß murmelnden Gestalten seinen Monitor samt Festplatte, Tastatur und Schlafsack in einem verdreckten Kombi verstaute. Ein verschämtes, beiläufiges Winken und weg war er. Lilli hatte sich bereits Donnerstagabend abgemeldet. Manchmal fragte ich mich, ob nicht das Vorhandensein einer Waschmaschine das Entscheidende für ihre Stippvisiten war. In nicht vorhersagbaren Abständen brach sie, Olli im Schlepptau, wie ein Naturereignis über uns herein. Dann verhielt ich mich am besten ruhig und füllte die Lücken im Kühlschrank bis zum nächsten Mal wieder auf. Manchmal, wenn ich dieses mir fremd gewordene Wesen betrachtete, versuchte ich mich daran zu erinnern, wie niedlich sie als Kleinkind gewesen war. In meiner Schmuckschublade bewahrte ich einen Zettel auf, den sie kurz nach der Einschulung in ungelenken, ungleich großen Druckbuchstaben geschrieben hatte.

LIIBE MAMMA ICH HAP DICH LIIP!

Das Kind von damals und die junge Frau der Gegenwart hätten zwei verschiedene Menschen sein können. Vielleicht waren sie es und ich hatte die Invasion der Körperfresser nur nicht mitbekommen? Denn wie war es sonst möglich, dass sich eine nur so vor Lebensfreude strahlende Zwölfjährige innerhalb kürzester Zeit in eine egozentrische, humorlose Zicke verwandelt hatte? Die Pubertät wird einem von allen Seiten als Erklärung angeboten. Die Körperfresser gefallen mir besser. Man hätte es als Feigheit auslegen können. Ich nannte es lieber Zurückhaltung. Jedenfalls drängte ich mich ihr nicht auf. Immerhin blieb mir die Hoffnung, dass die Körperfresser sie irgendwann zurückgeben würden.

Alleine im Haus und ohne Ablenkung wuchsen die Zweifel an meiner Vernunft wie Cumuluswolken. Was hatte ich mir bloß gedacht, als ich so leichtfertig auf die Anzeige geantwortet hatte? Ich sollte absagen. Ich fühlte mich sowieso nicht gut. Nach langem Ringen mit mir selbst kam ich zu dem Schluss, dass es sich um pure Feigheit handelte. Was hatte ich denn zu verlieren? Nichts.

Das letzte Argument ließ mich um 16.02 Uhr, wenn auch äußerst zögerlich, den dezenten Messingklingelknopf an der Seestraße 16a drücken. Auf dem Schildchen daneben stand in schwungvoller Schreibschrift *A.& M. Villing.* Die gediegene Villenatmosphäre der Wohngegend übte eine beruhigende Wirkung auf mein ängstliches Nervenkostüm aus, verstärkte aber auch das Gefühl von Unwirklichkeit. Hier, inmitten gut situierter Zahnarztwitwen und pensionierter Oberstudienräte, schien die Vorstellung einer Orgie besonders unanständig.

Die 16a atmete Solidität. Das Grundstück musste vor langer Zeit geteilt worden sein, denn es ließ sich kaum sagen, welches der beiden zweistöckigen Häuser wohl das ältere war.

Bei beiden dachte ich an Sonnenschirmchen, Hauspersonal und Stickübungen im Wintergarten. Statt eines Dienstmädchens öffnete eine junge Frau in topmodischen Schlag-Jeans und bauchfreiem, lilafarbenem Sweat-Shirt die schwere Holztür. Als ich näher kam, wurde deutlich, dass sie nicht mehr ganz so jugendlich war, wie ihre Kleiderauswahl suggerierte. Der Auberginetton der fransig geschnittenen Haare ließ keine Rückschlüsse auf ihre Naturfarbe oder ergraute Haare zu. Aber die Haut an Hals, Mund und Wangenknochen begann sichtbar zu erschlaffen. Spontan grinste sie mich an und ich lächelte zurück.
»Elisabeth, freut mich, dass du es dir nicht anders überlegt hast.«
Ich errötete überrumpelt.
»Hallo, Andrea, freut mich, dich kennen zu lernen. Ehrlich gesagt, ich habe schon mit dem Gedanken gespielt …«
Ich überragte sie um einen halben Kopf. Eine ungewohnte Erfahrung. Mit meinen Einsfünfundsechzig habe ich selten die Gelegenheit, auf andere hinabzusehen. Ihr Händedruck war angenehm fest. Sie zog mich ins Hausinnere.
»Jetzt hast du dich so weit getraut – da kannst du wenigstens noch meine Männer begrüßen. Die warten schon gespannt auf dich.«
Und damit schob sie mich in ein nach Kaffee und Apfelkuchen duftendes Wohnzimmer. Obwohl es draußen so trüb war, dass in den Nachbargärten bereits vereinzelt die Laternen aufleuchteten, schien hier drinnen die Sonne zu scheinen. Ein Effekt, der geschickt durch üppige Mengen goldgelber Voile-Gardinen erzeugt wurde. Eine einheitlich gelb gestrichene Rauhfasertapete und zahlreiche kleinere Lampen ließen den Raum warm wirken.
»Der Kleinere ist mein Manfred – der lange Dünne ist unser gemeinsamer Freund Rolf«, plapperte Andrea.

Manfred beäugte mich kritisch. Mit dem leicht schief gelegten Kopf, der flauschigen Strickweste und der sich darunter abzeichnenden rundlichen Figur erinnerte er an einen aufgeplusterten Vogel.
»Grüß dich – gut hergefunden?«
Seine weichfleischige, für einen Mann auffallend kleine Hand, berührte meine nur kurz. Er schien nicht allzu begeistert von mir als Vierter im Bunde. Rolf schien eine offenere Einstellung zu haben. Er strahlte mich an, als seien wir gute alte Bekannte, die sich lange nicht gesehen hatten. Seine Hand packte meine und schüttelte sie mit einer Spur zu viel Enthusiasmus. Wollte er den offensichtlichen Mangel an Begeisterung auf Manfreds Seite ausgleichen? So wie er mich anstrahlte, kam ich nicht umhin, sein prachtvolles, porzellanweißes Gebiss zu bewundern. Der trockenbräunliche Ton seiner Haut ließ vermuten, dass er die gleiche ungesunde Vorliebe für Sonnenbänke pflegte wie Andrea. Ansonsten wirkte er neben dem kleinen Paar wie ein zu groß geratenes Einzelexemplar einer verwandten Art. In dem Bemühen, sie nicht allzu hoch zu überragen, versuchte er, in sich zusammenzufallen, was seine Überlänge aber nur noch mehr betonte.
»Du trinkst doch Kaffee mit uns?«
Und schon fand ich mich auf einen gepolsterten Stuhl mit hoher, gerader Lehne gedrückt. Die drei setzten sich mit der Selbstverständlichkeit jahrelanger Vertrautheit auf ihre offensichtlich angestammten Plätze. Eine kleine Familie. Milch und Zucker? Großes Stück oder lieber kleiner? Ein Schlag Sahne dazu? Ich merkte, wie die Anspannung langsam aus mir heraussickerte. In dem Schweigen, das sich ausbreitete, nachdem jeder sein Kuchenstück auf dem Teller und seinen Kaffee fertig gezuckert hatte, hörte man nur das Klirren der Kuchengabeln.

»Der Kuchen ist wunderbar. Hast du ihn selbst gebacken?«
Andrea nahm mein Kompliment mit der Abgeklärtheit langjähriger Gewohnheit entgegen.
»Klar. Wenn du magst, kann ich dir das Rezept geben.«
Das seichte Gesprächsniveau lockerte die Atmosphäre so erfolgreich, dass ich überrascht feststellte, dass ich mich wohl zu fühlen begann. Von Apfelkuchen kamen wir zu Apfelstrudel und von da zu Apfelwein, einem Thema, das Manfred anscheinend interessierte, denn er wurde für seine Verhältnisse richtig lebhaft. Als ich das nächste Mal zu den Fenstern herausschaute, war es stockdunkel.
»Ich habe ja ganz vergessen, nach einer Zugverbindung zu sehen«, fiel es mir siedend heiß ein. Andrea schaute richtig schockiert.
»Natürlich fährt Rolf dich heim. Du hast doch nicht geglaubt, wir lassen dich allein zurückfahren.«
Rolf nickte.
»Ist kaum ein Umweg für mich. Wolltest du Elisabeth nicht noch unsere Spielecke zeigen, Andrea?«
»Genau. Willst du sie dir mal anschauen? Musst dich ja nicht sofort entscheiden.«
Das war mir auch lieb, denn ich hegte inzwischen ernsthafte Bedenken. So ein Kaffeeklatsch mochte ja ganz nett sein, aber die Vorstellung, mit dem kleinen, dicken Muffelmann Manfred Zärtlichkeiten auszutauschen – brhh! Rolf war der Sympathischere, aber mir schien, seine Rolle als Hausfreund war bereits vorgegeben und ich sollte in diesem Spiel Manfreds Trostpreis sein. Am liebsten hätte ich mich so schnell wie möglich verdrückt, aber ein wenig sollte ich vielleicht schon noch mitspielen.
Alle marschierten mit in den Keller. Für einen kurzen Moment übermannte mich auf der Treppe aus heiterem Himmel die Panik. Was, wenn sie mich da unten überwältigten?

Immerhin waren sie zu dritt! Ein Schubs, ein Schlag und ich wäre ihnen ausgeliefert gewesen. Ich hatte nirgends eine Adresse hinterlassen ...

Statt auf Ketten und Verliese eines unheimlichen Kerkers fiel mein erster Blick auf eine beeindruckende Kollektion Kameras und Scheinwerfer. An einer Wand strahlte blauer Himmel mit blauem Meer um die Wette, von Palmen dekorativ umrahmt. Davor stand ein riesiges Rundbett. Mit falschem Tigerfell bezogen und einem Haufen kleiner Kissen dekoriert, hätte es als Bühnenbild für eine Theater-Komödie dienen können. Eine von der Sorte mit endlosen Verwechslungen und überrumpelten Liebespärchen, in der immer irgendjemand durch eine Türe auf die Bühne trampelt oder hinausstolpert. Verwirrt starrte ich auf die zahlreichen Kabel, die sich durch den Raum schlängelten und dem Boden das Aussehen einer Schlangengrube verliehen.

»Toll, was?«

Der naive Stolz in Andreas Stimme ließ mich betreten schlucken.

»Hier drehen wir selbst Pornos. Und die können es mit jedem professionellen aufnehmen. Rolf ist für die Technik zuständig – er ist Fotograf. Und Manfred hat die Ideen. Willst du mal sehn?«

Und schon wühlte Rolf in einem Haufen Kassetten, wählte eine aus und legte sie ein. Neben der einen Palme stand ein Fernseher mit einem Bildschirm von sicher einem Meter Breite. Auf dem flimmerte es einen Moment und dann sah ich in grotesker Übergröße einen armdicken Penis in Frontalansicht. Das sandfarbene Schamhaarbüschel an seiner Basis wirkte ebenso befremdlich wie der Bauchnabel am oberen Rand. Ich hatte *ihn* noch nie in einer solchen Vergrößerung gesehen. Die Kamera blieb am Motiv, als es leicht schwankend einer fleischigen Landschaft zustrebte. Glatt rasiert und purpurfarben wirkte die Vulva in Großaufnahme eher wie eine exotische Orchidee. Langsam schob sich die matt schimmernde Eichel zwischen die Schluchten und bahnte sich einen Weg in die Höhle. Die Kamera schwenkte, das Bild verschwand und eine neue Einstellung zeigte von oben ein Paar in Missionarsstellung. Der Rücken des Mannes verdeckte die Frau völlig, von ihr waren nur die um seine Hüften geschlungenen Beine sichtbar. Plötzlich streckte sie einen Arm aus und am Bildrand wurde eine Männerhand sichtbar …

»Das dürfte als Kostprobe reichen.«

Manfred drückte die Stopptaste. Niemand widersprach ihm. Ich fühlte mich immer unbehaglicher. Andrea wirkte recht nett und auch Rolf war mir sympathisch – aber Manfred irritierte mich. Er schien nicht gerade begeistert von der Initiative seiner Frau. Lag das an meiner Person oder an der ganzen Situation? Die treibende Kraft bei dieser *Menage à trois* schien mir Andrea zu sein. Möglicherweise war die Erweiterung um eine zweite Frau ebenfalls ihre Idee. Ich hatte mich entschieden: Ich wollte nur noch raus hier. Stumm und eine Spur betreten stiegen wir einer nach dem anderen wieder hinauf. Hoffentlich fragt mich jetzt keiner, ob und wann ich wiederkommen will, dachte ich.

»Dann müsste ich jetzt langsam los. Vielen Dank für alles und: Der Kuchen war wirklich toll.«

Manfred schien froh, mich so unproblematisch los zu werden. Er schüttelte meine Hand geradezu herzlich und lächelte sogar. Ehe ich noch Zeit gefunden hatte, mich erleichtert zu fühlen, saß ich schon in Rolfs niedrigem Zweisitzer.

»Es reicht wirklich, wenn du mich da vorne aussteigen lässt. Ich kann gut mit der Bahn heimfahren.«

Rolf schüttelte entschieden den Kopf.

»Kommt nicht in Frage. Das ist doch das Mindeste.«
Wir schwiegen uns an, bis Rolf sein Cabrio aus dem Gewirr von zugeparkten Wohnstraßen auf die Ortsumgehung gesteuert hatte.
»Schönes Auto – ein Hobby von dir?«
Etwas Besseres fiel mir nicht ein, um das Schweigen zu brechen.
»Du«, Rolf ging gar nicht darauf ein, »wegen Manfred ...«
Er schien unsicher und das gab mir Rückhalt. Ich war wohl nicht die Einzige, die sich unwohl fühlte. Seine Hände lagen entspannt auf dem Lenkrad und zogen meinen Blick an. Es waren schöne Hände: lange, feingliedrige Finger und doch kräftig – sowohl geeignet zuzupacken als auch zu streicheln. Meine letzte Erfahrung mit Männerhänden lag endlos lange zurück. Ich starrte sie an, stellte mir vor, wie sie langsam meinen Rücken hinabglitten, meine Hüften umfassten, mich an seine Erektion drückten. Ein leiser Schauer überlief mich. Rolf nahm erneut Anlauf zu einer Erklärung.
»Ich fürchte, da hat Andrea Mist gebaut. Sie hat ein schlechtes Gewissen ihm gegenüber, weißt du. Wir haben unseren Spaß zu dritt, aber ich weiß nicht, wieso sie denkt, sie müsse noch eine weitere Frau dazunehmen. Manfred will das eigentlich gar nicht.«
Aha!
»Das habe ich gemerkt«, platzte es aus mir heraus.
Rolf musste lachen.
»Ja, ein Geheimnis hat er nicht daraus gemacht. Andrea wird ihm ganz schön den Kopf waschen, weil er so unhöflich zu dir war. Dabei ist er eigentlich ein netter Kerl. Es ist halt blöd gelaufen mit dieser Anzeige. Nimm es nicht persönlich, ja?«
Vor lauter Erleichterung, dass sich die Situation so einfach auflöste, stieß ich einen tiefen Seufzer aus, als wir gerade

vor unserer – meiner – Haustür angelangt waren. Rolf interpretierte ihn offensichtlich als Enttäuschung und legte tröstend seine warme Hand auf mein Knie.
»Soll ich noch auf einen Kaffee mit reinkommen?«
Die Wärme sickerte durch den Stoff, als er die Hand liegen ließ und leicht mit dem Daumen über meinen Oberschenkel strich. Es fühlte sich gut an. Würde es sich auf bloßer Haut genau so gut anfühlen? Die Sehnsucht nach einem anderen Körper an mir, in mir, überwältigte mich nahezu. Ich schluckte. Warum nicht? Schließlich war ich, als ich heute Nachmittag aufgebrochen war, noch zum Gruppensex entschlossen gewesen. In den vergangenen Monaten war mein Verlangen erloschen, der Gedanke an Sex hatte mich nicht einmal ansatzweise gestreift. Umso heftiger brach sich die Gier jetzt ihre Bahn. Ich zitterte vor Ungeduld. Rolf warf mir einen fragenden Seitenblick zu.
»Wenn du so spät noch Kaffee trinkst? Ich hätte auch Bier oder Rotwein anzubieten.«
»Rotwein wäre prima.«
Nervös sprang ich aus dem Wagen und fummelte ungeschickt mit dem Schlüsselbund. Rolf kam mir zu Hilfe.
»Darf ich mal?«
Im Flur warf er es beiläufig in das Körbchen unter dem Spiegel und half mir aus dem Mantel. Seine Hände strichen dabei wie unabsichtlich über meine Schultern und ich spürte seinen Atem im Genick. Mühsam riss ich mich zusammen.
»Geh doch schon mal vor, ins Wohnzimmer. Ich bringe den Wein und die Gläser.«
Als ich ins Wohnzimmer kam, stand Rolf nachdenklich vor dem Mohnbild.
»Sehr ungewöhnlich. Das gefällt mir.«
Mit zittrigen Fingern goss ich ein und reichte ihm sein Glas. Wir standen uns gegenüber und sahen uns in die Augen.

Beinahe gleichzeitig tranken wir. Ich schmeckte nichts, starrte nur wie gebannt auf seine Halsmuskeln, die beim Schlucken reliefartig hervortraten. Sein Körper strahlte eine Wärme aus, die mich magisch anzog. Ohne den Blickkontakt abzubrechen, nahm er mir mein Glas ab und stellte beide auf der Anrichte ab. Unsere Münder trafen sich. Meiner ausgehungert, seiner beherrscht. Er küsste gut. Seine Zunge spielte mit meiner, saugte an ihr, leckte mit der Spitze zart über meine Lippenkonturen. Ich drängte mich an ihn, fordernd, ungeduldig nach mehr. Er ließ sich Zeit. Seine Lippen strichen über meine Schläfen, Brauen, erkundeten mein Ohr und wanderten über meinen Hals. Leise aufstöhnend bog ich den Kopf zurück und krallte mich an seinen Rücken. Er fasste sich gut an. Fest und glatt. Meine Brüste spannten und prickelten. Ich versuchte, sie an seiner Brust zu reiben, und fühlte dabei seine Erektion an meinem Bauch. Die harte Beule an seinen Jeans erregte mich auf primitive Art. Ich wollte ihn auf der Stelle in mir spüren. Nach Luft schnappend löste er seinen Mund aus einem endlosen, wilden Kuss.

»Wo ist dein Schlafzimmer?«

Taumelnd zerrte ich ihn die Treppe hinauf. Das Bett war nicht gemacht, aber keiner von uns achtete darauf. Mit mir im Arm ließ er sich auf mein Bett fallen und rollte mich auf den Rücken. Das Flurlicht schien genau auf sein Gesicht und ließ die weißen Zähne aufblitzen. Ich vergrub beide Hände in seinem dichten Haar und zog ihn zu mir herunter. Seine geschickten Hände schälten mich aus den Kleidern, ohne dass ich es bewusst wahrnahm. Ich genoss seine Zärtlichkeiten, ließ mich von ihnen mitreißen. Er kniff mich erst leicht, dann kräftiger in die Brustwarzen, und sie schwollen zu dunklen Kirschen an. Als er den Kopf senkte und sie mit der Zungenspitze umspielte, sie neckte, um schließlich kräftig an ihnen zu saugen, schloss ich die Augen. Ich konzentrierte mich auf das glühende Ziehen, das bis hinunter zu meiner Spalte brannte und dort eine schmerzhafte Leere erzeugte.

Gierig kämpften meine ungeübten Hände mit seinem Gürtel. Meine Ungeschicklichkeit schien ihn zu amüsieren, ich spürte an meinen Brüsten den stoßweisen Atem, wenn er lachte. Schließlich kam er mir zu Hilfe und streifte mit ein paar Handgriffen seine Kleidung ab. Endlich! Ich drängte mich an nackte, behaarte Männerhaut. Kostete die Textur aus, leise kratzend bis kitzelnd. Und warm, so herrlich warm. Der in den letzten Monaten gewachsene Eispanzer schmolz und ließ ein neues Geschöpf lebendig werden, hungrig auf Leben. Zielstrebig bewegte sich seine Hand zwischen meine Beine, streichelte die geschwollenen Lippen, kostete genüsslich die Feuchtigkeit aus, die aus allen Poren sickerte. Ich drängte mich den suchenden Fingern entgegen, lud sie ein, in mich einzudringen, mich zu erforschen. Ein Finger glitt hinein, prüfte mich und fand mich bereit.

Viel zu lange hatte ich das nicht mehr empfunden: von dem Gewicht eines schweren Körpers in die Matratze gedrückt zu werden, das Reiben haariger, muskulöser Beine an der empfindlichen Innenseite meiner Oberschenkel und der heftige Atem eines erregten Mannes, der über mein Ohr strich.

»Warte einen Moment.«

Verständnislos starrte ich ihn an. Er konnte doch jetzt keinen Rückzieher machen und es sich anders überlegen. Zwischen meinen Beinen pochte das Blut. Mein Kopf dagegen schien leer. Rolf beugte sich vom Bett und fummelte im Kleiderhaufen. Als er erleichtert aufseufzte und ein kleines Päckchen mit den Zähnen aufriss, dämmerte es mir. Ich war wirklich nicht mehr zurechnungsfähig! Sogar die elementarste Vorsicht hatte ich außer Acht gelassen. Wenn er nicht daran gedacht hätte … Der Schock ernüchterte mich wie ein kalter Wasserguss.

»He, was ist denn? Alles in Ordnung?«

Ich zwang mich zu einem Lächeln und beobachtete, wie er mit selbstverständlicher Beiläufigkeit, die auf Routine schließen ließ, das Kondom über sein aufgerichtetes Glied streifte. Am liebsten hätte ich ihn jetzt weggeschickt. Stattdessen schloss ich fest die Lider und bemühte mich, seinen Kuss zu erwidern. Zu meiner Überraschung setzten sich die aufgestauten Instinkte durch. Als er sehr langsam, und bewusst den Augenblick auskostend, in mich eindrang, brachen sie sich Bahn. Ich schlang meine Beine um seine Hüften und mein Empfinden kreiste plötzlich einzig und allein um die Stelle meines Körpers, die sich um den Eindringling krampfhaft zusammenzog. Zu lange hatten die Nervenenden brach gelegen. Zu lange hatte ich mein Bedürfnis ignoriert. Bereits nach den ersten, eher vorsichtigen Stößen reagierte mein ausgehungerter Körper mit einer Heftigkeit, die uns beide überraschte.

»Gehst du immer ab wie die Feuerwehr?«

Sein halb ungläubiger, halb selbstzufriedener Tonfall drang durch einen wohligen Schleier zu meinem Bewusstsein durch. Die letzten Krämpfe meines geradezu verzweifelten Orgasmus verebbten. Ich wäre am liebsten in diesem wunderbaren Schwebezustand verblieben und wollte mir einreden, in einer Traumkulisse in den Armen eines Traumpartners zu liegen. Vor meinem inneren Auge baute sich die Palmenstrand-Fototapete hinter dem Studiobett auf und ich öffnete widerwillig die Augen. Nase an Nase konnte ich sein Gesicht nur zu deutlich sehen – die großen Poren in der durch übermäßige Bestrahlung groben Haut; die kleinen Pickel an der Wange, wo sich Bartstoppeln entzündet hatten;

die Haarbüschel, die aus seiner Nase ragten. Sein Atem strich mir genau ins Gesicht und plötzlich schlug eine Woge des Widerwillens über mir zusammen. Der schwere Körper wurde zu einer Last, die ich gar nicht schnell genug loswerden konnte. Aber er war noch immer hart in mir und wartete. Ich schluckte trocken. Mitgegangen, mitgefangen, mitgehangen. Ich zwang mich zu einem Lächeln und hoffte, das noch Ausstehende irgendwie beschleunigen zu können.
»Und du?«
Er ließ sich tatsächlich provozieren!
»Wenn ich schon gewollt hätte, hättest du nicht viel davon gehabt.«
Ich schloss fest die Augen, während er mich mit schnellen, heftigen Stößen gegen das Kopfende schob. Verdammt, das wurde unbequem. Ich stemmte meine Hände gegen zwei Stäbe und wartete ungeduldig auf ein schnelles Ende. Endlich keuchte er ein letztes Mal tief und ein Schwall feuchten, heißen Atems schoss mir ins Gesicht. Ich widerstand mühsam der Versuchung, ihn wegzuschubsen. Glücklicherweise zog er sich fast unmittelbar danach aus mir zurück, seufzte zufrieden und fragte:
»Ist das Bad nebenan?«
»Ja. Gleich gegenüber.«
Im Bad plätscherte Wasser, der Deckel vom Mülleimer klappte. Das war wirklich ein Vorteil des Kondoms. Man hatte nichts mit dem Sperma zu schaffen. Nackte Füße tappten über den PVC und ich spürte seine Nähe, noch bevor die Bettkante neben mir von seinem Gewicht einsackte.
»Ich kann leider nicht bleiben.«
Erfreut riss ich die Augen auf. Ich hatte schon angestrengt überlegt, wie ich ihn am schnellsten loswerden könnte, ohne ihn dabei zu beleidigen. Er balancierte, einen Fuß halb in der Socke, und warf mir einen leicht schuldbewussten Blick

zu. Hatte er erwartet, dass ich ihn bitten würde, in meinem Bett zu schlafen?

»Das ist schon in Ordnung«, beruhigte ich ihn fast ebenso schuldbewusst. »Ich weiß gar nicht, wann die Kinder heimkommen.«

Plötzlich schien er es sehr eilig zu haben. Hatte er Angst, ich könnte Ansprüche an ihn stellen?

»Bleib ruhig liegen. Ich zieh die Haustür hinter mir zu. Ich melde mich, wenn ich mal wieder in der Gegend bin. Okay?«

Ich hoffte, dass er das nicht ernst meinte, und brummte unverbindlich.

Kaum fiel die Haustür mit dem üblichen Knall ins Schloss, rappelte ich mich auf. Die ungewohnte Aktivität von vorhin lenkte meine Aufmerksamkeit auf Körperteile, die ich lange nicht mehr gespürt hatte. Außerdem fühlte ich mich wie nach einem langen Tag in der Bahn – verschwitzt, verstaubt, verdreckt. Ich duschte, bis ich das Gefühl hatte, die oberste Hautschicht hätte sich abgelöst. In meinen Bademantel gewickelt, wechselte ich die Bettwäsche und riss das Fenster auf, obwohl die nasskalte Nachtluft mich frösteln ließ. Der Zwiespalt in mir verwirrte mich. Wieso ekelte ich mich nach der Befriedigung geradezu vor dem gleichen Körper, den ich vorher so anziehend gefunden hatte? Das war mit Christoph nie so gewesen.

Nach diesem Erlebnis hielt ich mich erst einmal eine Weile mit weiteren Versuchen zurück. Und ich betrachtete die entsprechenden Anzeigen mit anderen Augen. Wie viele unwillige Manfreds, überredungsfreudige Andreas und oberflächliche Rolfs steckten wohl hinter den schmeichelhaften Selbstdarstellungen?

Die Vorweihnachtszeit ließ mir nicht allzu viel Zeit für solche Überlegungen. Der Alptraum des Abschlussballs blieb mir erspart. Ich fragte nicht, woher Lilli das nötige Geld für die erstrebte Kostümierung hatte. Vermutlich von ihrem Vater. Nicht nur das halbseidene Kleid, auch atemberaubend hohe Abendsandaletten standen provozierend für den großen Auftritt bereit. Nur zu gerne ließ ich mich von ihr überreden, sie mit Ollis Eltern gehen zu lassen.
Zum ersten Mal in meinem Leben graute mir vor Weihnachten. Die Aktivitäten und Rituale, die den Reiz dieser Wochen ausmachen, würden dieses Jahr ins Leere laufen. Ich hatte immer schon im November mit dem Plätzchenbacken begonnen. In den vergangenen Jahren, in denen sich Christophs Geschmack zunehmend verfeinert hatte, waren Pralinen hinzugekommen. Mit zehn Sorten Weihnachtsplätzchen und diversen Marzipan- und Nugatspezialitäten war ich voll ausgelastet. Und ich war voller Stolz, wenn am ersten Advent neben dem Adventskranz ein opulenter Teller stand. Meine Familie konnte erstaunliche Mengen vertilgen.
Unser weiteres familiäres Umfeld war überschaubar: zwei Schwestern von mir, ein Onkel und eine Cousine von Christoph. Für diesen kleinen Kreis investierte ich viel Zeit in passende Geschenke.
»Da machst du dich dermaßen verrückt und was kommt zurück? Eine billige Pralinenschachtel.«
Christoph hatte dem Ganzen verständnislos gegenübergestanden. Wenn es nach ihm gegangen wäre, hätte man nicht einmal Kartengrüße ausgetauscht. Meine Schwestern hatten ihn stets abgelehnt und das hatte er ihnen niemals verziehen. Sie waren seit langem auf Abstand zu uns gegangen. Gerlinde, die älteste von uns dreien, lehrte an einem nordenglischen College Deutsch und Französisch; sie war

immer das Sprachengenie gewesen. Gudrun, die Jüngste, lebte irgendwo in der Provence. Ob sie Familie hatte? Sie hatte seit mehreren Jahren nicht geschrieben, aber da die Päckchen nie zurückkamen, hoffte ich, dass ihre Adresse noch stimmte. Wir waren uns fremd geworden.

Ich hatte den beiden nichts von der Scheidung mitgeteilt. In der Anfangszeit weigerte ich mich, das Thema überhaupt an mich heranzulassen. Dann hatte ich es in bewährter Manier von einem Tag auf den nächsten verschoben. Wie würden sie reagieren, wenn sie es erführen?

Das Thema Weihnachten mit der Familie brachte ich bei einem Mittagessen, zu dem mal alle anwesend waren, zur Sprache:

»Wie sollen wir es dieses Jahr mit Weihnachten halten?«

Lilli schaute überrascht von ihren Maccaroni auf.

»Wieso? Habe ich dir nicht gesagt, dass ich zu Paps fahre? Er will mich Tiffany vorstellen.«

Vermutlich schaute ich genauso schockiert, wie ich mich fühlte, denn es klang geradezu wie eine Verteidigung, als sie fortfuhr:

»Du sagst doch immer, ich sei sowieso nie zu Hause. Und du hast doch Alex. Der hat bestimmt nichts vor.«

Alex runzelte die Stirn und schluckte energisch.

»Wieso hast du nicht früher was gesagt? Toms Familie hat mich eingeladen, nach den Feiertagen mit ihnen Snowboarden zu fahren. Die haben eine Ferienwohnung in Österreich.«

Na fein, so wie es aussah, würde ich die Weihnachtsferien alleine verbringen.

»Gut, dann kann ich mir dieses Jahr einige Arbeit sparen. Wollt ihr überhaupt einen Weihnachtsbaum?«

Lilli zuckte mit den Schultern und schwieg. Alex wirkte empört.

»Natürlich! Ich bin doch die ganzen Feiertage da. Und die Zimtsterne müssen auch sein, bitte, Mama!«
Ich musste lächeln. Trotz der tieferen Stimme und dem Flaum auf der Oberlippe blieb er seinen Lieblingsplätzchen treu.

Kapitel 3

Männerbekanntschaften

Ich zwang mich dazu, nicht nur meinen Schwestern Briefe zu schreiben, sondern auch dem Onkel und der Cousine. Ich informierte alle über die Trennung. Da unser Kontakt über oberflächliche Weihnachtsgrüße nicht hinausging, rechnete ich nicht mit einer Reaktion. Aber ich hatte das Gefühl, mich korrekt verhalten zu haben. In der Woche vor Weihnachten kam ein dickes Bücherpaket mit einem herzlichen Brief von Gerlinde, in dem sie mich zu sich einlud. Vielleicht würde ich im Frühling oder Sommer tatsächlich fahren. Wieso nicht? Von Gudrun wie immer kein Lebenszeichen.

Lilli hatte sich zwei Extraferientage erbettelt und war mit dem Familienauto von Ollis Eltern an den Flughafen gebracht worden. Unmittelbar davor hatte sie mich scheu umarmt, mir einen Kuss aufs Ohr gedrückt und mir ein »Ich bin ja bald wieder da« hineingehaucht. Ich konnte mich nicht erinnern, wann sie das letzte Mal so nett zu mir gewesen war. Am 24. Dezember schmückten Alex und ich gemeinsam den Baum. Trotz der entsprechenden Hintergrundmusik blieb unsere Stimmung gedrückt, auch wenn wir beide so taten, als sei alles in bester Ordnung. Plötzlich schrillte die Türklingel. Um ein Haar hätte ich vor Schreck die kostbare, von Hand bemalte Glaskugel fallen gelassen. Wir erwarteten keinen Besuch. Alex starrte mich so perplex an, dass sich weitere Fragen erübrigten.

Vor der Tür stand eine farbenprächtige Erscheinung. In einen voluminösen, fuchsiafarbenen Kunstpelz gehüllt, musterte uns eine kleine, vor Selbstbewusstsein strotzende Gestalt. An ihren Ohren baumelten riesige Kreolen; eine lilafarbene Haarsträhne verlieh dem Bubikopf eine interessante Nuance. Das Gesicht kam mir bekannt vor, aber die Sonnenbrille verdeckte nahezu alles davon. Plötzlich verzogen sich die grell geschminkten Lippen zu einem breiten Grinsen, sie nahm die Brille ab und …

»Gudrun! Was machst du denn hier?«

Meine Schwester zuckte nonchalant mit den Schultern. Sie betrachtete uns kritisch.

»Nach dir sehen, natürlich. Das schien nötig. Willst du mich nicht hereinbitten, wir müssen ja nicht unbedingt die Nachbarn unterhalten.«

Und damit schob sie uns energisch vor sich her in den Flur.

»Nimmst du meinen Mantel, Alex, nicht wahr?«

Noch immer halb betäubt, nahm er ihn und hängte ihn weg. Gudrun wandte sich mir zu und schob mich weiter, Richtung Wohnzimmer.

»Na, ich wette, so hat das hier nicht immer ausgesehen. Hast du Kaffee da? Ich habe eine lange Fahrt hinter mir.«

»Ich mache dir einen«, erbot sich Alex.

Wir sanken beide in einen Sessel, ich völlig verdattert, sie erschöpft.

»Du hast dich kein bisschen verändert seit dem letzten Treffen, Elisabeth.«

Das letzte Treffen fand anlässlich der Beerdigung unserer

Mutter statt. Damals hatte sie einen verächtlichen Blick auf Christoph geworfen und gesagt:
»Sag mir Bescheid, sobald du diesen Hanswurst abgelegt hast. Du bist ja bescheuert!«
Leider musste ich ihr nachträglich Recht geben.
»Wenigstens bist du diesen Saftsack los. Hattest du nicht noch eine Tochter?«
»Lilli ist über Weihnachten zu ihrem Vater nach Georgia gefahren.«
Ich hatte mich um einen neutralen Ton bemüht, trotzdem warf Gudrun mir einen scharfen Blick zu und wechselte das Thema.
»Was machst du jetzt eigentlich so? Du arbeitest doch hoffentlich wieder?«
Leicht beschämt verneinte ich und erntete einen befremdeten Blick.
»Wieso nicht? Die Kinder sind doch weiß Gott alt genug, um nicht mehr an deinen Rockzipfeln zu hängen. Du kannst nicht ewig unter der Glasglocke von deinem Ex hocken bleiben. Menschenskind, er hat dich fast zwanzig Jahre deines Lebens gekostet. Du hast nichts getan, als ihm die Füße zu lecken, und jetzt, wo du endlich frei bist, trauerst du deinem Sklavendasein nach. Hast du sie noch alle?«
Wir starrten uns an. Sie hatte lediglich in deutliche Worte gefasst, was ich mir selbst schon eingestanden hatte. Trotzdem tat es weh. Gudrun schnaufte ungeduldig.
»Jetzt schau mich nicht an wie ein waidwundes Reh. Als Schwester muss ich dir doch die Wahrheit sagen, auch wenn ich die Jüngere bin. Du musst endlich deinen Hintern hochkriegen und was aus deinem Leben machen. Es wird höchste Zeit!«
Alex balancierte ein liebevoll zusammengestelltes Tablett ins Zimmer und warf mir einen besorgten Blick zu.

»Hier ist dein Kaffee, Tante Gudrun. Mama, du siehst blass aus, ist dir nicht gut?«
Nicht einmal Gudrun konnte die Anklage in seiner Frage ignorieren. Sie seufzte übertrieben und verdrehte die Augen zur Decke. Alex' klare Augen hefteten sich auf Gudrun, die sich gefährlich schwungvoll ihren Kaffee eingoss.
»Wieso hast du uns eigentlich nie besucht, Tante Gudrun? Ich kann mich kaum noch an dich erinnern. Mama hat nie gewusst, ob ihre Weihnachtspäckchen überhaupt jemals angekommen sind.«
Ich sprang auf und hielt den Deckel der Kaffeekanne fest, ehe er mit einem Platsch in ihrer Tasse landete. Alex musste noch lernen, dass man gewisse Fragen in bestimmten Momenten einfach nicht stellt. Es bereitete mir eine gewisse Genugtuung, rote Flecken auf Gudruns Hals zu sehen. Man hatte ihr schon früher sehr deutlich ansehen können, wenn sie sich schämte. Sie räusperte sich, trank zu schnell einen Schluck Kaffee und schnappte nach Luft. Ich reichte ihr wortlos die Milch.
»Weißt du, Alex, ich hatte nie das Gefühl, dass euer Vater sich über einen Besuch von mir gefreut hätte. Und was deine Mutter betrifft ... «, sie warf mir einen schuldbewussten Blick zu, »habe ich es mir immer fest vorgenommen. Aber dann kam immer etwas dazwischen. Jetzt bin ich doch da.«
Und damit widmete sie ihre Aufmerksamkeit dem Teller mit Plätzchen, die Alex arrangiert hatte. Ich betrachtete sie, ein Relikt aus meiner Zeit vor Christoph. Sie war die jüngste von uns dreien und ich hatte sie als Kind ausgesprochen lästig gefunden. Immer wollte sie von uns Größeren mitgenommen werden. Als Teenager wurde sie unberechenbar. Als unsere Mutter starb, lebte sie gerade in einer WG in Berlin-Kreuzberg. Einem Ort, an dem laut Christoph »kein anständiger Mensch wohnen kann«.

Bei der Beerdigung hatte sie noch die Kostümierung der Alt-Hippies getragen und ihre langen Haare wehten als offene Mähne um sie herum wie ein Schleier. Mittlerweile hatte sie sich sehr verändert. Irgendwie stimmte mich das versöhnlich.

»Und du, Gudrun, was machst du in der Provence?«

»Justin hat da seine Kanzlei. Geht ganz gut, es gibt eine Menge Deutsche, die sich um die alten Häuser reißen. Da dolmetsche ich und sorge für die nötigen Kontakte. Wie du siehst,« sie setzte sich in Positur und präsentierte ihre manikürten und mit Ringen reich bestückten Hände, »geht es mir gut. Ich bin solide geworden.«

Ihr anzügliches Grinsen ließ anderes vermuten. In gewisser Weise war sie wohl doch die Alte geblieben.

»Aber nicht so solide, dass ich die ganzen Feiertage mit Justins langweiliger Verwandtschaft verbringen muss. Ich habe ihnen gesagt, meine Schwester braucht mich – ich fahre hin.«

Ich genoss die alte Vertrautheit. Der freche Teenager schimmerte unter der neuen Lasur durch, aber die erwachsene Gudrun stand mir näher. Alex fand sie faszinierend und fragte sie bis ins kleinste Detail aus. Gutmütig ertrug sie seine naive Neugier, vielleicht war sie auch geschmeichelt durch die unverhüllte Bewunderung meines Sohnes.

Die Feiertage vergingen wie im Flug. Fast hätten wir vergessen, Alex' Sachen zu packen. In letzter Minute riss ich seine Unterwäsche aus dem Trockner und stopfte sie ihm in den Rucksack. Eine letzte hastige Umarmung und weg war er.

»Und jetzt möchte ich alles haarklein erzählt bekommen!«, platzte es aus Gudrun heraus.

Das hatte ich befürchtet. Ihre taktvolle Zurückhaltung war

zu gut gewesen, um wahr zu sein. Es hätte mich auch gewundert, wenn sie sich so grundlegend geändert hätte. Mein gequälter Seufzer stieß auf wenig Mitgefühl.
»Na los, es wird dir gut tun, den ganzen Mist loszuwerden.«
Sie hatte Recht. Ihre Empörung und ihre ätzenden Bemerkungen taten mir gut. Vor den Kindern hatte ich mich immer zurückgehalten und wer hätte sich sonst für die Umstände der Trennung interessiert? Es war mein Schmerz, meine Kränkung – und ich hatte mich so fest darin verstrickt, dass ich nur darum kreiste. Gudruns Parteinahme gab mir ungewohnten Rückhalt. Als ich mit den Worten endete:
»Große Sprünge können wir uns nicht leisten, aber Sorgen müssen wir uns auch nicht machen«, wedelte sie ungeduldig mit den Händen.
»Schon gut, du wirst wieder arbeiten und dann sieht die Welt schon ganz anders aus. Aber, meine Liebe, das ist jetzt über ein halbes Jahr her. Wie hältst du's mit den Männern? Hast du einen Freund? Holst du nach, was du mit diesem Schleimbolzen versäumt hast?«
Ich musste lachen. Was Gudrun wohl zu dem Paar mit Hausfreund sagen würde? Ich machte uns eine Flasche Wein auf und begann zu erzählen. Bei den Zeitungsannoncen hoben sich ihre fein gezupften Brauen zu Rundbögen, bei der Beschreibung der gemütlichen Kaffeerunde grinste sie übers ganze Gesicht und bei der Schilderung der Lasterhöhle brach sie in schallendes Gelächter aus.
»Und, hast du den niedlichen Typen abgeschleppt?«
Ich zögerte und goss uns ein neues Glas ein. Ich drehte es nervös zwischen meinen Händen, während ich ihr alles erzählte, wirklich alles. Gudrun schaute nachdenklich drein.
»Hast du das auch schon bei Christoph erlebt?«
Ich schüttelte den Kopf.

»So wie ich das sehe, war dir dieser Rolf im Grunde völlig gleichgültig. Da ist es doch ganz verständlich, dass du ihn, sobald er seinen Zweck erfüllt hatte, loswerden wolltest, oder?«

Gudruns nüchterne Betrachtungsweise schien logisch.

»Wenn du wieder einmal einen in dein Schlafzimmer lässt – und du solltest wirklich vorsichtiger sein – dann vergewissere dich *vorher*, dass er schleunigst wieder verschwindet. Oder du suchst dir gleich jemanden, neben dem du aufwachen willst. Das ist aber auch Gewöhnung, kann ich aus Erfahrung sagen. Mit der Zeit stellst du nicht mehr so hohe Ansprüche.«

Sie kicherte über ihre Erinnerungen.

»Manchmal war ich ganz schön überrascht, wen ich da entdeckte!«

Schlagartig wurde sie ernst und sah mich warnend an.

»Das kommt davon, wenn man so lange wartet, bis man nicht mehr klar denken kann. Sieh das nächste Mal zu, dass du dich vorher abreagierst. Hast du keinen Vibrator?«

»Und was für einen. Du würdest staunen! Christoph hat mir ein paar total verrückte Sachen geschickt.«

»Dieser Spießer? Zeig her!«

Gudrun reagierte wie erwartet: Fast so ungläubig wie ich inspizierte sie die farbenfrohen Gegenstände und brach in schallendes Gelächter aus über den rotierenden Joystick.

»Mit dem Equipment bist du für Notzeiten gut gerüstet. Vor deiner nächsten Verabredung machst du auf jeden Fall ein paar Entspannungsübungen mit diesem Mr. Wonderful! Und jetzt zeig mir mal dieses coole Anzeigenblättchen. Vielleicht entdecken wir da was Interessantes.«

Unter Kichern und anzüglichen Bemerkungen gingen wir die Spalten Annonce für Annonce durch.

»Hör dir das mal an«, las sie vor.

> **Welcher dominante Mann** unterstützt mich, Ende 30, bei der Erziehung meines devoten Ehemannes?

Kannst du dir das vorstellen? Und das in eurer spießigen Gegend!« Gudrun kicherte vor sich hin und malte sich offenbar einiges aus. »Oder das hier:

> **Hallo Du, ja Du,** schläfst Du gerne allein? Ich nicht, aber dazu braucht man(n) die richtige Frau, habe Dich schon überall gesucht. Aldi hat Dich nicht im Sortiment, Toyota macht's nicht möglich, Bauknecht weiß nur, was Frauen wünschen. Deshalb versuche ich es auf diesem Wege. Wenn Du auch eine Partnerschaft aufbauen möchtest, dann melde Dich. Er, 41 Jahre …

Was für ein Jammerlappen!« Gudrun verzog das Gesicht, als hätte sie auf etwas Saures gebissen. »Kannst du dir eine Frau vorstellen, die den erträgt?«
Sie lümmelte inzwischen auf dem Sessel und schien ziemlich angeheitert zu sein. Auch mein Kopf fühlte sich ein wenig umwölkt. Nur so war es zu erklären, dass uns die nächste Anzeige, die Gudrun mit affektierter Stimme und unterdrücktem Gelächter vortrug, ansprach:

> **Welche Frau hat Lust** auf eine erotische Affäre ohne Beziehungsstress? Romantisch, sinnlich und durch und durch schön?

Das ist doch genau das Richtige. Läuft dir nicht das Wasser im Munde zusammen? Der hat eine E-Mail-Adresse angegeben. Lass uns sofort schreiben.«

Und damit zog sie mich leicht schwankend in Alex' High-Tech-Ecke, die einst sein Kinderzimmer gewesen war. Gudrun überwand mit beeindruckender Geschwindigkeit alle Hürden des ihr fremden Computers und ehe mir bewusst wurde, was sie tat, glitten ihre geschickten Finger in einem schnellen Tanz über die Tastatur. Dabei las sie laut vor:

> »Hallo Johannes, dein Angebot einer stressfreien Beziehung ist eine wunderbare Idee. Bin wieder solo und würde gerne mit einem liebevollen Kavalier über meine Enttäuschung hinwegkommen. Wenn du dunkelhaarige, schlanke Frauen magst, lass was von dir hören. Deine E.

Ob der anbeißt?«
Ehe ich sie bremsen konnte, hatte sie bereits auf *Send* geklickt. Zufrieden lehnte sie sich zurück und grinste mir zu.
»Na, jetzt wollen wir doch mal sehen, ob der Romantiker antwortet.«
Wir ließen den Computer an und tranken Kaffee – zum Ausnüchtern. Eine Stunde später zeigte Alex' selbst installierte Animation einen Posteingang an.
»Hör dir das an!«, schnaufte sie spöttisch.

> Liebe E., gerne würde ich dir helfen, auf andere Gedanken zu kommen. Ich liebe schlanke, dunkelhaarige Frauen. Ich selbst bin groß und blond und man sagt, ich sähe gut aus. Willst du dich übermorgen Nachmittag mit mir im orientalischen Kaffeehaus treffen? Im hinteren Teil haben sie hübsche Sitzecken. Ich werde für 16 Uhr die hinten rechts

reservieren. Damit du weißt, dass du richtig bist, steht ein Strauß gelber Rosen auf dem Tisch. Ich freue mich auf dich. Dein Johannes.

Menschenskind, ich sollte hier bleiben. So viel Spaß hatte ich lange nicht mehr. Wir könnten zusammen hingehen! Schon gut, du brauchst gar nicht so bedenklich zu schauen, ich muss morgen sowieso los. Ich habe Justin versprochen, zu ein paar wichtigen Terminen zurück zu sein. So ein Jammer ...«

Ich versuchte, mit betrübter Miene meine Erleichterung zu verbergen. So sehr ich diese Tage mit Gudrun genoss – sie schüchterte mich mit ihrer weltoffenen Art ganz schön ein. In ihrer Gegenwart hätte ich mich nur linkisch aufgeführt. Vielleicht bot sich mir ja tatsächlich eine neue Chance.

Am letzten Abend überschüttete sie mich geradezu mit Ratschlägen. Wenn ich nur die Hälfte im Gedächtnis behalten hätte, hätte ich mich wahrscheinlich mehr wie Gudrun als wie Elisabeth benommen. Die Tipps zu meiner äußeren Erscheinung schienen aber befolgenswert. Die Friseurin, deren Geschick ich mich anvertraute, machte ihre Sache gut. Schimmernd und duftig umspielten die vorher so unspektakulären braunen Haare mein Gesicht und wippten bei jedem Schritt unternehmungslustig. Nach mehr als einer Stunde in der Drogerie schleppte ich stolz eine Menge neuer Kosmetika heim. In den vergangenen Jahren hatte ich so selten Gelegenheit, ein aufwändiges Make-up aufzulegen, dass es keinen Grund gegeben hätte, neue Produkte zu kaufen. Mein langweiliger dunkelbrauner Lidschatten im Naturlook wurde einfach nicht weniger. In der Drogerie schwelgte ich in schimmernden Farben und hauchfeinen Pudertönen, bis ein Blick auf die Preisschildchen mich zur Beschränkung mahnte. Auf dem Heimweg schaute ich eingedenk Gudruns Ermahnungen bei dem schicken Modeladen vorbei. Und siehe da, das Glück lachte mir: Auf einem Ständer hingen die figurbetonten Hosen und Oberteile, die Gudrun mir so dringend angeraten hatte:

»Zeig doch deine Figur«, hatte sie gesagt. »Diese Sackgeschichten könntest du auch tragen, wenn du doppelt so dick wärst. Schau mich an, ich bringe gut 15 Kilo mehr auf die Waage und verstecke ich sie? Du hast noch eine Superfigur. Verpack sie ein bisschen geschickter und die Männer werden dir in Scharen hinterherlaufen.«

Ich fühlte mich jung und leichtsinnig, als ich in den bestickten engen Jeans und dem bordeauxroten Pullover vor dem Spiegel stand.

Ich fühlte mich so lange gut, bis ich um Viertel vor vier vor dem orientalischen Kaffeehaus stand. Es war zu kalt, um draußen herumzulungern. Ich bohrte meine feuchten Hände in die Manteltaschen und umklammerte dort ein Taschentuch. Ein alter Trick, um feuchte Hände zu überspielen, der gleichzeitig beruhigte. Entschlossen betrat ich das Lokal. Draußen dämmerte es bereits und drinnen verbreiteten Öllämpchen ein flackerndes, warmes Licht. Ich strebte zielsicher auf den Tisch hinten rechts zu. Er war nicht zu verfehlen, denn der üppige Strauß aus zartgelben Rosen strahlte wie ein heller Fleck. Johannes war noch nicht da.

Die Samtpolsterung der Rundbank wirkte warm und gemütlich. Erschreckt zuckte ich zusammen, als sich jemand direkt neben mir räusperte. Es war nur der zierliche Kellner, der mir höflich die in Samt gebundene Speisekarte reichte.

Ich bestellte mir einen Mokka mit Koriander und wartete. War es die ungewohnte, orientalische Musik, die mich noch nervöser machte? Jeden Augenblick erwartete man eine verschleierte Bauchtänzerin. Ein Liebespärchen kam herein und suchte nach einer warmen, stillen Ecke. Das Zifferblatt meiner Uhr war bei der spärlichen Beleuchtung nicht zu erkennen. Es musste doch inzwischen nach vier sein!

Ich hatte Gudruns Ratschlag befolgt und unmittelbar vor dem Rendezvous meinen Vibrator benutzt, damit ich nicht noch einmal wie wild auf den nächstbesten Mann losging. Ich hatte mir sogar zwei Mal einen raschen Orgasmus verschafft, eine Doublette, wie ich sie während eines Geschlechtsakts nie zustande gebracht hätte. Freud hätte daran vermutlich seine helle Freude gehabt, aber es gibt in der Tat Qualitätsunterschiede bei den verschiedenen Orgasmusarten: Mit einem Mann kommt mein Höhepunkt quasi nicht von selbst. Ich muss Muskeln anspannen, die entscheidenden Körperstellen in die richtige Lage manövrieren und mich richtig anstrengen. Dafür erschüttert der Höhepunkt den gesamten Unterleib und lässt mich ausgepumpt und schweißgebadet, aber glücklich zurück. Das Prickeln und Glühen verebbt langsam und lässt einem Zeit zum Nachkosten. Das Gefühl der Sättigung hält an. Mit dem Vibrator hingegen kann ich diese befriedigenden Empfindungen einfach nicht erreichen. Ich weiß, wenn ich ihn einschalte und an die richtige Stelle halte, brauche ich keinen Finger zu rühren, um in wenigen Minuten einen Orgasmus zu erreichen. Aber er bleibt schal. War das alles?, frage ich mich und das treibt mich oft zu einem zweiten Versuch. Nicht, dass ich mir von dem mehr erhoffe. Ich will nur wissen, ob ich es schaffe. Dieser mehr sportliche Aspekt meiner Bedürfnisbefriedigung verhilft mir zu einem effektiven

Abbau des Triebstaus. Befriedigung kann man es wohl nennen. Zufriedenheit wäre übertrieben.

Ich nahm einen Lufthauch von der Eingangstür wahr. Die Schritte, die auf mich zustrebten, ließen mich aufblicken. Der Mann, der so über mir aufragte, dass ich hochschauen musste, lächelte mich zurückhaltend an und reichte mir eine schmale, gepflegte Hand.

»Ich bin Johannes Krusemann, angenehm. Warten Sie schon lange?«

In damenhafter Zurückhaltung drückte ich sie und stellte mich ebenfalls vor.

»Wie ich sehe, haben Sie sich für die Spezialität des Hauses entschieden – eine gute Wahl. Den Mokka nehme ich auch. Mögen Sie Süßes? Das *Bakhlava Excelsior* ist fantastisch. Sie nehmen Pistazien dazu.«

Ein suchender Blick und augenblicklich stand der Kellner wie ein Geist aus der Flasche vor ihm und präsentierte die Speisekarte wie ein fürstliches Gastgeschenk. Johannes Krusemann bemühte sich, seine guten Einsneunzig zusammenzuklappen und auf die Bank mir gegenüber zu rutschen. Er lächelte mich an und bestellte, ohne die Karte anzuschauen. Er gefiel mir. Seine Art strahlte Zurückhaltung und eine altmodische Form von Kultiviertheit aus, wie man sie eher von einem älteren Herrn erwarten würde. Das hagere Gesicht hätte zu einem Gelehrten gepasst. Der dunkelgraue Rollkragenpullover und die schwarzen Jeans unterstrichen den Kontrast der schwarzen Augenbrauen und kurz geschnittenen Locken zur auffällig bleichen Gesichtsfarbe. Ein Stubenhocker? Seine dunklen Augen musterten mich unvoreingenommen. Offen wie die eines Kindes.

»Sie wirken jünger, als ich Sie mir vorgestellt hatte«, stellte er fest. »Haben Sie Kinder?«

Ich fand die Frage für das frühe Stadium unserer Bekanntschaft aufdringlich und antwortete kurz angebunden:
»Ja, zwei. Und Sie?«
Er lächelte wehmütig, als bedauere er eine frühere Fehlentscheidung, und schüttelte den Kopf.
»Nein, ich habe keine Kinder. Ich wohne mit meiner Mutter zusammen.«
Ach, du lieber Himmel! Unwillkürlich wich ich innerlich zwei Schritte zurück.
Er musterte mich, als müsste er später seiner Mutter alle Einzelheiten meiner Erscheinung beschreiben. Mit seiner naiven Ausstrahlung weckte er eher meine eigenen mütterlichen Gefühle. Hatte Mutti ihn gedrängt, er müsse sich jetzt endlich eine Freundin suchen?
»Hätten Sie Lust, mit mir ins Kino zu gehen?«, fragte er unvermittelt. »Im *Cineplex* läuft zum letzten Mal *Chocolat.* Ich habe ihn schon ein paar Mal gesehen und bin sicher, er wird Ihnen gefallen.«
Eigentlich hatte ich ihn gerne sehen wollen, mich aber nicht dazu aufraffen können, alleine ins Kino gehen. Zwischen all den Pärchen und Freundinnengruppen wäre ich mir erst richtig einsam vorgekommen. Die Aussicht, in Gesellschaft zu gehen – und in absolut harmloser dazu – ließ mich nach kurzem Zögern zusagen. Die folgende halbe Stunde im Lokal verlief harmonischer, als ich erwartet hätte. Johannes schien ein leidenschaftlicher Cineast zu sein, denn unsere Unterhaltung drehte sich nahezu ausschließlich um Filme. Seine Fachkenntnis machte mir bewusst, wie wenig ich bisher auf Regisseure geachtet hatte. Wir waren uns einig in unserer Abneigung gegen die Explosionsfreudigkeit amerikanischer Actionfilme, bedauerten beide die Oberflächlichkeit moderner Hollywoodstreifen und schwelgten in Reminiszenz an uralte Komö-

dien in schwarz-weiß. Als die letzten Krümel des vorzüglichen Bakhlavas verschwunden waren, hatten wir ein Stadium erreicht, in dem wir uns miteinander wohl fühlten. Die Harmonie hielt an, als wir gemeinsam zum nahen Kino schlenderten. Im Zuschauersaal herrschte gähnende Leere. Erfreut von der Aussicht, nicht mit der Geräuschkulisse eines Kleintierzoos um mich herum den Film anschauen zu müssen, ließ ich mich genießerisch in den Klappsessel sinken. Leider war Johannes ausgesprochen zappelig. Kaum wurde es dunkel, begann er, seine Hände auf den Oberschenkeln hin und her zu reiben und auf dem Sitz vor und zurück zu rutschen. Ich bemühte mich, ihn zu ignorieren. Als ich mit großem Interesse zu erkennen versuchte, welche Pralinen im Film gerade hergestellt wurden, schlängelte sich seine Hand zu mir herüber und umfing meine zärtlich. Musste er gerade jetzt seine romantischen Anwandlungen ausleben? Ohne den Kopf zu wenden, entzog ich ihm meine Hand sanft. Eine Zeit lang schien es, als hätte er die Zurückweisung akzeptiert. Doch plötzlich war die Hand wieder da. Diesmal strich sie über meinen Oberschenkel und fuhr langsam darauf entlang zu meinem Knie. Sie versuchte, sich zwischen meine Beine zu drängen. Verärgert und entsprechend energisch packte ich sein Handgelenk und wollte seinen Arm auf die andere Seite der Armlehne befördern, als seine andere Hand vorschoss und meinen Oberarm umklammerte. Unnachgiebig zog er meine Hand auf seinen Schritt zu und drückte sie gegen eine wabbelige Erhebung. Ich war fassungslos, konnte mich aber nicht befreien. Wenn das eine Erektion sein sollte ...

Er begann, sein Becken hektisch nach vorne zu stoßen und die Beule an meiner Hand zu reiben. Angewidert verstärkte ich meinen Befreiungsversuch. Das hier verstand

ich nicht unter einer »erotischen Affäre ohne Beziehungsstress«!
»Lass mich sofort los oder ich schreie um Hilfe«, zischte ich wütend.
Er reagierte mit einem unterdrückten Stöhnen und intensivierte seine Bemühungen. In dem Augenblick, in dem ich mich endgültig dazu durchgerungen hatte zu schreien, stöhnte er erleichtert auf und erschlaffte. Ich riss meine Hand zurück und fauchte:
»Kommen Sie mir ja nie wieder in die Nähe, Sie Schwein.«
Er murmelte etwas, das klang wie »frigide Ziege« und stolzierte davon, ohne mich noch einmal anzublicken. Aufgewühlt blieb ich sitzen. Das Bedürfnis, meine Hände zu waschen, ließ mich in meiner Tasche nach Erfrischungstüchern suchen. Sobald der scharfe Alkoholgeruch und die Kälte des feuchten Papiers in mein Bewusstsein drangen, atmete ich tief durch. Es dauerte ewig, bis meine Empörung schwand. Jetzt schaue ich mir den Film doch alleine an, dachte ich. Er gefiel mir– obwohl ich am Anfang einiges verpasst hatte.

Wenn ich Gudrun nicht versprochen gehabt hätte, aktiv an der Veränderung meines zölibatären Daseins zu arbeiten, hätte ich spätestens jetzt aufgegeben. Ich zog eine Anzeigen-Niete nach der anderen: einen Skilehrer, der abseits der Pisten hilflos schien, und einen Ehemann, der offenkundig die Ausgaben für eine Professionelle scheute, konnte ich glücklicherweise bereits telefonisch aussortieren. Wo waren sie – die Männer, die man gerne näher hätte kennen lernen wollen? Sie konnten doch unmöglich alle in festen Händen oder im Urlaub sein. In einer Mischung aus Galgenhumor und Verzweiflung versuchte ich es doch noch einmal – mit einer ungewöhnlichen Anzeige. Entweder war der Verfasser ein Abkürzungsfreak, oder er neigte zum Geiz. Auf jeden Fall brauchte ich ein wenig, bis ich alles kapiert hatte.

Viels. interess. Er (41, NR, ungeb.) sucht niveauv. Sie f. außergew., harmon. Freundsch. Chiffre 518/78

Was meinte der mit *außergewöhnlich*? Gudrun hatte mich gewarnt, dass viele Formulierungen in dieser Art Anzeigen bestimmten Codes entsprachen. Hier konnte ich mir aber beim besten Willen nichts Gefährliches vorstellen. Ich schrieb und als der Inserent wenige Tage später anrief, schlug ich als neutralen Treffpunkt die Porzellanabteilung von Karstadt vor. Als Erkennungszeichen, verabredeten wir, würde ich einen dunkelroten Hut in Kombination mit einem orangefarbenen Schal tragen. Es schien mir geschickt, einen Ort zu wählen, der am späten Nachmittag nicht überlaufen sein würde, aber ausreichend Schutz böte.
Die Kinder waren mittlerweile aus ihren Ferien zurückgekommen. Alex tief zufrieden und braun gebrannt, Lilli ungewöhnlich still, ja fast nachdenklich. Ich wagte nicht nachzufragen und sie erwähnte weder Christoph noch irgendein Erlebnis in den USA. Irgendetwas musste dort vorgefallen sein, denn ihr Benehmen hatte sich grundlegend geändert. Ich hatte nicht eine einzige pampige Bemerkung von ihr gehört, seit Ollis Eltern sie mit ihrem Gepäck am Abend des letzten Ferientages abgesetzt hatten. Leicht verschämt hatte sie mir sogar ein liebevoll verpacktes Päckchen in die Hand gedrückt und »Nachträglich frohe Weihnachten und alles Gute« gemurmelt. Als ich es auspackte, fand ich darin ein Paar zierlicher Ohrstecker in der Form silberner Magnolienblüten. Ich legte sie sofort an und zum ersten Mal seit langem wagte ich wieder ernsthaft zu hoffen, dass sich unser Verhältnis bessern würde.

Eines Abends, als sie mir half, die Spülmaschine auszuräumen, raffte ich all meinen Mut zusammen und fragte schüchtern:
»Alles in Ordnung mit dir, Lilli?«
Hinter dem Haarvorhang war ihr Gesicht nicht zu erkennen. Nach endlosen Sekunden, in denen ich meine Frage am liebsten zurückgenommen hätte, seufzte sie nachdenklich und richtete sich auf.
»Weißt du, Mama, ich hätte nie gedacht, dass unser Vater so ein mieser Typ ist!«
Aha, aus *Paps* war also *unser Vater* geworden. Diese Kehrtwendung überraschte mich. Ich biss mir auf die Zunge und behielt den Hinweis, dass Alex und ich schon länger dieser Ansicht seien, für mich. Es war nicht der Zeitpunkt dafür. Nachdem sie einmal angefangen hatte, gab es kein Halten mehr: Tiffany hatte ihr wohl sehr deutlich zu verstehen gegeben, dass sie als Tochter aus einem früheren Leben nicht willkommen war. Christophs Besänftigungsversuche hätten zu diversen unangenehmen Szenen geführt.
»Sie hat herumgeschrien wie ein Fischweib«, beschrieb Lilli ihr Verhalten.
Bei jeder Gelegenheit hätte Tiffany abfällige Bemerkungen über mich und die Kinder gemacht. Christoph hätte es nach kurzer Zeit vorgezogen, sich abends lieber zu verdrücken und die beiden Frauen sich selbst zu überlassen. Sobald Christoph verschwunden gewesen wäre, hätte Tiffany sich in ihr Zimmer zurückgezogen und den Fernsehapparat laufen lassen. Tagsüber hätten Christoph und Tiffany arbeiten und Lilli sich alleine beschäftigen müssen. Dann war sie oft in die Stadt gegangen.
»Das ist vielleicht langweilig da – kaum nette Geschäfte, nur immer diese riesigen *Malls*.«
An einem Wochenende hatte Christoph wohl vorgeschla-

gen, einen Ausflug ans Meer zu unternehmen, und Lilli hatte sich wahnsinnig darauf gefreut. Prompt hätte Tiffany einen schrecklichen Migräneanfall erlitten und Christoph hätte das ganze Wochenende nicht von ihrer Seite weichen dürfen.
»Ich kann mich nicht erinnern, dass Vater jemals für dich Tee gekocht hätte, wenn du mal im Bett gelegen bist«, schloss sie empört ihren traurigen Reisebericht.
Christoph schien nun seinen Meister gefunden zu haben.

Fast hätte ich meinen Termin in der Porzellanabteilung vergessen. In letzter Minute suchte ich den orangefarbenen Schal und kam abgehetzt und entnervt bei Karstadt an. Außer einem Herrn mit auffällig feiner Erscheinung, der gerade kritisch ein Kristallglas gegen das Licht hielt, war niemand zu sehen. War das meine Verabredung? Er stellte das Glas behutsam zurück ins Regal und wandte sich mir zu. Sein Blick glitt dezent über meine Aufmachung und ich errötete, weil ich mir plötzlich billig vorkam. Roter Hut und knalliger Schal – wieso war mir um Himmels willen nichts weniger Grelles eingefallen? Seiner Miene war nichts zu entnehmen, als er zielsicher auf mich zusteuerte. Er war ziemlich klein gewachsen, überragte mich höchstens eine Hand breit. Dicht vor mir zog er mit langjähriger Gewandtheit seinen Hut und reichte mir eine gepflegte, zierliche Hand.
»Guten Abend. Darf ich davon ausgehen, dass Sie die Dame sind, die diesen Treffpunkt vorgeschlagen hat?«
Ich nickte sprachlos.
»Gestatten, Wolfgang Breitenstein.«
Er verbeugte sich höflich.
»Angenehm, Elisabeth Schellhammer.«

Wir schüttelten uns vor Verlegenheit ausgiebig die Hände. Neben ihm fühlte ich mich plump und gewöhnlich – und irgendwie zu groß geraten. Er wandte sich ab und fixierte das *Villeroy-&-Boch*-Service neben uns.

»Dürfte ich Sie zum Abendessen einladen? Dabei könnten wir unsere gegenseitigen Erwartungen abgleichen und uns näher kennen lernen. Die äußeren Bedingungen hier sind nicht sehr behaglich, finden Sie nicht?«

Dem konnte ich nur zustimmen. Warum sollte ich mir nicht einmal Herrn Breitensteins Vorstellungen von niveauvoller Unterhaltung anschauen? Es war ewig her, dass ich außer Haus gegessen hatte. Folgsam ließ ich mich von ihm in das stinkfeine Restaurant eine Straße entfernt von dort führen, das so vornehm war, dass sie nicht einmal eine Speisekarte heraushängten. Die schwere Eingangstür schwang lautlos hinter uns zu. Sofort eilte ein geschäftiger Oberkellner im Frack herbei und dienerte beflissen.

»Schön, Sie wieder einmal bei uns begrüßen zu dürfen, Herr von Breitenstein.«

Aha, ganz Gentleman, hatte er mir seinen Adelstitel verschwiegen

Auf den herrischen Blick des Oberkellners sauste ein Hilfskellner herbei und beeilte sich, uns die Mäntel abzunehmen. Hätte ich das geahnt! In meinen betont jugendlichen Klamotten fühlte ich mich absolut fehl am Platze. In meinem Rücken spürte ich die herablassenden Blicke anwesender Damen. Ein Platz am Rande wäre mir lieber gewesen, aber wir wurden natürlich genau in die Mitte gesetzt. Peinlich berührt schlüpfte ich auf meinen Stuhl und tat so, als ob ich draußen nach etwas Ausschau hielte.

»Trinken Sie Wein?«

Auf meine Bestätigung hin fachsimpelten die beiden Herren ausgiebig. Sie schienen es zu genießen.

»Sind Sie einverstanden, Maître Robert die Zusammenstellung des Menüs zu überlassen? Nach meiner Erfahrung fährt man damit nicht schlecht.«

»Selbstverständlich.«

Maître Robär verbeugte sich dankend und entschwand. Wir musterten uns gegenseitig so unauffällig wie möglich. Mein Gegenüber wirkte wie aus einem anderen Jahrhundert. Ich sah auf den ersten Blick, dass alles, was er trug, exquisit war. Ich überlegte schon, ob er wohl auch Sockenhalter trug, obwohl die mit der lange zurückliegenden Erfindung der elastischen Kniestrümpfe ausgestorben waren.

Abgesehen von dieser Aura des Unzeitgemäßen erwies sich mein Begleiter als erstaunlich beschlagen in allen aktuellen Fragen. Was er geschäftlich betrieb, erschloss sich mir nicht und direkt zu fragen widerstrebte mir. Jedenfalls pflegte er häufig in den Fernen Osten zu reisen. Seine Schilderungen chinesischer Gepflogenheiten zeugten von profunder Landeskenntnis. Er erzählte mit einem so netten Hang zur Selbstironie, dass ich ihm stundenlang hätte zuhören können. Der gemischte Vorspeisenteller und die Seezungenröllchen in Krebsbutter schmeckten köstlich. Irgendwann ertappte ich mich dabei, dass ich die Situation in vollen Zügen genoss. Wenn sich diese *außergewöhnliche, harmonische Freundschaft* auf einen freundschaftlichen Aspekt beschränken würde, dachte ich, würde ich dem mit Freuden entgegensehen. Der Hauptgang, Filets Mignons vom Hirschkalb, steigerte mein Wohlgefühl noch, denn ich esse sehr gerne Wild. Christoph dagegen mochte es nie. Sobald ich den letzten Rest Sherrysoße aufgenommen hatte, spürte ich einen Wechsel in der Atmosphäre. Herr von Breitenstein war zu wohl erzogen, um während des Essens andere Themen als die erlaubten anzusprechen, aber bestimmt brannte er innerlich darauf. Maître Robert empfahl

uns als Abschluss einen Käseteller. Nach Käse war mir nicht, aber die Mousse au chocolat auf Himbeerspiegel, die ich am Nachbartisch gesehen hatte, reizte mich. Ich war entschlossen, alles aus diesem Abend herauszuholen. Mein Gastgeber wartete mit bewunderungswürdiger Geduld. Wartete, bis ich mit einem zufriedenen Schnaufer den Löffel hingelegt und mich zurückgelehnt hatte. Dann jedoch setzte er sich gerade hin, den Blick auf seinen Espresso gesenkt, in dem er geschäftiger als nötig rührte.
»Sie fragen sich sicher, um was es bei dem außergewöhnlich in meiner Annonce ging?«
Mir wurde unbehaglich zumute. Vielleicht hätte ich den Nachtisch besser weggelassen. Ich stärkte meine Nerven mit einem kräftigen Schluck Wein und wartete gespannt.
»Ich habe immer gehofft, dass *es* mit der Zeit leichter werden würde. Was ist heutzutage nicht alles möglich? Aber die Toleranz beschränkt sich auf wenige Bereiche. Schwul oder lesbisch sein, das ist ja förmlich *en vogue*. Wenn ich als Mann hingegen in ein Dessousgeschäft gehe und dort etwas Weibliches anprobieren möchte, kann ich froh sein, wenn die Verkäuferinnen nicht die Polizei rufen. Glücklicherweise gibt es Möglichkeiten über Versandhauskataloge …«
Ein Transvestit also! Was wollte der bloß von *mir*? Die Frage sah man mir wohl an, denn er lächelte wehmütig.
»Sicher fragen Sie sich jetzt, was Sie damit zu schaffen haben. Nun, Sie passen von der Größe her gut. Wir könnten als Paar einkaufen gehen. Niemand würde sich etwas dabei denken, wenn ich für Sie etwas heraussuchte.« Herr von Breitenstein beugte sich vor und raunte verschwörerisch: »Mein Traum ist es, Frau unter Frauen zu sein.«
»Und wie stellen Sie sich das vor?«, platzte ich heraus.
»Ganz einfach. Ich gehe gut als ältere Dame durch. Nicht so

attraktiv, dass ein Mann genauer hinschauen würde. Allein macht mir das keinen Spaß mehr. Ich hatte mir vorgestellt, dass wir unter Fremden – im Theater oder bei anderen Veranstaltungen – als Freundinnen auftreten würden. Natürlich ist es riskant, dass Sie so attraktiv sind. Dadurch wird die Gefahr größer, dass auch ich mehr Aufmerksamkeit errege, als mir lieb ist, aber vielleicht wird es dadurch erst richtig aufregend.«

Ich schauderte, denn ich hatte eine Vision: wir beiden netten Damen in meinem Lesekreis. Ich sah das Desaster vor meinem inneren Auge. Die Vorstellung, einem Bekannten zu begegnen, sozusagen Arm in Arm mit einem Mann in Frauenkleidern – nein, mir wurde plötzlich leicht übel.

Die Enttäuschung glitt so schnell über sein Gesicht, dass ich fast an Einbildung glaubte, aber seine folgenden Worte zeigten, dass er meine Ablehnung nur zu gut wahrgenommen hatte.

»Es tut mir Leid, wenn ich Ihnen zu nahe getreten sein sollte. Bitte vergessen Sie das Ganze. Ich danke Ihnen für einen reizenden Abend – wirklich, es war eine angenehme Abwechslung für mich, in so netter Gesellschaft zu essen. Darf ich Ihnen ein Taxi rufen lassen?«

Ich lehnte dankend ab und erklärte, nach dem üppigen Mahl etwas Bewegung zu brauchen. Den Teufel würde ich tun und zugeben, dass mir ein Taxi zu teuer war. Ich würde problemlos den letzten Bus erwischen, wenn ich mich beeilte. Eigentlich schade. Ich hatte mich mit ihm sehr wohl gefühlt. Vielleicht gerade, weil er keinerlei sexuelles Interesse an mir hatte. Aber das hier ging mir einfach zu weit. Ich wünschte ihm, dass er eine passende Partnerin finden möge. Ich war dazu nicht bereit. Mein Nervenkostüm war für so etwas nicht geschaffen. Ich bedankte mich artig, wünschte ihm aufrichtig alles Gute und floh eher hektisch als damenhaft.

Nach dieser denkwürdigen Begegnung hatte ich erst einmal die Nase voll. Wenn ich eine Diplomarbeit über sexuelle Randgruppen hätte schreiben wollen, wäre ich vermutlich begeistert über die reiche Beute gewesen. Mit der schlichten Intention, einfach nur einen Mann zu finden, war ich schmählich gescheitert. Mein Entschluss stand fest: Ich war raus aus dem Anzeigengeschäft. Ich bestätigte das noch einmal deutlich in meinem Brief an Gudrun, in dem ich alles so genau wie möglich berichtete. Ihr schallendes Gelächter konnte ich, mit einem minimalen Einsatz an Vorstellungskraft, deutlich hören.

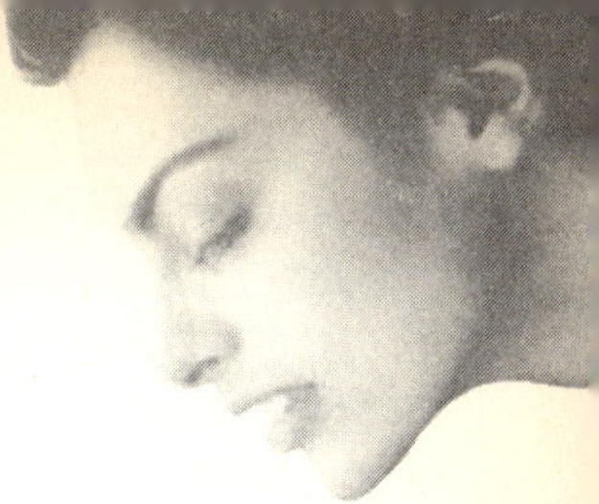

Kapitel 4

Die Agentur

An diesem Tiefpunkt meines Lebens hatte das Schicksal überraschenderweise ein Einsehen mit mir. Verzagt blätterte ich immer wieder durch die spärlichen Stellenangebote, bis mir eines Tages eine ungewöhnliche Annonce ins Auge sprang:

> **Wir sind ein bekanntes Unternehmen** in der hochpreisigen Touristik-Branche, spezialisiert auf individuell erstellte Besichtigungsprogramme und Führungen. Wir suchen eine Dame mittleren Alters mit sicherem Auftreten und guten Umgangsformen. Sie sollte fließend Englisch und Französisch sprechen und über eine fundierte Allgemeinbildung verfügen. Erfahrung mit außereuropäischen Kulturen wünschenswert.
> Näheres unter Tel: 07531 … (Frau von Levetzow)

Da war sie endlich, die Chance, meine sonst so wenig gefragten Qualifikationen einbringen zu können! Ich brachte alles für diese Stelle mit: Meine Umgangsformen waren dank der altmodischen Erziehung meiner Mutter makellos. Das sichere Auftreten ließ noch ein wenig zu wünschen übrig. Englisch und Französisch hatte ich früher, als ich noch in der Reiseabteilung von Christophs Bank gearbeitet hatte, fließend beherrscht. Es durfte nicht allzu schwierig sein, das Eingerostete wieder zu ölen. Die gewünschte Erfahrung mit außereuropäischen Kulturen machte mich etwas misstrauisch. Welche meinten die? Ich dachte über meine Referenzen nach: Damals in der Bank, als ich mein Glück kaum hatte fassen können, aus dem tristen Hinterzimmer im sechsten Stock in die Reiseabteilung im repräsentativen ersten Stock versetzt worden zu sein, begann ich mit Begeisterung, alle möglichen multikulturellen Vorträge zu besuchen. Nach einiger Zeit hatte sich mein Interesse auf Asien konzentriert. Höchstwahrscheinlich würde ich niemals einen Fuß auf den Boden Japans oder Indiens setzen, aber mein Fernweh trieb mich zu jeder erreichbaren Veranstaltung.

Christoph hatte ich im Treppenhaus der Volkshochschule kennen gelernt, als ich, auf dem Weg zu einer Teezeremonie, mit ihm zusammengestoßen war. Er war gerade zu *Business English* geeilt. Während wir unsere Bücher und Hefte aufsammelten und uns mit Entschuldigungen zu übertreffen versuchten, stellten wir fest, dass wir in derselben Bank arbeiteten. Vielleicht hatte er damals schon beschlossen, dass ich die richtige Wahl für einen aufstrebenden jungen Banker sein würde. Jedenfalls startete er sofort einen Eroberungsfeldzug. Nicht, dass ich schwer zu erobern gewesen wäre! Ich fühlte mich dermaßen geschmeichelt durch seine Aufmerksamkeit, dass ich meine unausgereiften Wünsche nur zu gerne seinen konkreten Planungen unterordnete. Christoph schien immer zu wissen, was es als Nächstes zu tun galt. Er bekam, was er wollte: Er wollte eine Frau, die ihn in seinem Beruf unterstützte. Er bekam eine Frau, die ihm den Rücken freihielt und kaum Ansprüche stellte. Er wollte einen Jungen und ein Mädchen. Er bekam Alex und Lilli. Er wollte einen Spitzenjob. Er kriegte einen Spitzenjob. Meinem leidenschaftlichen Interesse für fremde Kulturen frönte ich im Stillen. Die städtische Bücherei bot einen guten Querschnitt und als die Bibliothekarin mein Interesse bemerkte, erklärte sie sich bereit, mir alles zu besorgen, was über Fernleihe erhältlich war. Womöglich gab es bei uns in Weldingen und in näherer Umgebung niemanden, der mehr über fremde Kulturen wusste. Würde das dieser Frau von Levetzow genügen?

Nach zwei Tassen Tee, ausgiebigem Hin und Her zwischen Küche und Telefon und nervösen Räusperorgien, tippte ich mit schweißfeuchten Händen und Herzklopfen die angegebene Telefonnummer.

»Ulrike von Levetzow.«

Die klangvolle Altstimme vermittelte bei aller Verbindlichkeit eine Autorität, die mich an die Zeit erinnerte, in der es nichts Schlimmeres gab, als zum »Direx« zitiert zu werden. Ich hatte Angst, auf Herz und Nieren geprüft und für zu leicht befunden zu werden. Mühsam sammelte ich die Trümmer meines Selbstbewusstseins zusammen und stotterte:

»Ich rufe wegen der Anzeige an. Worum geht es eigentlich?«

Die kurze Stille am anderen Ende dauerte ein, zwei Sekunden.

»Vermutlich haben Sie noch nie von mir gehört. Lassen Sie mich einige Fragen stellen und dann erkläre ich Ihnen alles, einverstanden?«

Unvermittelt wechselte sie ins Englische und fragte nach meinen Erfahrungen in der Reisebranche. Glücklicherweise fielen mir die nötigen Fachausdrücke alle ein, so dass ich ihr meine Kenntnisse präzise beschreiben konnte. Sie ging zu Französisch über und wollte wissen, wie gut ich unsere Region kannte und ob ich mir zutraute, sie Geschäftsreisenden zu zeigen. Auf Deutsch erläuterte sie mir die Hintergründe.

»Meine Klienten mögen die unterschiedlichsten Wünsche haben – eines ist ihnen gemein: Sie verfügen über die nötigen Mittel, um ihr Privatleben unter Ausschluss der Massenöffentlichkeit verbringen zu können. Absolute Diskretion ist ein wesentlicher Teil meines Geschäfts. Wie Sie wissen, befinden wir uns hier in einer beliebten Erholungsregion, die wohlhabenden Gästen genau jene Mischung aus Heimeligkeit, Stil und Exklusivität bieten kann, die so schwer zu erreichen und noch schwerer zu erhalten ist. Meine Klienten äußern ihre Wünsche und ich erfülle sie ihnen in Form von Dienstleistungen. Als Full-Service-Agentur liefere ich das passende Hotel, das passendeProgramm, die passende Begleitung. Sozusagen eine maßgeschneiderte Betreuung von dem Augenblick, in dem sie aus dem Flugzeug steigen, bis zum Einchecken für den Rückflug. Können Sie sich vorstellen, dass eine solche Aufgabe zu Ihnen passt?«

Ich überlegte. Es klang interessant. Es klang auch nicht nach schwerer Arbeit, eher nach der Art von Fürsorge, die mir in den vergangenen Jahren so vertraut geworden war, dass sie mir selbstverständlich schien. Ich gab mir einen innerlichen Tritt und sagte kess:

»Ja, ich kann mir sogar sehr gut vorstellen, dass eine solche Aufgabe zu mir passt.«

Frau von Levetzow lachte melodisch.

»Dann würde ich doch vorschlagen, Sie kommen so bald wie möglich bei mir vorbei. Kennen Sie sich in Radolfzell auf der Mettnau aus? Vom Zug aus sieht man direkt am Wasser eine Backsteinvilla. Die Adresse lautet Promenade 17.«

Sie beschrieb mir den Weg, den ich vom Bahnhof aus zu Fuß gehen musste. Wir verabredeten uns für den kommenden Dienstag um halb elf. Aus Gründen des Aberglaubens erzählte ich den Kindern nichts von meinem Vorstellungsgespräch.

Fünf Minuten zu früh stand ich unschlüssig vor dem dunkelblau lackierten Gittertor und versuchte mich mit den Augen eines anderen zu sehen. Hatte ich übertrieben? Mit Pumps konnte man ja eigentlich nie etwas falsch machen, aber beim Kostüm fürchtete ich, daneben gegriffen zu haben: Es war eines der nichts sagenden Kleidungsstücke für Gattinnen des mittleren Managements anlässlich einer Weihnachtsfeier. Warum hatte man es uns bei der Bank nicht leichter gemacht und uns gleich zu einer Uniform verdonnert? Wir hatten alle ausgesehen wie Vogelweibchen in Tarnfarben und uns, trotz der lobenden Erwähnung in der Rede des Vorstands, überflüssig gefühlt.

Am Tag meines Bewerbungsgesprächs hatte ich das triste Graphitgrau mit einer dunkelroten Seidenbluse und Großmutters Granatschmuck aufgepeppt. Ich hatte mir die Haare hochgesteckt, was mir einen Hauch von altertümlicher Eleganz verlieh. Kaum hatte ich den Klingelknopf so vorsichtig berührt, als könne er explodieren, schwang das Törchen auch schon weit auf. Von der offen stehenden Haustüre aus winkte mir eine hoch gewachsene weibliche Gestalt zu.
»Guten Morgen, haben Sie gut hergefunden?«
Wir musterten uns gegenseitig. Vor mir stand eine nicht mehr ganz jugendliche Walküre, sicher über einsachtzig groß. Ihre eisgrauen Haare waren zu einer gefransten

Kappe geschnitten, die ihre blitzenden, dunklen Augen betonte. Sie wirkte, als ob sie jeden Morgen vor dem Frühstück Schwimmtraining und Waldlauf absolvierte. Die Aura von Energie, die sie ausstrahlte, ließ mich beinahe verzagen. Niemals im Leben hätte ich solch einer Person das Wasser reichen können!

Sie trug schwarz: einen knöchellangen, bis zum muskulösen Oberschenkel geschlitzten Rock, flache Ballerinas und eine Art Tunika aus edel schimmerndem Material. Höchstwahrscheinlich war der schlichte Halsreif aus Platin. Der grell-pinkfarbene Lippenstift, der ihren groß geschnittenen Mund betonte, passte fantastisch zu ihr. Bei jeder anderen Frau ihres Alters hätte man ihn ordinär gefunden, bei ihr dachte man sofort an Orchideen und Cyclamen. Sie lächelte mir freundlich zu, ohne dass ich in ihrem Blick irgendetwas hätte lesen können, und bat mich hinein.

»Leisten Sie mir beim Frühstück Gesellschaft? Ich hasse es, alleine zu essen. Wir können alles bei einer Tasse Tee besprechen.«

In einem Wintergarten stand alles bereit. Leichte Korbmöbel mit gemusterten Sitzkissen und ein künstlicher Dschungel ließen fast vergessen, dass es draußen noch kalt war. Der See unterhalb der Fensterfront glitzerte in der Frühlingsluft abweisend schlammgrau und die blattlosen Bäume reckten sich wie Scherenschnitte in den grauen Himmel. Hier drinnen schien die Sonne zu scheinen. Der zerbrechliche Tisch bog sich unter der Last. Wäre ich nicht so nervös gewesen, hätte ich mich dem Lachs, dem Shrimps-Salat, den Würstchen, den Brioches, dem üppigen Obstangebot und den Fruchtcremes mit Vergnügen gewidmet. Es wunderte mich, wie Frau von Levetzow ihre Figur bei ihren Essgewohnheiten so rank und schlank halten konnte. Sie reichte mir eine Tasse Tee.

»Bedienen Sie sich bitte. Nur keine Hemmungen.«
Sie war unkompliziert und nett, schilderte ihre Jugend in Hamburg, kam auf ihre ersten Geschäftskontakte in Singapur zu sprechen, gab Anekdoten zum Besten.Plötzlich ertappte ich mich, wie ich ihr in der vertraulichen Atmosphäre die Geschichte meiner Ehe erzählte. Sie unterbrach mich kein einziges Mal, hörte aufmerksam zu und nickte hier und da. Schließlich verstummte ich und hoffte, mich nicht um Kopf und Kragen geredet zu haben.
»Noch ein Tässchen?«
Sie goss mir nach und hielt mir den Korb mit den Brioches hin. Als ich hineinbiss, fiel mir ihr seltsam lauernder Seitenblick auf. Ich hob fragend die Brauen und das feine Netz der Lachfältchen um ihre Augen zog sich zusammen.
»Stimmt, ich habe abgewartet, ob Sie das Gebäck in den Tee stippen.«
Sie gluckste vergnügt.
»Sie glauben gar nicht, was ich schon alles erlebt habe. Ersparen Sie mir die Aufzählung der Peinlichkeiten, aber es ist erstaunlich, wie viele Kandidatinnen bereits beim Essen durchfallen. Sie können sich entspannen, Sie haben den kleinen Test bestanden. Lassen Sie uns zum Geschäftlichen kommen: Dass Sie geschieden sind, ist aus meiner Sicht ein Vorteil – kein Ehemann, der Probleme bereiten könnte, wenn es abends mal später wird. Und Ihre Kinder scheinen mir ausreichend selbständig zu sein. Meinen Sie, dass Sie sie künftig öfter mal allein lassen können?«
»Ja, ich bin sicher, dass sie meinen Entschluss unterstützen.« Innerlich klopfte ich auf Holz, während ich mich so zuversichtlich äußerte.
»Gut, dann wäre das geklärt. Sie würden sich in erster Linie um unsere ausländischen Gäste kümmern. Es geht um diejenigen, die über den üblichen touristischen Eindruck hin-

aus ein spezielleres Interesse an der Region haben. Deshalb ist es so wichtig, dass Sie sich gründlich auskennen. Nun zur finanziellen Seite: Ich zahle ein Grundgehalt für Ihre Rufbereitschaft und für die nötige Ausstattung.« Sie warf einen Blick auf mein Kostüm. »Das ist ja recht nett, meine Liebe, aber es zeichnet sich nicht gerade durch überwältigenden Chic aus. Ich würde Sie einer geschmackssicheren Person anvertrauen. Sie würde Ihren Stil optimieren.«

Die Summe, die sie mir dann als Grundgehalt nannte, war so hoch, dass ich verdattert fragte, ob es sich um Euro oder Mark handelte. Sie lachte und meinte, ich würde mich schon noch daran gewöhnen, dass Qualität ihren Preis hätte.

»Außerdem haben wir eine Art Bonussystem. Die Höhe der Leistungen staffelt sich nach Dauer, Komplexität und Schwierigkeitsgrad des Auftrags. Betrachten Sie sich als engagiert?«

Ich nickte, während mein Herz raste. Sicher würden mir später im Zug dutzende Fragen einfallen. Im Augenblick interessierte mich erst mal mein erster Einsatz. Frau von Levetzow lächelte und klopfte mir auf die Schulter.

»Ich freue mich. Sie haben mir gleich gefallen. Aber immer langsam, meine Liebe. Jetzt kümmern wir uns erst einmal um Ihre äußere Erscheinung.«

Sie erhob sich, ging in den Nebenraum und kam mit einer Visitenkarte wedelnd wieder.

»Rufen Sie hier bitte so bald wie möglich an und lassen Sie sich aufmöbeln. Ich melde mich bei Ihnen, sobald ich Bescheid bekomme, dass alles zur vollsten Zufriedenheit ausgefallen ist.«

Damit war ich eingestellt und entlassen.

Auf der Visitenkarte – meiner Eintrittskarte in ein neues Leben – stand *Margarete Tietze.* Die Adresse in Konstanz sagte mir nichts. Ich rief die Telefonnummer lieber an, solange ich mich noch im Hochgefühl des Erfolgs sonnte. Nach zweimaligem Läuten meldete sich eine sanfte Frauenstimme unbestimmbaren Alters.

»Wie nett! Ich habe schon seit einer Ewigkeit niemanden mehr anziehen dürfen! Unsere kleine Aufgabe wird uns ein paar Tage in Anspruch nehmen. Ich hole Sie ab. Wann hätten Sie Zeit?«

Ich fühlte mich wie ein Kanufahrer, der wochenlang nur stille Seen befahren hatte und nun plötzlich von einer mächtigen Strömung mitgerissen wurde.

»Morgen früh?«, fragte ich versuchsweise.

»Wunderbar. Ich hole Sie gegen zehn Uhr ab.«

Das Gefühl, jeden Moment aus dem Traum aufzuwachen, hielt an. Die Visitenkarte bewies mir, dass ich nicht schlief. Zur Feier des Tages kochte ich abends ein kleines Menü für die Kinder und mich. Beim Essen sprudelte alles aus mir heraus:

»Ihr werdet nie glauben, was mir heute passiert ist …«, begann ich.

Beide Köpfe schossen hoch und zwei Augenpaare weiteten sich, eines misstrauisch, eines hoffnungsvoll. Stolz berichtete ich von meinem erfolgreichen Tag. Als ich bei Margarete Tietze und der Geschichte mit dem Einkleiden angelangt war, starrten beide mich mit offenem Mund an.

»So was gibt es doch gar nicht!«, stellte Alex entschieden fest. Seiner Ansicht nach musste es sich einfach um ein finsteres Komplott mit Mädchenhandel und undurchsichtigen kriminellen Unternehmungen handeln. Am liebsten hätte er mich vom Tisch weg zur Polizei geschickt.

»Quatsch«, sagte Lilli abgeklärt. »Das ist ein stinknormaler

Begleitservice. Kennt doch jedes Kind. Reiche Bonzen herumführen stelle ich mir zwar echt ätzend vor, aber vielleicht macht es ihr sogar Spaß. Die Bezahlung ist doch super. Und in zwei, drei Monaten kann sie sich ein Auto kaufen.«
Das war für sie wohl das Entscheidende.

Ab Viertel vor zehn stand ich fix und fertig am Küchenfenster, von wo aus ich mit etwas Gymnastik den Vordereingang sehen konnte, und wartete auf meine Stilberaterin. Als Margarete Tietze pünktlich aus dem Taxi stieg, starrte ich ungläubig auf eine Miniaturausgabe von Frau von Levetzow. Die gleiche grau schimmernde Haarkappe, die gleiche königliche Haltung – nur einen Kopf kleiner.
»Kommen Sie, wir fahren zusammen nach Konstanz!«
Während der Taxifahrt begutachtete sie mich kritisch und ich kam mir unglaublich linkisch vor. Mein bestes Kostüm erschien mir schäbig, mein Make-up zu auffällig und meine Frisur eine Katastrophe. Zu meiner Erleichterung war ihr Wesen von großer Herzlichkeit.
»Ich sehe, Sie haben Potenzial«, sagte sie anerkennend. »Gut, dass Ulrike sich entschieden hat, Sie mir anzuvertrauen. Wir werden aus Ihnen eine Galionsfigur der Agentur machen – warten Sie nur ab!«
War das eine Drohung oder ein Versprechen? Ich war mir nicht sicher. Jedenfalls stürzte sie sich mit beängstigender Energie in ihre Aufgabe. Einer Ahnung folgend, hatte ich heute Morgen meine beste Unterwäsche angezogen und tatsächlich: Unsere erste Anlaufstelle war das teuerste Dessousgeschäft der Stadt.

Meine Gefühle beim Eintreten entsprachen etwa denen meiner späten Kindheit, als meine Mutter mich als widerstrebenden Teenager hinter sich hergeschleift hatte, um mir meinen ersten BH zu kaufen. Ich hasse es auch heute noch, wenn taktlose Verkäuferinnen überfallartig die Kabinenvorhänge aufreißen und ihren Kommentar herausposaunen. Für einen Augenblick dachte ich an Herrn von Breitenstein. Er hätte das hier sicher überaus genossen! Mich hingegen schüchterte die luxuriöse Umgebung derart ein, dass ich am liebsten wieder geflüchtet wäre. Es wunderte mich nicht, dass sich, nach einem kurzen Blick auf mich, die gesammelte Aufmerksamkeit des Personals auf Frau Tietze konzentrierte. Obwohl wir die einzigen Kundinnen waren, diskutierte Frau Tietze mit den beiden Damen vom Verkaufspersonal in gedämpftem Ton. Ich wurde gebeten abzulegen. Meinen Protest, dass ich seit 15 Jahren meine Größen kennen würde, ignorierten sie. Ich wurde neu vermessen. Während dieser Prozedur, umwabert von einer Wolke teuren Parfüms, kam ich mir in meiner weißen Spitzengarnitur aus der Wäscheabteilung von Karstadt ausgesprochen provinziell vor. Das einzige Mal, als ich aufbegehrt und mir im Schlussverkauf eine schwarze Garnitur erwühlt hatte, führte sich Christoph auf, als hätte ich die Arbeit im nächsten Bordell bereits aufgenommen.

Unter Berücksichtigung meines Teints und meiner Haarfarbe einigte man sich auf die Farben Nachtblau und Champagner. Der Strom aus blütenzarter Spitze und edler Seide, der mir dezent durch den Vorhangspalt gereicht wurde, schien nicht abzureißen. Die meisten Modelle saßen wie angegossen. Offensichtlich war die Vermessung doch nicht so überflüssig gewesen.
»Das ist jetzt die letzte Garnitur. Frau Tietze lässt Sie bitten, sie anzubehalten«, flötete endlich die Verkäuferin.
Erleichtert schlüpfte ich in eine etwas schlichtere Krea-

tion. Die kühle, glatte Seide umschmeichelte meine Haut wie streichelnde Hände. Ich genoss die Zärtlichkeit unter meiner Bekleidung. Jede Bewegung fühlte sich anders an als vorher. Mit neuem Körperbewusstsein stolzierte ich aus der Kabine. Frau Tietze musterte mich und nickte zufrieden. Ich lernte eine Menge Dinge, von denen ich nie geahnt hatte, wie wichtig sie waren. In einem altmodischen Strumpfgeschäft mit knarzenden Holztheken kauften wir einen riesigen Vorrat an halterlosen Strümpfen, denn Frau Tietze war der Ansicht, dass Strumpfhosen eine Beleidigung für die traumhafte Seidenunterwäsche gewesen wären.

Sie dozierte:

»Eine Frau in Strümpfen und Seiden-Dessous bewegt sich einfach anders als eine in Strumpfhosen und Baumwollschlüpfern. (…) Unter keinen Umständen darf Unterwäsche sich abzeichnen oder herausschauen. Sie muss stets ein Geheimnis bleiben.«

Wir landeten im besten Modehaus am Platz.

»Lieber eine Kleidergröße zu groß als eine halbe zu klein. Das wirkt zu leicht billig. (…) Kleider sollen die Figur umschmeicheln, der Fantasie aber Raum lassen. Spielen Sie mit der Vorstellungskraft, reizen Sie Männeraugen zum Spekulieren!«

Wir brauchten mehrere Tage für meine Neuausstattung. Frau Tietzes Weisheiten auf unseren Einkaufstouren amüsierten mich, aber die Bataillone von Spiegeln, an denen ich im Laufe unserer gemeinsamen Zeit vorüberdefilierte, gaben ihr Recht. Die nicht direkt greifbare Biederkeit meiner Erscheinung, die selbst Gudrun achselzuckend als gegeben hingenommen hatte, verblasste allmählich zugunsten geschmeidiger Eleganz. Ich liebte es, die Seide über meine Haut streichen zu fühlen, sobald ich mich bewegte. Und

nachdem ich mich an die Strümpfe gewöhnt hatte und sie nicht mehr bei jeder Gelegenheit kontrollierte, begann ich die neue Luftigkeit zu schätzen. Die *French Knickers* umschmeichelten meine Mitte – fast, als trüge ich nichts. Ich wiegte mich beim Gehen in den Hüften. Unter den schlicht-eleganten Kostümen und Kombinationen genoss mein Körper ungeahnte Freiheit.
Weiter in eine edle Parfümerie. Die Kosmetikerin, eine Fleisch gewordene Reklamefigur, tilgte auch den letzten Rest der alten, braven Elisabeth. Am Schluss, nach endlosen Sitzungen, konnte ich kaum glauben, dass *ich* dieses Wunderwesen sein sollte, denn das Make-up war hinreißend geworden: Riesengroße Augen dominierten ein edel schattiertes Gesicht mit hohen Wangenknochen. Von diesem Kunstwerk konnte ich mich kaum losreißen, aber ich musste den Anweisungen folgen, wenn ich diese Erscheinung in Zukunft selbst erschaffen sollte. Zweifelnd betrachtete ich den Riesenhaufen Kosmetika. Lilli wäre sich vermutlich vorgekommen wie im Paradies, ich hingegen fühlte mich bei der Aussicht, aus dieser unübersichtlichen Farbenpalette ein Kunstwerk produzieren zu müssen, eher verzagt.
Irgendwann gab sich sogar die unermüdliche Frau Tietze zufrieden. Beim Verlassen der Parfümerie, in der wir die Geduld der Verkäuferin bis zum Äußersten strapaziert hatten, gab sie mir zu verstehen, dass sie ihr Werk als beendet ansah. Mich eindringlich ermahnend, das so mühsam erreichte Niveau jetzt bitte zu halten, tätschelte sie mir die Wange. Dann entschwand sie in einem Wirbel aus *Bulgari* und flatterndem Seidenschal. Leicht betäubt starrte ich dem im dichten Verkehr verschwindenden Taxi hinterher. Auf was hatte ich mich da bloß eingelassen?

In einem akuten Anfall von Mitteilungsbedürfnis kuschelte ich mich in die Sofaecke und wählte Gudruns Nummer. Die Stimme, die in rasantem Tempo die Rufnummer herunterrasselte, kannte ich nicht. Einen Moment kämpfte ich mit der alten Elisabeth, aber dann legte ich nicht einfach wieder auf, sondern konzentrierte mich und fragte in langsamem, deutlichem Französisch nach meiner Schwester.
»Ah, Elisabeth! Je comprends. Bon soir. Eine kleine Moment, bitte.«
Ich hörte ihn nach Gudrun rufen und einige Sekunden später zeugte ihr heftiges Atmen von ihrer Eile.
»Hallo, altes Haus. Es ist doch nichts passiert? Was hast du mit den Annoncen-Heinis angestellt?«
»Wie man's nimmt ...«
Und dann sprudelte es nur so aus mir heraus. Dass Gudrun tatsächlich schweigend abwartete, bis ich nahezu atemlos endete, sprach für ihre Verblüffung. Gespannt wartete ich auf ihre Reaktion.
»Wahnsinn, ein Eskort-Service! Habe ich das richtig verstanden? Du spielst die High-Society-Reiseführerin und wirst dafür nicht nur fürstlich bezahlt, sondern sahnst auch noch eine Rundumerneuerung ab? Ich freue mich wahnsinnig für dich. Jetzt kannst du die komischen Typen mit ihren blödsinnigen Anzeigen vergessen. Wie ging das übrigens mit diesem Johannes aus?«
Mit dem abgeklärten Amüsement, dass man manchen Erlebnissen aus der Vergangenheit entgegenbringt, schilderte ich ihr meine Rendezvous mit Johannes und Herrn von Breitenstein, den Rest schenkte ich mir.
»Du hast schon ein Wahnsinnstalent, immer an die verrücktesten Exemplare zu geraten. Pass bloß auf, was da an Bonzenheinis auf dich zukommt. Sei vorsichtig, ja?«
Der für mich reservierte, resignierte Tonfall in Gudruns

Stimme war nicht zu überhören. Etwas beleidigt versprach ich: »Selbstverständlich. Ich bin doch immer vorsichtig ...«

Im Laufe der nächsten Tage, an denen das Telefon unnatürlich ruhig blieb, wurde ich immer nervöser. Ich übte so lange mit Grundierung, Rouge, Bronzepuder, Lidschatten und Lippenpinsel, bis ich ein Ergebnis zustande brachte, dass es halbwegs mit dem Meisterwerk der Kosmetikerin aufnehmen konnte. Vor dem Spiegel probierte ich stundenlang die Kombinationsmöglichkeiten meiner neuen Garderobe aus – und frischte mit gemischten Gefühlen meine Sprachkenntnisse auf. Die alten Übungshefte und Lehrmaterialien hatte ich in einem der zahlreichen Umzugskartons auf dem Dachboden verstaut. Dummerweise hatte ich nicht daran gedacht, sie zu kennzeichnen. Auf der Suche nach dem richtigen Karton fiel mir eine staubige Plastiktüte voller Kleidungsstücke in die Hände. Erinnerungsstücke, bei denen ich es nicht übers Herz gebracht hatte, sie wegzuwerfen: Lillis völlig durchlöcherte erste Laufsöckchen, meine Hochzeitsschuhe, die so unbequem waren, dass ich sie nie wieder angezogen hatte, die von meiner Mutter selbst gestrickten Mützchen für die Kinder – und dazwischen mein erster Bikini. Das einst elastische Material fühlte sich inzwischen rau und zerschlissen an, aber das kesse Leopardenmuster hatte nichts von seiner Farbintensität eingebüßt. Kein Wunder: hatte ich ihn doch nur ein einziges Mal getragen. Manchmal gibt es sie, diese Momente, in denen man auf einen Schlag um viele Jahre zurückspringt:

Ich war gerade 16 und wahnsinnig stolz auf meinen ersten Bikini, der mir – im Raubtierfell-Look – als der Gipfel der

Verruchtheit erschien. Die Klassenparty am Baggersee sollte die Abschiedsfeier für diejenigen von uns sein, die mit der mittleren Reife abgingen, und es würde heiß hergehen. Die Eltern einer Schulfreundin hatten sich gutmütig bereit erklärt, mich zusammen mit ihrer Tochter »möglichst spät« abzuholen. Dank der Rektorin, die auf der Anwesenheit einiger älterer Oberstufenschüler bestanden hatte, war die Party für uns Mädchen um einiges interessanter als die üblichen Klassenfeten. Sogar der mehr oder weniger heimliche Schwarm aller Schülerinnen hatte uns, in seiner Eigenschaft als Schulsprecher, beehrt. Er trug den Spitznamen »der Tiger« – wegen seiner mehr oder weniger gelungenen Imitationen von Tom Jones. Der Schwarm kichernder, herausfordernder, sehnsüchtiger Backfische hing so fest an ihm, dass ich an das Märchen *Schwan kleb an* denken musste. Der Tiger, Frank Schwerdtfeger, wohnte seit fünf oder sechs Jahren bei seinem geschiedenen Vater. Ich kannte ihn gut aus der Zeit, als die ganze Familie noch neben uns gewohnt hatte. Er war vier Jahre älter als ich und hatte mich mehr als einmal aus unangenehmen Situationen gerettet. Wie damals, als ich beim Maikäfersammeln im Übereifer zu hoch in die alte Kastanie geklettert war und mich nicht mehr heruntertraute. Die anderen lachten nur über mich, während Frank mir hinterherkletterte und mich zwar autoritär, aber geschickt hinunterlotste. Ich lief ihm in grenzenloser Bewunderung hinterher, was er erstaunlich gutmütig – und den Spott der anderen Jungen ignorierend – hinnahm. Obwohl wir auf dieselbe Schule gingen, begegneten wir uns selten. Wenn er mich von weitem sah, nickte er mir beiläufig zu, aber oft genug bemerkte er mich überhaupt nicht. Kein Wunder, war er doch stets von Mädchen umlagert. Auch damals, am Baggersee, versuchte ich erst gar nicht, zu ihm vorzudringen. Für den Tiger dürfte ich sowieso bloß das lästige kleine Balg von nebenan geblieben sein. Der Bikini erfüllte meine Erwartungen nur teilweise. In meiner Vorstellung hatte ich mich als schönen Schwan gesehen, der auf einmal von den Jungen beachtet und bewundert würde, die sonst mehr an meinen Hausaufgaben als an mir interessiert waren. In gewisser Weise traf das mit der Bewunderung auch zu. Leider begnügten sich die Jungs nicht mit Komplimenten, sondern reagierten sehr viel prosaischer: Je weiter der Abend und mit ihm der Bierkonsum fortschritt, desto aufdringlicher wurde vor allem der dicke Rainer. Die festen Paare hatten schon vor längerer Zeit angefangen, sich eng umschlungen auf der Stelle zu drehen – egal, welche Musik aus dem Kassettenrecorder dröhnte. Die kühnsten unter ihnen hörte man im Wasser kreischen und platschen.

Rainer rückte wieder ein Stück näher. Seine Bierfahne stank mit Röstzwiebel-Atem um die Wette.Als er heftig rülpste, wandte ich rasch den Kopf ab. Ich hätte heulen können. Sogar meine beste Freundin Susi schmuste ungeniert mit einem von den Großen – und an mir klebte dieser eklige Kerl wie ein altes Kaugummi. Es war so ungerecht!

»Ich muss mal«, murmelte ich in meiner Verzweiflung und verschwand so unauffällig wie möglich hinter der nächsten Düne. Von hier aus konnte man die ausgelassene Badegesellschaft im Mondlicht sehen. Die Kälte schien ihnen nichts auszumachen. Plötzlich näherten sich Schritte, vorsichtig, fast verstohlen. Ich duckte mich tief in den Schatten des Vorsprungs, in der leisen Hoffnung, dass Rainers umnebeltes Gehirn nicht mehr zuverlässig arbeitete.

»Was ist mit dir, Lissa, ist dir nicht gut?«

Mein Kopf flog erstaunt herum. Was machte Frank hier? Er war der einzige Mensch, der mich »Lissa« nannte. Das stammte noch aus der Zeit, als ich meinen Namen nicht korrekt aussprechen konnte. Außer ihm benutzte niemand mehr diesen kindlichen Kosenamen. Hatte er sich etwa Sorgen um mich gemacht? Sprachlos schüttelte ich den Kopf und starrte ihn an.

»Ist der dicke Kerl neben dir aufdringlich geworden oder hast du nur zu viel getrunken?«

Die Empörung ließ mich meine Sprache wieder finden.

»Nein, ich habe nicht zu viel getrunken und wenn mir schlecht wäre, dann höchstens von Rainers Mundgeruch.«

Er lachte amüsiert und ließ sich neben mir zu Boden sinken, einen Unterarm lässig auf das aufgestellte Bein gestützt.

»Arme Lissa! Ich wollte dich gerade wieder einmal retten, aber du hast dir ja ganz gut selbst zu helfen gewusst.«

Durch den Spott klang ein Unterton von Zärtlichkeit. Aber er spricht wie zu einer kleinen, niedlichen Schwester, dachte ich bitter. Ich fühlte mich gleichzeitig herrlich und unbehaglich. Sein Körper lag so dicht neben meinem, dass der Stoff seines Hemds bei jedem Atemzug meinen nackten Oberarm streifte, ich den leicht rauchigen Geruch von Whisky wahrnehmen konnte und seine ausstrahlende Wärme mir unter die Haut drang. Der Ärmel streifte wieder über die feinen Härchen an meinem Arm und ich erschauerte.

»Ist dir kalt? Das kommt davon, wenn man halb nackt herumläuft.«

Noch während er sprach, legte er einen schweren Arm um meine Schultern und zog mich näher an sich heran. Ich sog seinen Duft ein, ein Gemisch aus Alkohol, Seife und Schweiß. In Biologie hatte Herr Meyer mit der schockierenden Behauptung, dass der menschliche Schweiß sexuelle Lockstoffe enthielte, nichts als Ungläubigkeit und dumme Bemerkungen hervorgerufen. In diesem Moment wurde mir klar, dass etwas dran sein musste. Franks Körperge-

ruch schien mich zu berauschen. Unauffällig rieb ich meinen Kopf an seiner Schulter, um meine Nase in eine bessere Position zu bringen.
»He, was ist denn mit dir los, Kleines?«
Er sah mir fragend ins Gesicht. In meinen Augen las er wohl etwas von dem, was ich selbst nicht ganz verstand. Seine Verblüffung dauerte nur einige Momente, dann strich die Hand von meiner Schulter langsam und zärtlich über mein Rückgrat und er murmelte:
»Was bist du doch für ein flotter Feger geworden.«
Ich verharrte in atemloser Reglosigkeit unter seinen streichelnden Fingern, unsicher, was von mir erwartet wurde. Er schien genau zu wissen, was er wollte, und ich vertraute ihm, wie ich es immer getan hatte. Die Augen zu schmalen Schlitzen zusammengezogen, musterte er mich intensiv, fast beängstigend. Und dann senkte er kurz entschlossen seinen Mund auf meine voreilig geöffneten Lippen. Ich spürte ihn lachen, als er seine Zunge sanft darüberstreichen ließ und verheißungsvoll raunte:
»Nicht so hastig – wir haben Zeit genug.«
Er war nicht der Erste, der mich küsste. Auf diversen Feiern hatte ich mich aus Neugierde von verschiedenen Jungen küssen lassen und war zu dem Schluss gekommen, dass die Sache doch sehr überschätzt wurde. Ich hatte es widerlich gefunden, als mir, bei einem besonders eifrigen Knutscher, der Speichel den Hals hinunterrann, und ich hatte es auch nicht besonders gemocht, wenn sie versuchten, ihre Zungen bis in meinen Rachen zu bohren.
Franks Küsse waren etwas völlig anderes. Er lehrte mich, Lippen und Zunge als geschickte Instrumente einzusetzen. Den Tanz der Zungen, der lockt und verzögert, bis man nach Luft ringt. Und zwar nicht, weil ein ungeschickter Liebhaber einen fast erstickt, sondern weil man vergessen hat

zu atmen. Um mich herum drehte sich alles, aber ich hielt die Augen geschlossen, gefangen in einer Verzückung, die mir überirdisch schien. Ich nahm kaum wahr, dass er mir geschickt das Bikini-Oberteil abstreifte. Ich bog mich den warmen Händen entgegen, die meine kühle Brust umfassten, behutsam streichelten, drückten. Die neuen Sinneserfahrungen rissen mich aus meiner Verankerung, wirbelten mich in die Schwerelosigkeit, in der nichts mehr wichtig war, als die Stellen, an denen unsere Körper sich berührten. Ich wollte mehr, viel mehr davon. Frank hatte mich auf den Rücken gedrückt und lag halb über mir. An einem Oberschenkel spürte ich die harte Schwellung durch den Jeansstoff hindurch. Er drückte seine Hüften fest an meine und begann, sich an mir zu reiben. Aus meiner Kehle drangen leise Jammerlaute, wie die eines kleinen Tieres. Auf der Suche nach dem Etwas wand ich mich verzweifelt unter ihm, die Arme um seinen Hals geschlungen, bis er sie löste und über meinem Kopf festhielt. Meine exponierten kleinen Brüste ragten in die Höhe wie Hügelkuppen, auf den Spitzen eine rosafarbene Knospe, die sich zum ersten Mal unter dem Blick eines Mannes aufrichteten. Mit einer Hand hielt er meine Hände weiterhin über meinem Kopf fest, mit der anderen zupfte er vorsichtig an den Nippelchen, beobachtete unter hängenden Augenlidern, wie sie reagierten. Im Mondlicht sah ich nur sein Profil: ein Scherenschnitt, die Umrisse wie vom Mondschein gemeißelt. Schließlich ließ er meine Hände frei. Seine Lippen wanderten in einer Spur von neckenden Bissen wieder zu meinem Gesicht. Ich schlang die Arme schüchtern um seine Taille, genoss die Berührung der festen Muskeln an seinen Flanken und meine eigene Kühnheit. In diesem Augenblick kam ich mir unglaublich erfahren vor. Seine Finger zeichneten Kreise um meinen Bauchnabel und meine Muskeln begannen darunter zu flattern, bis mein Bauch sich in eine gigantische, zitternde Götterspeise verwandelte. Unter dem Ansturm der verrückt spielenden Nerven erstarrte ich von einem Moment auf den anderen, als sich seine Hand weiter nach unten schob. Ein Finger fuhr den Rand des Bikini-Höschens nach, zupfte am Elastikbund, glitt hinein, wanderte zu den Beinausschnitten. Ich konnte mich nicht beherrschen und stöhnte hilflos auf, während er eine Hand zwischen meine Schenkel drängte. Weiter tat er nichts, ließ mir Zeit, mich an das Gefühl zu gewöhnen, dass eine große Männerhand mein Geschlecht bedeckte. Die Hand begann, mich dort zu drücken, zu betasten, kreisende Bewegungen zu machen. Mir wurde heiß vor Scham, als ich bemerkte, dass er die leise schmatzenden Geräusche ebenfalls hören musste. Am liebsten hätte ich die Beine zusammengekniffen, aber er schien die beabsichtigte Bewegung zu spüren und bremste mich, indem er ein Knie dazwischen schob. Wissende Finger bahnten sich ihren Weg durch mein dichtes schwarzes Kraushaar und teilten die klatschnassen Schamlippen, reizten meine Perle, bis ich meinte, wahnsinnig zu werden, und drangen ein. Das überwältigende Gefühl entrang mir einen unterdrückten, kehligen Schrei und ich drängte mich bebend den Fingern entgegen. In genau diesem Augenblick versteifte er sich, zog die Hand zurück, als hätte er sich verbrannt, und warf sich leise fluchend auf den Rücken.

Entsetzt starrte ich ihn an. Was war auf einmal los mit ihm? Zitternd vor Frustration und Kälte zog ich die Knie an und umschlang sie mit den Armen, im hilflosen Versuch, mich möglichst unsichtbar zu machen. Was hatte ich nur falsch gemacht? Tränen sammelten sich in meinen Augenwinkeln, rannen mir über die Wangen. Ich wagte nicht, mich zu rühren, blieb wie angenagelt sitzen. Vielleicht hatte er sich ir-

gendwie verletzt, brauchte jemanden. Einige Minuten vergingen in grässlichem Schweigen. Jeder von uns starrte verlegen in die andere Richtung, vermied den Blickkontakt. Schließlich sprang Frank auf, zog mich hoch und knurrte mit abgewandtem Gesicht:
»Geh wieder zu den anderen. Ich muss ins Wasser, mich abkühlen.«
Ich kann mich nicht erinnern, wie ich damals wieder zu den anderen ans Feuer gekommen bin, aber irgendwann müssen Susis Eltern uns endlich abgeholt haben. Was folgte, war die schlimmste Zeit meines Teenager-Lebens. Als Christoph mich verlassen hatte, war es ein Schock, aber ich kannte die Gründe. Sie waren nicht anständig, jedoch nachvollziehbar und verständlich. Damals hingegen verstand ich überhaupt nichts. Er hatte mich ermutigt und ich hatte mich prompt verliebt, mit der ganzen Ausschließlichkeit meiner sechzehn Jahre. Es war das beeindruckendste Erlebnis meines damaligen Lebens und auch das rätselhafteste. Wieso hatte er mich so rüde zurückgewiesen? Hatte meine heftige Reaktion ihn abgestoßen? War ich unnatürlich geil? Ich hoffte auf eine Erklärung und hatte gleichzeitig Angst davor, aber er ging mir aus dem Weg. Nach den ersten Tagen war es offensichtlich: Er wollte nichts mehr mit mir zu tun haben. Zutiefst verletzt kam mir mein Stolz zu Hilfe. Ich würde ihm keinesfalls hinterherlaufen. Aber ich litt – und wie! Keine Nacht verging, in der ich nicht in mein Kissen weinte, bis es nach ein paar Wochen von den Tränen so steif war, dass meine Mutter es wortlos entsorgte. Eines Tages lag einfach ein nagelneues Schmusekissen in meinem Bett. Nie zuvor war mir aufgefallen, wie viele Menschen »Frank« hießen. Jetzt begegnete mir der Name auf Schritt und Tritt. Glücklicherweise war der Tiger bereits in der 13. Klasse und verließ die Schule mit den an-

deren Abiturienten, während die übrigen Klassen noch unter der üblichen Flut der Klassenarbeiten am Ende des Schuljahrs stöhnten.
Der Knacks, den der Tiger meinem nicht allzu stabilen Selbstbewusstsein zugefügt hatte, ging tief. Manchmal kam mir der unheimliche Gedanke, er hätte mich gezeichnet: Seine Art zu küssen setzte Standards, denen kein anderer Mann gerecht wurde. Nie wieder hatte allein ein Kuss solch einen Tumult in meinem Inneren ausgelöst wie bei ihm. Ich sprach nie darüber, denn was hätte es für einen Sinn gehabt, diese Momente der Verzauberung ans Licht zu zerren.

Als das Telefon eine Woche später endlich läutete, hatte ich mich in eine hochgradige Spannung hineingesteigert. Wer würde mein erster Kunde sein? Was würde er von mir erwarten? Und konnte ich den hohen Standards überhaupt gerecht werden? Frau von Levetzows gelassene Stimme mit ihrem Hauch nordischer Kühle ernüchterte mich.
»Frau Tietze war ganz angetan von Ihnen. Ich bin gespannt auf Ihre Verwandlung. Übrigens habe ich hier einen Klienten, der dankbar für eine Begleitung wie Sie wäre. Könnten Sie sich die nächsten zwei bis drei Wochen frei halten?«
So lange?, dachte ich erschrocken. Ich versicherte ihr dennoch, dass das kein Problem wäre.
»Es wäre nicht schlecht, wenn Sie sich schon mal auf die japanische Mentalität einstellten. Verstehen Sie etwas von Fotografie?«
Ich musste passen. War das ein Ausschlusskriterium? Offensichtlich nicht, denn sie bat mich für Donnerstag zu sich, um mich dort mit meinem ersten Klienten bekannt zu machen. Mit atemloser Stimme bat ich sie um nähere Anweisungen:

»Muss ich etwas Bestimmtes beachten? Wissen Sie etwas über ihn?«
»Ich werde Ihnen schon keinen Menschenfresser zuteilen. Ich bin mir vollkommen bewusst, dass Sie noch keine Erfahrung haben, Frau Schellhammer. Seien Sie einfach ganz Sie selbst und stellen sich vor, Sie führten einen besonders lieben und seltenen Gast herum. Glauben Sie mir, das sind alles ganz normale Menschen. Oder sagen wir, fast alle …«

Kapitel 5
Utagawa Kuniyoshi

Utagawa Kuniyoshi entsprach überhaupt nicht dem Bild, das man sich landläufig von einem Japaner machen mag. Weder war er klein, noch schaute er ernst hinter einer dicken Hornbrille hervor. Glücklicherweise fasste ich mich, bevor mein Erstaunen unangenehm hätte auffallen können. Er stand an dem Fenster, das am weitesten vom gewohnt üppig gedeckten Tisch in Frau von Levetzows Wintergarten entfernt war, und die Aprilsonne überzog sein dichtes, pechschwarzes Haar mit einem Glanz, der fast künstlich wirkte. Er stand einfach nur da und schaute mir entgegen. Sein gut geschnittenes, schmales Gesicht erinnerte in seiner Gelassenheit an eine Statue. Von weitem war mir der gute Sitz seines dunklen Anzugs aufgefallen. Er trug ihn mit einer selbstverständlichen Eleganz, wie sie nicht viele Männer aufbringen. In einem Kimono musste er überwältigend aussehen. Als ich vor ihm stand, hätte ich bescheiden den Kopf neigen und mich mit zusammengelegten Händen verbeugen sollen. Aber Ulrike von Levetzow nahm die Dinge auf ihre Art und Weise in die Hand.
»Darf ich vorstellen: Elisabeth Schellhammer – Utagawa Kuniyoshi.«
Unsicher, wie ich mich verhalten sollte, zögerte ich. Wie

schwierig, sich fremden Sitten und Gebräuchen anzupassen, wenn man nicht weiß, bis zu welchem Grad das Gegenüber das Gleiche beabsichtigt. Sollte ich ihn jetzt mit Utagawa-san ansprechen? Nach meinem eifrigen Studium japanischer Sitten müsste der zuerst genannte Name der Familienname sein. Noch ehe ich mich entschieden hatte, griff eine große, energische Hand meine Rechte und zog sie zu einem formvollendeten Handkuss. Perplex schaute ich auf, geradewegs in ein Paar spöttisch blitzender, dunkler Augen. Von wegen Mandelaugen: Das einzig Exotische an ihnen war die scharfe Abgrenzung der nachtschwarzen Iris gegen das klare Weiß des Augapfels und der dichte Wimpernkranz, der sie beschattete.

»Sagen Sie einfach Kuniyoshi zu mir. Der Name ist für europäische Zungen ganz verträglich. Bei Ihnen komme ich allerdings gefährlich nahe an meine Grenzen, Frau Schellhammer.«

Seine gequält klingende Aussprache verdeutlichte das Problem. Er sprach eigentlich ganz ausgezeichnet Deutsch, aber ich hörte mich eilfertig fragen:

»Ist Elisabeth leichter auszusprechen?«

»Eelisabeth.«

Es klang nett, meinen Vornamen so lang gezogen zu hören. In perfektem Einvernehmen lächelten wir uns an, ich etwas scheu, Kuniyoshi ermutigend. Nachdem unser erster Kontakt zufrieden stellend verlaufen war, bat uns Frau von Levetzow zu Tisch und erläuterte mir Kuniyoshis Wünsche.

»In Japan gehört Kuniyoshi zu den berühmtesten Fotografen. Seine Spezialität sind Landschaftsaufnahmen, die Stimmungen widerspiegeln.«

»Nein, nein, nicht nur Landschaften«, protestierte er, während er sich großzügig von der Schinkenplatte bediente. »Ich halte alle Motive fest, die es wert sind.«

»Wie dem auch sei, in den nächsten Wochen will er zu einer Serie namens *Seen der Welt* Aufnahmen der Bodenseelandschaft machen. Ihre Aufgabe, Frau Schellhammer, wird es sein, ihn zu den interessantesten Flecken der Gegend zu führen.«

Ich warf einen Blick durch die Fenster. Der Himmel leuchtete in klarem Blau. Auf der Fahrt hierher hatte ich gesehen, dass die Kirschbäume direkt am See bereits begannen, ihre schneeweißen Blüten zu öffnen. In günstigen Lagen müssten die Obstbäume bereits in voller Blüte stehen. Es würde ein Vergnügen sein, bei diesem Frühlingswetter auf Motivsuche zu gehen. Was für ein wunderbarer Auftrag!

»Sagt Ihnen der Biwa-See etwas?« Kuniyoshi schaute mich fragend an und griff nach der Warmhalteplatte mit den Rostbratwürstchen.

»Frau von Levetzow, Sie wissen, womit Sie mich glücklich machen können. Dieses ganze herrliche Schweinefleisch hier in Deutschland! Sie glauben nicht, wie ich das manchmal vermisse.«

Mit dieser Feststellung türmte er sich einen beeindruckenden Haufen auf seinen Teller. Der Biwa-See? Kuniyoshis auf mich gerichteter Blick zeigte, dass er seine Frage über die Würstchen hinweg nicht vergessen hatte. Ich durchforstete mein Gedächtnis und stieß dort tatsächlich auf Kenntnisse.

»Größter Binnensee Japans«, leierte ich meine Kenntnisse herunter. »Leidet stark unter industrieller Umweltverschmutzung. Man unternimmt große Anstrengungen, um ihn zu retten. Ich glaube, es besteht sogar eine Kooperation zwischen Bodensee und Biwa-See. Ich habe einmal ein Buch mit dem Titel *Die acht Gesichter am Biwa-See* gelesen, eine Kurzgeschichten-Sammlung …«

Wie ein zufriedener Lehrer nickte Kuniyoshi bestätigend zu meinen Worten.

»Sie wissen mehr als die meisten. Frau von Levetzow hat Sie übrigens als profunde Kennerin Ihrer Region bezeichnet.«
Der Zweifel, den Ansprüchen zu genügen, begann wieder aufzuflackern. Um meine Unsicherheit zu überspielen, lächelte ich gekünstelt und murmelte nichts sagende Laute. Wir einigten uns darauf, dass er mich am nächsten Morgen zu Hause abholen würde und unser erster Tag der »offenen« Motivsuche dienen sollte. Später sollten die Tage, je nach Witterung, bestimmten Motiven gewidmet sein. Er nannte das *Die Seele der Landschaft einfangen.*
Ich erinnerte mich, was ich in der Anthologie gelesen hatte: Für die Japaner hat der Biwa-See acht Landschaftsgesichter, die jeweils Symbole für eine Stimmung sind. Beispielsweise steht das Gesicht *Die Segelboote von Yabase am Abend heimkehren sehen* für eine sich nähernde Schicksalswendung in Liebesdingen. *Den Abendschnee am Hirayama sehen* kündet vom erhabenen Wahn unglücklicher Liebe. Vergeblich versuchte ich mir das Gesicht eines biederen Appenzeller Käsebauern vorzustellen, den man von der Topographie her mit einer vergleichbaren Übertragung konfrontieren könnte. Die hiesige Psyche scheint mir pragmatischer orientiert zu sein als die japanische. Auch die romantische Verklärung durch einige Dichter kann nicht darüber hinwegtäuschen, dass der durchschnittliche Anrainer beim Blick auf den See hauptsächlich an der Wetterlage interessiert ist. Es würde interessant werden, den Bodensee durch die Augen eines Künstlers mit einem solchen poetischen Hintergrund zu sehen.

Kuniyoshi fuhr einen ebenso schlichten wie bequemen Mietwagen. Am Abend hatte ich einige Stunden damit zugebracht, nach alten Gedichten und Schilderungen über die

Region zu suchen. Die geringe Ausbeute erstaunte mich. War der See für die deutsche Romantik im Vergleich zum Rhein zu unspektakulär? Dabei hätten die tristen Herbst- und Wintermonate mit ihrer erstickenden Nebeldecke doch eine Menge Inspiration zum Thema Weltschmerz geboten. Kuniyoshi federte, vor Energie geradezu sprühend, aus dem Auto. Statt des dunklen Anzugs trug er heute Morgen Jeans und ein grau-blaues Polohemd, dass seinen dichten Haarschopf noch dunkler wirken ließ. Als er mir die Autotür öffnete, um mich einsteigen zu lassen, roch ich Zedernholz unter fremdartigen, würzigen Nebengerüchen. Ungewohnt, aber angenehm.

»Wohin soll es gehen?«, lächelte er mich erwartungsvoll an.

»Ich überlasse mich völlig Ihrer Führung.«

In den ersten Stunden fühlte ich mich etwas befangen in seiner Nähe. Jedes Mal, wenn er mit dem Hebel der Gangschaltung hantierte, umfing mich eine Wolke seines Duftes. Ich warf einen unauffälligen Blick auf ihn. Er war ausgesprochen attraktiv. Die perfekt geformte Nase hätte jeden Künstler inspiriert. Sein relativ breiter Mund sah aus, als ob er gerne und oft lächelte. Dass er gerne und viel aß, hatte ich ja schon miterlebt. Wie er wohl küssen mochte? Im Gegenlicht wirkten die Augenbrauen buschiger, vielleicht, weil er die Augen gegen die Sonne zusammenkniff. Würde er es impertinent finden, wenn ich ihm vorschlug, eine Sonnenbrille aufzusetzen? Oder verzichtete er mit Absicht darauf – wegen der Farben? Als Einstimmung leitete ich ihn ins Hinterland. Dort gab es blühende Obstbaumwiesen zwischen malerischen Dörfern, die von den See-Touristen links liegen gelassen wurden.

»Ich dachte mir, wir fangen hier an, da Sie doch einen Einblick in die Atmosphäre der Landschaft bekommen möchten. So ähnlich hat es früher überall am See ausgesehen,

bevor ihn die wohlhabenden Leute als perfekten Ort für die Sommerfrische entdeckt haben«, erläuterte ich ihm.
Er nickte zustimmend, fuhr langsamer, ließ den Blick schweifen. Sein geschultes Fotografenauge prüfte die Bildausschnitte, die er wie Perlen zu einem Gesamtbild aneinander reihen würde. In einem stillen Tal bog er plötzlich entschlossen in einen Feldweg, ließ den Wagen ausrollen und holte tief Luft.
»Lassen Sie uns aussteigen, Elisabeth. Ich muss die Luft spüren, das Gras unter meinen Füßen nachgeben fühlen. Diesen wunderbaren Blüten näher sein. Was, sagten Sie, sind es, Apfelblüten?« Er holte mehrere Kameras vom Rücksitz und fragte: »Es macht Ihnen doch nichts aus, hier kurz auf mich zu warten?«
Und damit verschwand er quer über die Wiese, in der Löwenzahn- und Hahnenfußkolonien goldgelbe Muster bildeten. Die alte Streuobstwiese mit ihren struppigen Baum-Veteranen strahlte eine beruhigende Zeitlosigkeit aus. Zu abgeschieden für die beliebten Kurse in Obstbaumschnitt, die auch in den entlegendsten Dörfern eine Spur von Funktionskrüppeln hinterließen, hatten sie sich eine eigene Würde bewahrt. Ich näherte mich dem Nächsten, strich über die vernarbte, von der Sonne gewärmte Rinde und schloss die Augen. Bewusst genoss ich den betörenden Duft, dem kein künstlicher auch nur annähernd nahe kommt. Bienen und Hummeln summten geschäftig und hinten am Waldrand konnte ich einen Kuckuck rufen hören. Kuniyoshi war nicht zu sehen. Hoffentlich verirrte er sich nicht.
Ein kleines Stück vom Auto entfernt stand ein verwittertes Feldkreuz und daneben eine halb von Brombeerranken überwucherte Bank. Im Sommer dürfte sie nicht mehr zu sehen sein, aber jetzt bot sie einem einen halbwegs bequemen Sitzplatz. Mit Rücksicht auf mein nagelneues, primel-

gelbes Frühjahrsensemble ließ ich mich vorsichtig auf der Kante nieder und hielt mein Gesicht in die leichte Brise. Wenn schon sonst niemand, so streichelte mich wenigstens der Wind. Leichtes Hüsteln riss mich aus meinen Gedanken. Kuniyoshi stand zwei Meter vor mir und betrachtete mich mit der Sorgfalt eines Arztes.
»Ich hätte Sie gerne fotografiert, diese unsichtbare Wolke aus traurigen Gedanken wie ein Schleier über Ihrem Gesicht. Für jeden Fotografen eine Versuchung. Nein, ich habe es nicht getan. Ich wollte Ihnen nicht zu nahe treten.«
Er schlenderte zur Bank und setzte sich neben mich. Ich musste gegen den Impuls ankämpfen, auf der beschränkten Sitzfläche ein Stück abzurücken. Empfand ich seine Nähe als angenehm oder beängstigend – ich war mir noch nicht ganz sicher.
»Frau von Levetzow hat mir erzählt, dass Sie geschieden sind«, fuhr er fort. »Möchten Sie darüber sprechen?«
Wollte ich? Ganz sicher nicht. Entschieden schüttelte ich den Kopf und riss mich aus meiner Lethargie. Schließlich war ich hier zur Arbeit und sollte ihn betreuen – nicht umgekehrt. Er nickte zustimmend:
»Sie haben Recht. Entschuldigen Sie meine Aufdringlichkeit. Ich lebe jetzt so lange in zwei Kulturen, dass ich manchmal die Orientierung verliere. In Japan spricht man einfach nicht über Beziehungen. In Amerika über nichts anderes. Und in Europa kann man es auf jeden Fall nur verkehrt machen.«
Ich musste lachen. Mein Interesse war geweckt und ich fragte neugierig:
»Wie kommt es, dass Sie so gut Deutsch sprechen? Haben Sie hier studiert?«
Er stöhnte theatralisch auf.
»Das fragen alle! Nein, die Familie meiner Mutter lebte

lange in Düsseldorf. Sie spricht fließend Deutsch und bestand darauf, mit mir zu Hause Deutsch zu sprechen. Wir lebten in Kioto. Dort habe ich auch studiert und dort besitze ich immer noch ein kleines Haus auf dem Grundstück der Familie meines Vaters. Für ihn war es eine große Genugtuung, dass ich die Kunst dem Geschäfte machen vorzog. Daher auch mein Name. Ich habe ihn nach einem berühmten Vorfahren von mir angenommen – einem der Ersten, die in Japan mit der Technik der Fotografie experimentierten. Aber eigentlich war er Spezialist für Farbholzschnitte. Kennen Sie Farbholzschnitte? *Die große Woge* beispielsweise?«

Aus meiner Erinnerung baute sich das Bild einer riesigen, blauen Welle auf, von deren Kamm die weiße Gischt wie Krallen nach einem zerbrechlichen Fischerboot zu ihren Füßen greift. Trotz der beschränkten Perspektive und der vergleichsweise grob schattierten Farben fasziniert die Szene. Ich war beeindruckt.

»Die ist von Ihrem Vorfahren?«

»Nein, die ist leider vom großen Hokusai, einem Konkurrenten. Zeitweise machten sich die Schulen das Leben mit ihrer Rivalität schwer. Diese Holzschnitte waren zu ihrer Blütezeit nur im alten Tokio zu bekommen und entsprechend begehrt. Vor allem die Darstellungen aus der damaligen – Sie würden hier wohl ›Halbwelt‹ sagen – mit teilweise mehr als deutlichen erotischen Szenen. Japaner haben eine vergleichsweise unverkrampfte Einstellung zur Sexualität. Wenn es Sie interessiert, zeige ich Ihnen ein paar Reproduktionen von den Bildern meines Urgroßonkels.«

Dabei warf er mir aus den Augenwinkeln einen halb spöttischen, halb herausfordernden Blick zu

»Das hier«, wechselte er plötzlich das Thema und deutete mit dem Arm einen weiten Halbkreis an, »das hier ist einfach fantastisch. Wenn ich nur den Geruch irgendwie einfangen könnte! Ich wusste nicht, dass Apfelblüten so duften.«

Still und einträchtig saßen wir auf der morschen Bank und sogen den Duft in uns auf wie Schnüffler. Der süße Blütenduft vermischte sich mit dem Zederholz und den exotischen Gewürzen. Die Sonnenwärme verschmolz mit der Wärme seines Körpers. Es schien so selbstverständlich, dass ich mich nicht rührte, als er seinen Arm um meine Schultern legte und mir ins Ohr raunte:

»Darf ich Sie duzen?«

Und genau so selbstverständlich schien es, dass er mich küsste. Mit fragender Zurückhaltung berührten seine Lippen meine halb geöffneten, streichelten leicht wie ein Hauch darüber. Ihr Druck wurde erst fester, als ich keinerlei Widerstand leistete. Ein sanfter Kuss, ohne Wildheit oder Leidenschaft. Trotzdem geriet ich fast in Panik, sobald die Reaktion meines Körpers einsetzte. Seine geschmeidige Zunge in meinem nach Zärtlichkeit hungernden Mund, sein Geruch und Geschmack wirkten wie eine Droge, die durch meine Adern schoss. Mein Körper wurde weich und nachgiebig, mein Unterleib fing Feuer. Zwischen den Oberschenkeln konnte ich meine Schamlippen anschwellen fühlen. Gleich würde die Feuchtigkeit sie schlüpfrig und bereit für die Vereinigung werden lassen. Die Sehnsucht danach überwältigte mich fast. Atemlos stöhnte ich auf, drängte mich an ihn und riss mich gleich darauf widerwillig los. Es ging einfach nicht! Mir lag zu viel an meiner Anstellung. Auch Kuniyoshi ließ fast erschrocken die Arme fallen und wir starrten uns in die Augen.

»Entschuldigung. Ich benehme mich unmöglich. Aber die Situation …«

Er zuckte hilflos mit den Schultern. Ich senkte den Blick auf meine im Schoß verkrampften Hände und versuchte, die Sache herunterzuspielen:
»Frühling und Apfelblüte haben schon so manchen überrumpelt. Wollen wir weiter?«

Unsere gegenseitige Befangenheit legte sich im Lauf des Tages. Er vermied Anzüglichkeiten und benahm sich so neutral, dass ich mich wieder entspannte. Sein Interesse schien völlig auf unsere Umgebung fixiert. Um ihm einen groben Überblick zu verschaffen, leitete ich ihn zurück auf die Uferstraße und wir umrundeten den See auf der Touristenroute. Den Barockbau der Birnau in seiner schönen Lage über dem Obersee betrachtete er stirnrunzelnd. Auf meine Nachfrage meinte er, die Kirche sei ihm zu monströs. Sie passe nicht in die Lieblichkeit um sie herum. Ich verstand ihn nicht.
»Wieso, das ist doch ein prächtiger Anblick: Die Schönheit der Kunst und die Schönheit der Natur passen zusammen. In hässlicher Umgebung würde diese Kirche gar nicht zur Geltung kommen. Sie wird übrigens als eine Perle der Barockbaukunst bezeichnet. Und der Barock gehört einfach zu dieser Gegend. Sie ist berühmt für diesen Stil.«
Er schüttelte den Kopf und seufzte:
»Dieser Prunkbau ist eine Beleidigung und Missachtung der Kräfte um ihn herum. Als wolle man der Natur deutlich machen, wie wenig sie bedeutet. Ein japanischer *Shinto*-Tempel würde niemals versuchen, seine Umgebung so zu übertrumpfen. Er würde versuchen, mit ihr eins zu werden. Hier spürt man den Willen der Erbauer, zu beherrschen. Eine solche Arroganz kann sich nur entwickeln, wenn die Natur so unglaublich sanft zu den Menschen ist. Wer mit Erdbeben, Vulkanausbrüchen und *Tsunamis* leben muss,

hat Respekt vor der Natur und legt beim Bauen eher Demut an den Tag.«
Ganz offensichtlich fehlte ihm der Zugang zur Ästhetik der europäischen Architektur. Ich richtete mich danach und plante unsere Route so, dass sie den Schwerpunkt auf Landschaftseindrücke legte. Die kommenden beiden Tage verbrachten wir in wachsender Harmonie. Langsam spielte sich eine Art Routine ein. Morgens holte Kuniyoshi mich ab, tagsüber fuhren wir umher und abends setzte er mich wieder zu Hause ab. Am vierten Tag hatte ich ihm vorgeschlagen, in den Schweizer Teil der Bodensee-Region zu fahren und dort, vom Säntis aus, den See aus einer völlig anderen Perspektive einzufangen. Inzwischen genoss ich die unterschwellige Anziehungskraft seiner Männlichkeit. Ich fühlte mich fast wie ein Diabetiker, der die ihm versagte Auslage einer Confiserie mit den Augen verschlingt, aber nicht naschen darf. Sein ganz persönlicher Zedernholzduft, die beiläufigen Berührungen, wenn er mir Türen aufhielt, oder sein leichter Griff an meinem Ellenbogen, wenn wir Gefahr liefen, uns in größeren Menschengruppen zu verlieren: Ich genoss jeden Körperkontakt mit dem leisen Beigeschmack des Verbotenen, erlaubte mir jedoch keine Geste, die er als Ermutigung hätte auffassen können.

Wir fuhren mit der Seilbahn auf den Säntis hinauf. In der überfüllten Kabine waren wir irgendwie in eine Ecke abgedrängt worden und standen eng aneinander gepresst. Meine Nase berührte fast seine Brust und an den Schultern spürte ich seine Arme, die mich umschlangen, als wollten sie mich vor den Mitreisenden beschützen. Die Anstrengung, die es erforderte, meinen Impuls zu unterdrücken, die Arme um seine Hüften zu schlingen, ließ mich unruhig werden. Glücklicherweise hielt er meine Zappelei für den Versuch, mich umzudrehen, damit ich etwas von dem Bergpanorama sehen konnte. Ihn an meine Rückseite geschmiegt zu fühlen wirkte sich auch nicht gerade beruhigend auf mich aus, gab mir aber die Möglichkeit, Interesse für die Aussicht zu heucheln. Auf dem Gipfel empfing uns eisiger Wind, wir beeilten uns, in die mitgebrachten Jacken zu schlüpfen. Kuniyoshi zupfte fürsorglich meinen Seidenschal zurecht.

»Hoffentlich erkältest du dich hier oben nicht. Es ist viel kälter, als ich es erwartet hatte.«

Um uns herum lag der Schnee meterhoch. Hier oben war der Frühling noch nicht angekommen. Die Mehrzahl der Gestalten hier oben war vermummt wie im tiefsten Winter. Ich fröstelte. Die Luft kam mir nicht nur deutlich kälter, sondern auch klarer vor. Es war einige Jahre her, dass wir einen Familienausflug hier herauf unternommen hatten.

»Schau mal, Elisabeth, man kann fast bis nach Italien sehen! Da, hinter der Gipfelkette, da hinten muss es sein.«

Kuniyoshis Begeisterung steckte mich an. Der Anblick der majestätischen Berge degradierte einen zu einer Ameise. Von Schnee bedeckt, wirkte das Bergmassiv sowohl unschuldig als auch abweisend. In ein solch perfektes, weißes Schneefeld zu treten musste Überwindung kosten. Direkt unter uns zog eine Gruppe winziger Punkte vorbei und hinterließ eine dunkle Spur – wie Schmutz in der blendend hellen Fläche. Wir folgten dem breiten Trampelpfad, den unsere Vorgänger als Wegweiser zu den interessantesten Punkten hinterlassen hatten. Von dort, wo sie geradezu eine Aussichtsterrasse niedergetreten hatten, bot sich ein atemberaubender Anblick. In der glasklaren Frühlingsluft glitzerte der See in einem tiefen Blau. Die Sicht war so gut, dass man sogar einzelne Boote ausmachen konnte. Vermutlich die Fähren. Kuniyoshi warf den Rucksack ab, in dem

er seine Fotoausrüstung verstaut hatte, und machte sich wie im Rausch an die Aufgabe, dieses Motiv in allen Perspektiven und mit allen technischen Möglichkeiten festzuhalten.
Ich hatte mich in den vergangenen Tagen daran gewöhnt, in solchen Phasen im Hintergrund zu bleiben und zu warten. So suchte ich mir auch jetzt, nachdem ich mich rasch an der Aussicht satt gesehen hatte, ein windstilles Eckchen in der Sonne. Die meisten Besucher waren bereits wieder in dem kleinen Lokal verschwunden, das direkt neben der Seilbahnstation lag. Deshalb hatte ich mein Sonnenplätzchen ganz für mich allein, schloss die Augen und genoss die Wärme, die durch meine Kleidung allmählich bis auf den Körper durchsickerte.
Ein Schatten ließ mich die Augen blinzelnd öffnen. Direkt vor mir stand Kuniyoshi und belauerte mich mit einer Intensität, die mir Angst machte. Es war nur ein Augenblick, denn sofort schob sich wieder die höfliche Maske über seine Züge und die schwarzen Augen ließen keinerlei Emotion mehr erkennen. Verwirrt schaute ich auf. Hatte ich mir das eben nur eingebildet? Alles, was ich sah, war professionelles Interesse.
»Bitte, bleib so sitzen und versuch noch einmal auszusehen wie eine schlafende Katze. Du hast ein ungewöhnlich sprechendes Gesicht. Ich würde dich zu gerne porträtieren.«
Ich hatte eine langjährige Abneigung dagegen, fotografiert zu werden, und das ließ mich um ein Haar spontan ablehnen. Aber seine Bitte schmeichelte mir enorm. Noch nie hatte jemand mein Gesicht interessant gefunden. Hübsch, mit der neuen Bemalung attraktiv – aber interessant?
»Komm, sag ja. Normalerweise porträtiere ich nicht. Es ist auch für mich ungewohnt. Es wird bestimmt eine interessante Erfahrung für uns beide«, drängte er.
Ich gab nach.

»Aber die ganz scheußlichen Aufnahmen werden vernichtet!«
Er grinste mit der Überlegenheit des Profis und hob die Kamera. Die Stunden auf dem Gipfel waren rückblickend wohl mehr dazu gedacht, mich an die Kamera zu gewöhnen. Schon nach einiger Zeit blinzelte ich nicht mehr zwanghaft, sobald sich der Sucher auf mein Gesicht zubewegte. Ich achtete nicht mehr auf das Klicken, sondern tat einfach, was Kuniyoshi mir zurief: Ich schaute nach links, nach rechts, nach oben, in die Ferne. Ich ging, wohin er mich dirigierte, und ließ mich von ihm führen wie eine Marionette. Schließlich verstaute er die gesamte Ausrüstung wieder im Rucksack und wir machten uns auf den Rückweg ins Tal. Diesmal hatten wir die Kabine für uns allein und hielten gebührenden Abstand.
»Würdest du heute mit mir zu Abend essen? Sozusagen außerhalb der Dienstzeit?«
Seine Frage überrumpelte mich und ich zögerte. Das Thema ›außerhalb der Dienstzeit‹ hatte Frau von Levetzow noch überhaupt nicht angesprochen. Wurde von mir erwartet, dass ich solche Avancen ablehnte?
»Ich würde den heutigen Tag gerne anders beenden als die vorherigen. Aber wenn du Bedenken hast, fühle dich frei, nein zu sagen.«
Ich schob alle Bedenken beiseite.
»Schon gut. Wohin wollen wir denn?«
»In der Nähe meines Hotels gibt es ein nettes Lokal direkt am Wasser. Ich habe es gestern entdeckt, als ich nach einer Stelle am Ufer suchte, von der aus man den Mondaufgang gut sehen kann. Der Mond ist hier so seltsam klar und kalt. Ist er immer so?«
Wann hatte ich das letzte Mal bewusst den Mond betrachtet? Ich hätte nicht einmal zu sagen gewusst, ob wir ab-

nehmenden oder zunehmenden hatten. Der Mond war für mich seit meiner Kindheit, in der ich mir einbildete, er habe die magische Kraft, Wünsche zu erfüllen, eine völlig unwichtige Angelegenheit geworden. Meine Unkenntnis schien Kuniyoshi zu befremden. Er runzelte die Stirn.
»Ich weiß, dass dem Mond hier nicht viel symbolischer Wert beigemessen wird. Aber ihn so völlig zu ignorieren …«
»Es gibt Aussaatkalender und Leute, die Gartenarbeiten nach dem Mond ausrichten«, widersprach ich.
»Pah, das ist doch unsensibler Funktionalismus! Dabei geht es nicht um seine Schönheit, sondern um seinen praktischen Nutzen. Funktioniert es wenigstens?«, grinste er.
Ich musste lächelnd zugeben, dass ich niemanden kannte, der das praktizierte.
»Wenn wir gegessen haben, werde ich ihn dir richtig zeigen. Ich möchte ihn in deinen Augen gespiegelt sehen.«
Während des Essens versuchten wir uns in Konversation, aber die elektrische Spannung zwischen uns schien greifbar. Wenn sich unsere Füße unter dem Tisch zufällig berührten, entschuldigten wir uns beide übertrieben und zuckten zurück, als hätten wir uns verbrannt. Ich konnte meinen Blick nicht von seinen Händen losreißen. Sie waren haarlos wie die einer Frau, aber mit der kräftigen Struktur von Männerhänden. Hände, wie für Zärtlichkeiten gemacht. Als ich aufsah und unsere Blicke sich trafen, wurde mein Mund plötzlich trocken und mein Blut schien schneller zu fließen. Seine Augen streichelten mein Gesicht, glitten meinen Hals hinunter und tauchten in den tiefen Ausschnitt, hinein in das Tal zwischen meinen Brüsten. Unwillkürlich hielt ich den Atem an. Er lächelte süffisant und prostete mir zu.
Wenn ich mir einbildete, heute nach dem Essen einfach nach Hause gehen zu können, machte ich mir etwas vor. Mit

der Umsicht des erfahrenen Jägers hatte er mich allmählich in eine ausweglose Situation manövriert und konnte nun gelassen abwarten, seine Beute zu erlegen. Wenn ich ehrlich war, konnte ich nicht behaupten, dass ich etwas dagegen hatte. Vielleicht war es auch der Wein, den ich so achtlos in mich geschüttet hatte, der mich leichtsinnig machte. Jedenfalls hob ich mein Glas, erwiderte den Blick und ließ wie unbewusst meine Zungenspitze langsam über meine Unterlippe gleiten. Gespannt wartete ich auf seinen nächsten Zug. Nachdenklich musterte er mich.

»Jetzt hast du gerade wieder einen zu kleinen Kimono abgestreift. Man konnte es in deinen Augen sehen. Es freut mich, daran einen kleinen Anteil zu haben.«

Er ergriff meine Hand und zog sie an seine Lippen. Ich war auf einen Handkuss gefasst, wie bei unserem ersten Treffen, nicht aber auf eine solche Variante: Sein heißer Atem strich über meine Finger, als er erst jeden einzeln küsste, dann unauffällig meine Hand drehte und seine Zungenspitze in der empfindlichen Handfläche tanzen ließ. Es kitzelte und instinktiv wollte ich sie zurückziehen, aber sein so leicht wirkender Griff hielt sie mit unnachgiebiger Stärke. Die Zunge malte feuchte, glühende Figuren, wanderte langsam weiter zu den Fingern. Plötzlich schlossen sich die Lippen fest um den Zeigefinger, der Mund sog ihn ein, imitierte das Saugen an der Brustwarze. Mir wurde schwindlig und ich kämpfte gegen den Drang an, die Augen zu schließen, mich dem suggestiven Spiel zu überlassen. Meine flatternden Lider spiegelten meine Erregung wie Seismographen wider. Ehe ich meinen Kampf verlor, ließ er meine Hand sanft auf das puritanisch weiße Tischtuch sinken und signalisierte dem diskret im Schatten der Theke wartenden Kellner, dass er die Rechnung bringen konnte.

Draußen verhalf mir die warme Abendluft auch nicht zur Ernüchterung – im Gegenteil. Der leichte Wind trug den Duft der Apfelblüten aus den Plantagen zu uns und weckte damit unwillkürlich Erinnerungen. Wortlos legte Kuniyoshi mir den Arm um die Schultern und leitete mich auf dem Uferweg entlang, bis wir in einer Bucht auf mehrere, an den Strand gezogene Fischerboote trafen. Ich stolperte in der Dunkelheit, aber er schien sich auszukennen. Geschickt kletterte er in das größte der Boote und reichte mir die Hand.

»Komm, hier ist der perfekte Platz, um den Mond zu erwarten.«

Eng aneinander geschmiegt saßen wir auf der Ruderbank und starrten auf den schwachen, gelben Schein am Horizont. Er wurde allmählich immer stärker und dann schob sich die nahezu runde Scheibe aus dem konturlosen Schwarz. Obwohl ich im Laufe meines Lebens sicher reichlich Gelegenheit dazu gehabt hätte, war dieses Schauspiel mir so neu, dass ich den langsamen Aufstieg wie gebannt verfolgte. Zum ersten Mal sah ich bewusst einen Mondaufgang. Je höher er sich aus dem Wasser hob, desto heller und breiter schimmerte die Lichtspur auf der leicht gekräuselten Oberfläche. Schließlich erhellte sein diffuses Licht alles. Kuniyoshi murmelte einige Worte auf Japanisch und übersetzte sie mir stockend.

»Wenn der verschleierte Mond seinen Glanz verströmt, so gleicht ihm nichts in seiner Schönheit.«

Mit diesen Worten umfasste er mein Kinn und drehte mein Gesicht von dem Naturschauspiel weg, hin zu sich. In seinen dunklen Augen spiegelte sich der Mond und ich hielt die Augen geöffnet, bis sich unsere Lippen berührten. Mit überraschender Wildheit drang er in meinen Mund ein und wühlte sich in meine Mundhöhle, bis ich um Atem rang.

»Komm, lass mich deine verschleierten Monde enthüllen«, murmelte er und begann meinen Oberkörper aus den Kleiderschichten zu schälen. Als ich nur noch den Spitzen-BH und das Seidenhemdchen trug, hielt er inne. Die cremefarbene Seide schimmerte wie der Mondschein auf dem Wasser. Sie raschelte leise, als er mir die Träger von den Schultern streifte und meine Brüste aus den Spitzenschalen befreite. Der plötzliche, kühle Hauch auf meiner heißen Haut ließ mich erschauern. Wir beobachteten beide, wie die Spitzen sich aufrichteten. Dunkel stachen die Höfe gegen das Weiß der Haut ab. In dem gedämpften Licht wirkte mein Oberkörper statuenhaft wie aus Marmor, erstarrt und kalt. Kuniyoshi stöhnte leise auf und sank vor mir auf die Knie. Sein schwarz schimmernder Kopf neigte sich, dann schlossen sich seine Lippen um die linke Brustwarze. Die Hitze, die sein Mund und seine Zunge ausstrahlten, brannte sich in meine Haut. Erst zart, dann kräftiger begann er zu saugen, bis die ganze Brust zu glühen schien. Mir wurde warm, mein Pulsschlag hallte in meinen Ohren wider, das Glühen breitete sich in meinen Unterleib aus und das Pochen zwischen meinen Beinen ließ mich auffordernd das Becken an ihm reiben. Ohne den Mund von seinem prallen Spielzeug zu lösen, lachte er auf, packte meine Hände, die sich um das Sitzbrett krallten, und führte sie zwischen meine Beine. Er machte keine Anstalten, sich dieses Bereichs anzunehmen. Stattdessen wechselte er zur anderen Brust und dachte gar nicht daran, seine Hände nach unten zu bewegen. Unsicher verharrte ich einen Moment. Überließ er mir die Verantwortung für meine Befriedigung?

Obwohl ich mich unzählige Male selbst befriedigt hatte, zögerte ich jetzt. Schon als Kind hatte ich es als lustvolle Methode zur Entspannung entdeckt. Wenn mir kalt war, wenn

ich nicht schlafen konnte, wenn ich unglücklich war oder Angst hatte – die Hand unter der Bettdecke brachte, zumindest kurzfristig, Wohlgefühle. Ich achtete aber immer peinlich darauf, dass meine Schwestern nichts mitbekamen. Wenn sie die gleiche Entdeckung wie ich gemacht haben sollten, so waren sie genauso diskret. Mit Christoph stand das Thema Selbstbefriedigung nie zur Debatte. Ob es ihm gleichgültig war oder ob er es als peinlich empfand – ich hatte es all die Jahre nicht in Erfahrung gebracht.
Und jetzt sollte ich mein gut gehütetes Geheimnis lüften? Kuniyoshi ging so selbstverständlich davon aus, dass ich wusste, was ich zu tun hätte, dass es mir auf einmal ganz natürlich erschien. Meine Brüste prickelten und brannten. Glühende Ströme zuckten von ihnen aus über versteckte Bahnen direkt in meinen Schoß. Kurz entschlossen versenkte ich beide Hände unter meinem weiten Rock, schob die lockere Seide meiner French Knickers beiseite und strich vorsichtig über das dichte Kraushaar. Die leichte Berührung genügte, um meine Perle sehnsüchtig zucken zu lassen. Zwischen den prall geschwollenen Lippen sickerte die Feuchtigkeit so reichlich, dass sie von einem heißen, glitschigen Film überzogen waren. Meine Finger glitten nur so darüber hinweg. Dieses deutliche Signal meines Körpers erregte mich so sehr, dass ich den Kopf zurückwarf und den Rücken durchdrückte, um Kuniyoshi zu bedeuten, dass er die Reizung verstärken sollte. Meine stumme Forderung wurde augenblicklich verstanden. Scharfe Zähne gruben sich so heftig in meinen harten Nippel, dass ich in normalem Empfindungszustand zurückgezuckt wäre. Doch momentan wirkte der Schmerz wie ein Verstärker. Seine Zähne hielten ihre Beute gepackt, schüttelten sie hin und her, zogen an ihr, ließen mich seine Überlegenheit spüren, aus meiner Lust jederzeit Schmerz werden zu lassen. Ge-

schickte Finger spielten mit der anderen Brustwarze, kniffen, rieben, rollten sie, bis ich nicht mehr zu sagen gewusst hätte, welche von beiden die heißeren Ströme aussandte. Zwischen den Wimpern meiner halb geschlossenen Lider hing mein Blick am Mond wie an einem Leuchtfeuer, von dem ich mir Orientierung erwartete. Er schien mir heller und abweisender als vorhin.

Als meine Finger in die weichen, schlüpfrigen Falten eintauchten, schloss ich den Mond und Kuniyoshi aus. Meine Hand schmiegte sich sehnsüchtig an die vertraute Perle. Ich war so nass, dass ich sie umtanzte wie ein Eiskunstläufer, in Spiralen und Pirouetten. Überraschend schnell türmten die Wellen sich auf und schlugen über mir zusammen, dass ich nach Luft rang. Unter Kuniyoshis Händen bäumte ich mich auf. Zitternd und keuchend kam ich erst wieder zu mir, als er mir schon wieder behutsam den BH überstreifte. Die Hände zwischen die zusammengekrampften Oberschenkel gepresst, versuchte ich seinen Gesichtsausdruck zu erkennen. Im Dämmerlicht verschwammen die Schatten und die fließenden Strukturen betonten das Fremdartige. War er damit zufrieden? Ich wartete darauf, dass er seinerseits Befriedigung suchte, aber er half mir nur mit regungsloser Miene in meine Kleidung und erweckte in nichts den Eindruck eines Mannes, der noch etwas vorhatte. Sollte ich etwas sagen? Etwas in der Art des männlichen »War es für dich auch schön?«.

Er seufzte leise und hielt mir die Hand hin, um mir beim Aufstehen behilflich zu sein.

»Ich hoffe, du wirst den Mond nie wieder durch Missachtung beleidigen, Elisabeth.«

Die aufsteigende Röte sah man sicher nicht, aber zur Sicherheit räusperte ich mich, ehe ich darauf einging:

»Ganz sicher nicht. Der Mond – speziell der Vollmond – wird für mich immer etwas Besonderes bleiben.«
Seine Zurückhaltung schien mir nach einer Erklärung zu verlangen, aber mir fiel keine passende Frage ein und dann war die Gelegenheit vorbei. Arm in Arm, in unsere jeweiligen Gedanken versunken, gingen wir den Uferweg zurück. Mir schienen die Grillen lauter zu zirpen als gewöhnlich. Vermutlich lag das an meinen überreizten Sinnen.

In den kommenden Tagen fragte ich mich des Öfteren, ob ich das Mondschein-Intermezzo tatsächlich erlebt oder nur fantasiert hatte. Meine Befangenheit legte sich rasch, sobald ich festgestellt hatte, dass sein Benehmen mir gegenüber unverändert geblieben war. Die Anziehungskraft allerdings hielt er jetzt fest unter Kontrolle. Fast, als würde er mir mitgeteilt haben: »Es war schön, aber es wird nie wieder vorkommen.«

Unser Verhältnis bewegte sich fortan wieder im freundschaftlich-geschäftlichen Bereich. Nach der eher ziellosen Motivsuche der vergangenen Tage stürzte er sich nun geradezu verbissen in die Aufgabe, den einzelnen Motiven Stimmungen zu entlocken. Wir fröstelten drei Tage hintereinander im vom Morgentau feuchten Schilf beim Gnadensee, um geheimnisvoll dunstige Sonnenaufgänge einzufangen. Regentage wurden freudig begrüßt, weil wir dann stundenlang unter tropfenden Weiden standen und die fast auf dem Wasser schleifenden Wolken beobachteten, um endlich einige wenige Einstellungen von tristen, grauen Fischerbooten am Sandstrand mitzunehmen. Der Föhn an den Abenden vor dem Regen begeisterte mich mehr als ihn. Er fand das Phänomen der nahen Alpen zwar faszinierend, aber er registrierte es mehr erstaunt als künstlerisch interessiert. Meine Geduld wurde bis an ihre Grenzen strapaziert, als wir einen ganzen Nachmittag den Sonnenstand verfolgten, bis er genau die Schatten warf, die Kuniyoshi vorschwebten.

An einem Nachmittag wurde ich plötzlich aus meiner beschaulichen Trägheit gerissen, als ich Kuniyoshi dabei ertappte, dass er so sehnsüchtig meinen Körper mit den Augen vermaß, dass ich mich unbehaglich zu fühlen begann. Er begegnete meinem fragenden Blick mit einem entschuldigenden Lächeln und wandte sich kopfschüttelnd ab. Mir ließ dieser Blick keine Ruhe.

»Irgendetwas geht dir doch durch den Kopf. Ich kann es spüren. Es hat mit mir zu tun. Kann ich dir irgendwie helfen, Kuniyoshi?«

So, ich hatte eröffnet. Es fiel mir zunehmend schwerer, mich an die von ihm gezogene, unsichtbare Linie zu halten. Ich verstand nicht, was ihn seit dem Mondspaziergang von mir fern gehalten hatte. Hatte er mich abstoßend gefunden? Hatte er einfach keine Lust auf mich? Es konnte doch nicht sein, dass er mir nur eine Lektion hatte erteilen wollen? Die gegenseitige Anziehung brodelte in uns beiden. Er war nicht immun dagegen, da war ich mir sicher. Was, zum Teufel, ging in ihm vor, dass er sie so eisern kontrollierte?

»Ich danke dir für dein Angebot. Ich weiß es zu schätzen. Aber du würdest es nicht verstehen, glaub mir. Es ist besser, wenn ich es für mich behalte.«

Meine Neugierde war geweckt. Aber so sehr ich ihn auch bestürmte, bat, überredete: Er schüttelte nur freundlich den Kopf und blieb bei seiner strikten Weigerung. Schließlich kam mir ein Gedanke.

»Wirst du es mir am letzten Tag sagen? Da sind wir doch so-

wieso mit allem fertig und es wäre wichtig für mich zu wissen, weil ich mir sonst endlos Sorgen darüber mache, was ich bei dir wohl falsch gemacht habe.«
Trotz seiner offensichtlichen Skepsis einigten wir uns dahin gehend.

Als wir am Morgen von Kuniyoshis letztem Tag am See zusammen im Auto saßen, wurde mir bewusst, wie sehr ich mich an unsere Routine gewöhnt hatte. Er fuhr nicht – wie sonst immer – sofort los, sondern blickte starr nach vorne, die Hände auf dem Lenkrad.
»Es ist sicher schwer für dich zu verstehen«, begann er stockend und seine Hände packten das Lenkrad, dass die Sehnenstränge sich deutlich abzeichneten. »In Japan gibt es eine Spielart der erotischen Fotografie, die Europäer, vor allem Europäerinnen, meistens abstoßend finden.«
Er verstummte und ich wusste nicht, was ich sagen sollte. Ich hatte keinen blassen Schimmer, was er meinte. In meinen Büchern und Vorträgen über Japan war die Erotik sorgfältig ausgeklammert geblieben. Alles, was mir im Augenblick einfiel, war die unnütze Information, dass bei Geishas größter Wert auf einen anmutigen Nacken gelegt wurde.
»Du hast nicht die geringste Ahnung, worüber ich spreche, nicht wahr?«
Mit einem leisen, ungeduldigen Knurren beugte er sich vor, holte einen Stoß Fotos aus dem Handschuhfach und warf sie mir in den Schoß.
»Das meine ich. Versuche, es einigermaßen vorurteilsfrei zu betrachten.«
Ich blätterte den Packen durch und unterdrückte mühsam einen Laut des Widerwillens. Auf dem Bild hing eine gefesselte, nackte Frau seltsam verrenkt an einem bizarr ver-

formten Baumstamm. Sah man genau hin, konnte man erkennen, dass die Fesselung weniger der Fixierung als der Akrobatik diente. Ein Handgelenk und beide Fußgelenke hingen lose in Schlaufen. Aber auf den ersten Blick sah es scheußlich aus. Stumm blätterte ich weiter. Die unnatürlichen Posen in Verbindung mit einem Element der Natur – Fels oder Baum – irritierten, weil ich in diesem Zusammenhang automatisch *natürliche* Haltungen erwartete. Aber es war ein bisschen wie bei jeder Form moderner Kunst: Wenn man sich an die spezielle Art zu sehen gewöhnt hatte, konnte man sich in etwa vorstellen, was der Künstler beabsichtigt hatte.

»Hat das irgendeine symbolische Bedeutung?«

Ich bemühte mich um einen neutralen Tonfall.

»Würdest du es dann wohl eher akzeptieren?«, fragte er zurück.

Wie weit ging meine Toleranz, wenn sie sich nicht einfach den gültigen Normen anschloss, sondern wirklich strapaziert wurde? Er ließ mich einige Sekunden überlegen. Ich suchte nach einer angemessenen Formulierung für meine wirren Empfindungen.

»Nein. Auch Symbolik rechtfertigt nicht, anderen wehzutun. Aber das scheint hier gar nicht das Thema zu sein. Ich kann nur dem Sujet nichts abgewinnen. Was soll an diesen Verrenkungen aufregend oder schön sein? Sie scheinen mir lediglich unbequem.«

»Vermutlich sind sie das auch. Aber eine gelungene Komposition entschädigt für vieles.«

Er verstummte und platzte dann plötzlich heraus:

»Würdest du mir für solche Bilder Modell stehen?«

Ich muss ziemlich verständnislos geschaut haben, denn er fügte bittend hinzu:

»Ich weiß, dass dir das abartig vorkommt, aber du würdest

mir eine große Freude machen, wenn du dich dazu durchringen könntest.«
Sollte ich einwilligen? Es schien ihm viel daran zu liegen und ich hatte ihn sehr gern. Aus meinem Gesicht sprach wohl bereits Zustimmung, denn er strahlte, noch bevor ich den Mund öffnete. Die ganze Sache war verrückt, aber mir stand der Sinn nach etwas Verrücktem und bei Kuniyoshi fühlte ich mich sicher. Hektisch stopfte er den Stoß Fotos wieder ins Handschuhfach.
»Aber ich hänge mich nicht in einen Baum!«, beeilte ich mich, meine Zusage einzuschränken.
»Nein, nein, das schwebt mir auch überhaupt nicht vor. Ich möchte nur die Schönheit deines Körpers unterstreichen. Japanische Posen in europäischem Gewand. Ihr habt in der abendländischen Kunst übrigens früher ähnliche Themen geschätzt. Diese jungen Mädchen, die an Felsen gefesselt sind und von Rittern befreit werden. Ich habe einige davon in Museen gesehen und ich wette mit dir, die Auftraggeber waren nicht nur an den Ungeheuern und blitzenden Schwertern interessiert. Und erst eure Heiligenbilder! Als ich das erste Mal vor einer dieser Darstellungen stand, auf der ein nackter Mann von Pfeilen durchbohrt wird, war ich entsetzt. Du bist wahrscheinlich daran gewöhnt und denkst nicht mehr darüber nach, dass man es auch anders sehen kann.«
Er verstummte und konzentrierte sich auf den Verkehr um uns herum.
»Du hast hoffentlich berücksichtigt, dass wir hier in einer Gegend sind, in der es sehr schwierig ist, ungestört zu bleiben?«
Die Vorstellung, nackt und gefesselt von einer Wandergruppe des Schwarzwaldvereins überrascht zu werden, ließ mich erschauern. Aber Kuniyoshi blieb gelassen.

»Ich habe dem Portier erzählt, ich bräuchte einen absolut unzugänglichen Platz, um Zen-Übungen zu machen. Glücklicherweise hat er einen Schwager, der ein solches Plätzchen besitzt. Keine Wanderwege in der Nähe, nur ein gesicherter Privatweg und für den habe ich einen Schlüssel.«
Triumphierend schwenkte er einen Schlüsselring, an dem neben einem Sicherheitsschlüssel eine verrostete Rattenfalle baumelte.
Der stille Ort für die vorgeschobenen Zen-Übungen hielt, was der Portier versprochen hatte. Nach endlosen Minuten auf grobem Schotter kamen wir zu einer Waldlichtung. Dort befanden sich einige Felsbrocken und ein wilder Kirschbaum, dessen Blüten wie ein Schneeteppich im Schatten der Baumkrone lagen. Kuniyoshis zufriedener Blick ruhte auf dem Ensemble.
»Genau so etwas hatte ich mir vorgestellt.«
Außer dem ohrenbetäubenden Gezwitscher der Vogelkolonie rundum war kein Laut zu hören. Kurz entschlossen knöpfte ich die Bluse auf.
»Soll ich alles ausziehen?«
Meiner Frage war wohl Unbehagen anzuhören, denn Kuniyoshi hob seinen Blick von einem Haufen geflochtener, schwarzer Seidenschnüre, den er gerade zu entwirren versuchte, und lächelte mir ermutigend zu.
»Unbedingt.«
Ohne Kleidung fühlte ich mich verletzlich. Der Windhauch, den ich vorhin nicht wahrgenommen hatte, strich jetzt mit neugierigen Fingern über mich hin. Ich schlang die Arme um meinen Oberkörper und fröstelte. Weniger aus Kälte als aus … ja, was eigentlich? Angst konnte man es nicht nennen. Schließlich war ich freiwillig hier. Ehe ich meinen Empfindungen weiter nachspüren konnte, sprang Kuniyoshi auf

und trat langsam, die Seidenschnur hinter sich herziehend, auf mich zu. Unter seinem kritischen Blick hätte ich am liebsten alles wieder rückgängig gemacht, aber als er meinen Körper mit den Augen vermaß, wurde mir klar, dass der Blick weniger meinen Formen an sich galt, als den fotografischen Möglichkeiten, die sie boten. Ich entspannte mich. Letzten Endes war dies hier nichts als ein weiterer Fototermin. Wenn ich mich auf die Kamera konzentrierte – und nicht immer daran dachte, hier nackt vor Kuniyoshi zu stehen –, war es eigentlich nicht weiter aufregend, redete ich mir ein.

»Fangen wir mit ein paar Frontalaufnahmen an. Komm hier herüber und halte deine Hände hinter dem Rücken.«

Er winkte mich an eine sonnige Stelle neben den Felsen. Geblendet kniff ich beide Augen zu und stand ruhig, während er mich in Pose dirigierte. Die glatte Seidenschnur schlang sich um meinen Hals, wurde gekreuzt, geschlungen, gewickelt. Ich verlor den Überblick.

»Wie findest du es?«, fragte er, sichtlich stolz auf sein Werk.

Ich schaute an mir herunter, so weit es mir die wie bei einer Giraffenfrau um den Hals geschlungene Schnur erlaubte, und konnte nur staunen. Die Schnur kreuzte meine Brüste, um unterhalb des Bauchnabels in eine Art Lendenschurz überzugehen. Ich war bekleidet und doch nackt. Das Schwarz der Schnur stach auffällig gegen meine helle Haut ab. Durch den harten Kontrast schien das Elfenbeinweiß meines Körpers noch durchscheinender. Ich folgte seinen Anweisungen, schloss die Augen, drehte mich nach rechts, drehte mich nach links und als er die Frontalaufnahmen für beendet erklärte, fühlte ich mich fast normal. Er schien zu spüren, wie die Anspannung allmählich aus mir wich, denn als er die Schnur, an meinen Füßen beginnend, ordentlich aufwickelte, fragte er:

»Würdest du mir erlauben, dich an dem Felsen richtig zu fesseln?«
Misstrauisch versuchte ich hinter seine undurchdringliche Miene zu schauen:
»Was meinst du mit richtig?«
Sein Seufzer verriet aufkeimende Ungeduld.
»Du hast doch die Bilder gesehen. Was wir eben aufgenommen haben, waren Porträts. Du hast praktisch nicht agiert, sondern nur da gestanden. Ich will die Verbindung mit dem Stein da.« Er nickte in Richtung des glatten Findlings. »Der weiche Körper passt sich dem harten an, wird wie ein Bonsai in Form gezwungen. Der Natürlichkeit soll die Kunst, mit der sie erreicht wurde, noch anzusehen sein. Verstehst du?«
Ich war mir nicht sicher, ließ mich aber von ihm an den sonnenwarmen Stein drücken.
»So, jetzt nimm die Arme hoch, als wolltest du fliegen. Genau, bleib so stehen.«
Er begann, das endlose Seil kunstvoll um den Granit und mich zu winden, bis wir eine, durch schwarze Striche optisch verbundene, Einheit darstellten. Der Stein strahlte Wärme ab und ich drängte mich an seine leicht raue Oberfläche. Kuniyoshi wählte die passende Kamera aus und hantierte mit dem Belichtungsmesser.
»Ist dir warm genug? Gut. Jetzt versuche, deinen Körper ganz weich, praktisch knochenlos werden zu lassen, Passe dich völlig der Struktur an deinem Rücken an. Du bist ein Teil davon, durch dich dringt die Sonne. Du denkst nicht, du fühlst nur. Mach die Augen zu, du spürst nicht mehr die fremde Materie, du gehst in ihr auf, du spürst nur noch die Sonne und die Luft um dich herum …«
Seine einschmeichelnde Stimme hypnotisierte mich geradezu. Ich fühlte, wie er mich halb überredete, halb zwang,

zu fühlen. Das Raue, Harte verschwand. Ich rührte mich nicht, glitt nur immer tiefer in die Entspannung und überließ mich seiner Stimme. Konnte man mit einem Stein verschmelzen? Eine solche Frage hätte ich früher einfach nur für albern gehalten. Jetzt gab es wirklich Momente, in denen ich nicht mehr zu sagen gewusst hätte, wo der Stein aufhörte und ich anfing.

Als Kuniyoshi mir übers Haar strich und mich freundlich ermahnte, mich wieder vom Stein zu trennen, da er mich jetzt losbinden würde, war die Sonne ein ganzes Stück gewandert. Die Schatten hatten den Findling fast erreicht. Ich rieb meine kribbelnden Oberarme und lockerte meine steifen Schultergelenke. Ich hatte keine Ahnung, wie lange ich so verharrt hatte. Plötzlich gab mein Magen mit einem deutlich hörbaren Grollen zu verstehen, dass eine Mahlzeit überfällig war. Kuniyoshi grinste.

»Der Magen lässt sich nicht hinters Licht führen. Ihm sind Kunst und Schönheit gleichgültig. Aber ich habe vorgesorgt.« Mit großer Geste wies er auf einen gut gefüllten Picknickkorb. »Bevor wir essen: Kennst du das berühmte Impressionistengemälde mit dem Frühstück im Garten, bei dem die Frau nackt und der Mann vollständig bekleidet ist? Ich wollte es schon immer auf meine Art nachstellen. Lass mich dich noch einmal verschnüren.«

Arglos willigte ich ein. Weil mein Blick sehnsüchtig am Picknickkorb hing, achtete ich nicht auf seine Hände. Erst als sich die Seidenschnur zwischen meinen Beinen durchwand, riss ich schockiert die Augen auf und schaute an mir herunter. Er hatte, meinen Nacken als Ausgangspunkt nehmend, mit Hilfe von diversen Knoten meinen Oberkörper wie einen Rollbraten umflochten. Der letzte Knoten lag genau auf meinem Venushügel, wo er bei jeder meiner Bewegungen meine Perle reizte. Flink zog Kuniyoshi die beiden

Enden zwischen meinen Pobacken hoch, fädelte sie durch die Überkreuzungen am Rücken und befestigte sie schließlich an der Halsschlinge. Auch meine Beine wurden behände verschnürt. Jetzt führte praktisch jede Bewegung dazu, mir den untersten Knoten deutlich bewusst zu machen. Bereits die leichteste Kopfneigung zog ihn nach oben oder nach unten und löste sofort ein sehnsüchtiges Ziehen in meinem Schoß aus. Probeweise rieb ich meine Oberschenkel aneinander und konnte kaum ein Stöhnen unterdrücken. Kuniyoshi grinste mich so wissend an, dass ich spürte, wie die Röte in mein Gesicht stieg.
»Komm, lass uns etwas essen. Ich habe uns da drüben die Decke hingelegt.«
Er wies auf eine Stelle der Lichtung, die noch in der Sonne lag. Blitzschnell hob er mich hoch und trug mich zur Picknickdecke. Ich war so gut wie bewegungsunfähig und schaute zu, wie er eine Videokamera auf ein Stativ baute und einschaltete. Er setzte mich, auf japanische Art, auf meine Fersen, was zur Folge hatte, dass der Knoten haargenau auf meiner lustintensivsten Stelle zu liegen kam. Ich begann, meinen Po unauffällig auf den Fersen hin und her zu bewegen.
»Langsam, langsam! Wie sagt ihr hier so schön? Der Weg ist das Ziel. Ich möchte genau diese unterschwellige Stimmung unerfüllter Lust einfangen. Hier, probier mal diese köstliche Garnele.«
Er hielt sie mir an die Lippen, neckte mich, indem er sie höher hielt, zwang mich, meinen Kopf in alle Richtungen zu bewegen, bis die Empfindungen zwischen den Schenkeln übermächtig wurden. Meine instinktive Handbewegung wurde abgeblockt, indem er mir rasch ein Brötchen in die eine und ein Glas Wein in die andere Hand drückte. Er entwickelte eine geradezu diabolische Fähigkeit, mich zu Bewegungen zu animieren, die immer neue Lustimpulse

durch meinen Körper rasen ließen. Langsam wurde mir alles gleichgültig: Kuniyoshi, das Essen, die laufende Kamera. Meine Brustwarzen standen dunkel und hart von den Brüsten ab und erzählten überdeutlich von der heißen, glitschigen Feuchtigkeit, die ich aus meinem Inneren auf meine Unterschenkel sickern spürte. Das Seil schnitt in die Schamlippen, die sich nass und weich an ihm vorbeidrängten. Im Unterbewusstsein nahm ich Kuniyoshis sehnsüchtigen, traurigen Blick wahr, aber ich sollte mich erst später wieder daran erinnern. Im Augenblick überlagerte der Drang, meiner Lust endlich nachgeben zu können, alles. Wie durch einen Schleier sah ich seinen dunklen Schopf, der sich auf meine Brüste senkte, spürte seinen heißen Atem auf ihnen und endlich die festen Lippen, die sie umschlossen. Ich warf den Kopf zurück und spreizte die Oberschenkel, so weit es ging. Kuniyoshi bog mich nach hinten, bis ich mich instinktiv mit den Händen abstützte und gespannt wie ein Bogen der Erlösung entgegenfieberte. Seine Hand strich leicht wie eine Feder über mein heißes Fleisch, dass gierig zwischen der Seide hervorquoll. Ich stöhnte ungeduldig auf. Mein ganzer Körper zitterte vor Begierde und als seine Hand sich endlich über den Knoten legte und ihn rhythmisch auf meine wild pochende Perle drückte, explodierte ich fast augenblicklich. Ich flog wie ein Pfeil ins Nichts, löste mich auf und fiel wieder in die Gegenwart zurück. Kuniyoshi hielt mich mit einem Arm aufrecht, mit der freien Hand löste er unglaublich schnell die raffinierten Knoten. Sobald er bemerkte, dass ich wieder bei mir war, lächelte er mir zu.

»Du warst großartig. Ich danke dir. War es so schlimm, wie du befürchtet hattest?«

Es war unglaublich gewesen. So exotisch, dass es sich meiner Beurteilung entzog.

»Du solltest dich besser anziehen. Ich möchte nicht, dass du als Erinnerung hieran eine Erkältung zurückbehältst.«
Ich schlüpfte schnell in meine Kleider. Sobald er seine Fotoausrüstung verstaut hatte, brachen wir auf. Er fuhr mich direkt nach Hause. Ich sah ihn nie wieder.

Frau von Levetzow bestellte mich zwei Tage später ein und eröffnete mir, dass Kuniyoshi eine großzügig bemessene Sondergratifikation als angemessen erachtet hatte. Zufrieden mit mir und mit sich meinte sie:
»Mit Ihnen habe ich ja wohl die richtige Wahl getroffen, Frau Schellhammer. Kuniyoshi lobte Sie in den höchsten Tönen als kundige Führerin und angenehme Begleiterin. Und *der* ist wirklich anspruchsvoll.«
Sollte ich das Geld annehmen? War es Schweigegeld oder Belohnung? Ich fühlte mich mies, aber ich konnte Frau von Levetzow nicht um Rat fragen, ohne ihr von meinem Anteil an Kuniyoshis künstlerischen Gepflogenheiten zu erzählen. Die aufsteigende Röte in meinem Gesicht taktvoll ignorierend, fragte sie behutsam:
»Fühlen Sie sich jetzt sicherer?«
Ich hatte nicht gedacht, dass sie meine ursprünglichen Zweifel bemerkt hatte, aber offenbar verfügte sie über feine Antennen. Meine Verlegenheit hielt sie glücklicherweise für eine Reaktion auf das Lob. Auf mein Nicken fuhr sie fort:
»Ich bin gespannt auf das Ergebnis seines Aufenthalts hier. Ich denke, wir werden noch von ihm hören.«
Tatsächlich fand ich zwei Wochen später einen großen Luftpostbrief mit japanischen Marken im Briefkasten. Kuniyoshi schickte mir einen in kostbare Seide gewickelten *Ukiyo-e*, das Bild einer in anmutigem Bogen einen Wasserlauf überquerenden Bambusbrücke. An ihrer höchs-

ten Stelle blickt eine angedeutete Frauengestalt hinunter auf Seerosen. Dazu schrieb er:

Verehrte Elisabeth,
die Bedeutung dieses Bildes entspricht in etwa der Aufforderung, sich über seinen künftigen Weg klar zu werden. Ich wünsche dir das Glück, den richtigen Weg zu finden. Ich möchte dich nicht beleidigen, indem ich dich um Verschwiegenheit bitte. Ich denke, dass ich dir eine Erklärung schulde, auch wenn du zu taktvoll warst, darauf zu bestehen: Dass ich dich nicht lieben konnte, wie jeder Mann es sich wünschen würde, liegt an meiner körperlichen Unzulänglichkeit. Meine Geschlechtsorgane sind seit einem dummen Streich in meiner Jugend zerstört. Deswegen bin ich auf meine Augen und meine Fantasie reduziert. Ich bin dir zutiefst dankbar, dass du mir deinen Körper in der einzigen mir möglichen Art geschenkt hast. Ich werde die Erinnerung daran als einen kostbaren Schatz des Lebens bewahren. Wenn du den Vollmond siehst, dann denke freundlich an den traurigen
Kuniyoshi

Kapitel 6

Theodor Tselis

Kuniyoshi tat mir herzlich Leid, aber in gewisser Weise war ich erleichtert, dass es mir auf diese Weise erspart geblieben war, ihn abzuweisen. Meine Sympathie für ihn war keinesfalls so weit gegangen, dass ich auch nur einen Gedanken auf eine gemeinsame Zukunft verwandt hätte. Ich hatte die unberechenbare Erotik in seiner Gesellschaft genossen, aber tiefere Gefühle hatte ich ihm nicht entgegengebracht.

Kurz darauf, es war mittlerweile von der Temperatur her sehr angenehm und fast sommerlich warm geworden, teilte Frau von Levetzow mir einen ständig schwitzenden amerikanischen Geschäftsmann aus dem Mittleren Westen zu, der jeden zweiten Satz mit *Uuh, babe* begann, als sei ich das gleichnamige Schweinchen. Und genau so hungrig betatschten mich seine kleinen Augen hinter der Sonnenbrille. Ich behandelte ihn mit eisiger Höflichkeit. Nach zwei Tagen musste er zum Glück in sein *good old Kentucky* zurück. Der arrogante Brasilianer mit mehr Geld, als gut für ihn war, animierte mich zu wahrer Meisterschaft in höflichem Nicht-Zuhören. Beide Typen waren nur erträglich, indem ich mir ausrechnete, was ich sie jede Stunde kostete, in der sie mich anödeten. Der Preis für Lächeln und Nicken war nicht übel.

Der Grieche Theodor Tselis war da eine angenehme Abwechslung. Seine strahlend blauen Augen zwinkerten mir schon von weitem zu, als er aufsprang, um mich zu begrüßen und dabei prompt seinen Stuhl in den nahe stehenden Blumentopf mit Farnkraut kippte. Blätter rieselten und einige brechende Wedel knackten vernehmlich. Ausgerechnet den kostbaren Farn aus Singapur musste es erwischen. Er riss entsetzt die Augen auf – fehlte nur noch, dass er sich auf die Brust schlug – und überschüttete Frau von Levetzow in vollendetem Deutsch mit einer Aufzählung seiner Ungeschicklichkeiten der vergangenen Woche.

»Meine liebe Mutter sagt immer: ›Komm, Theo, gib mir einen Kuss und geh lieber hinaus!‹«, endete er.

Frau von Levetzow schien ein ähnlicher Ausspruch auf der Zunge zu liegen, aber sie lächelte erstaunlich milde und meinte, mit einem Anflug von Ungeduld, es sei alles nicht so schlimm, der Farn habe schon Schlimmeres überstanden.

»Setzen Sie sich wieder, Theo, ehe Sie mir noch den Tisch umwerfen. Darf ich Ihnen Elisabeth Schellhammer vorstellen? Sie ist unsere Spezialistin für die Region. Wenn Sie spezielle Wünsche haben, sind Sie bei ihr bestens aufgehoben.«

Er erhob sich vorsichtig und schüttelte mir enthusiastisch die Hand. Hoffentlich verlor ich nicht die Balance und fiel in die Warmhalteplatte.

»Halli hallo, ich freue mich sehr auf unsere Zusammenarbeit. Sagen Sie bitte Theo zu mir. Ich bin das so gewohnt. Bei *Theodor* denke ich immer, ich habe etwas ausgefressen. Sie haben wunderschöne Augen, wissen Sie das? Natürlich, jede Frau weiß so etwas.« Er schnüffelte wie ein Fährtenhund. »Ihr Parfüm gefällt mir. Passt zu Ihnen, Elisabetta. Ich darf doch Elisabetta sagen, oder? Ich hatte einmal ein Kindermädchen, das so hieß. Ich erinnere mich noch heute an ihre weiche Haut.«

Sehnsüchtig schloss er die Augen, während er plapperte. Ich warf Frau von Levetzow einen Blick zu. Musste man diesen gut aussehenden Endzwanziger ernst nehmen? Sie rollte die Augen himmelwärts, aber um ihre Mundwinkel zuckte es verdächtig, als sie Theo freundlich daran erinnerte, dass er dem Alter doch eine ganze Weile entwachsen wäre, in dem Kindermädchen angebracht seien. Er seufzte theatralisch auf:

»Ich weiß! Und es hat unbedingt Vorteile, erwachsen zu sein …«

Dabei glitten seine Augen mit fast schon unverschämter Intensität über meine damenhaft kaschierten Rundungen.

»Wir werden uns ausgezeichnet verstehen, nicht wahr, Elisabetta?«

Es war nicht gerade einfach gewesen, Theodor auf bestimmte Ausflugsziele festzulegen. Schließlich erklärte er sich erst einmal mit einem Tagesausflug nach Lindau einverstanden. Mit schlecht verhehltem Entsetzen musterte ich die amerikanische Luxuslimousine von den Außenmaßen eines mittleren Tankers, die am nächsten Vormittag mit quietschenden Reifen und lautem Hupen vor meiner Türe gerade noch zum Stehen kam, bevor sie den Kombi des Eiermannes rammte. Musste es unbedingt solch eine monströse Scheußlichkeit sein? Ehe er in fröhlicher Unbekümmertheit die Hupe weiter strapazieren konnte, raffte ich meine Sachen zusammen und stürzte aus der Haustür. Die

Beifahrertür des Monstrums wurde mir von innen aufgestoßen und überwältigender Fichtennadelgeruch ließ mich zurücktaumeln.
»Hereinspaziert in die gute Stube. Wie geht es Ihnen heute, Elisabetta? Ich musste etwas gegen den abscheulichen Geruch hier drinnen unternehmen. Hier muss einer billige Zigarren geraucht haben. Die Polster stinken, als hätte man tote Hunde befördert. Ich wollte sie schon zurückgeben, aber sie hatten nur diese eine Limousine.«
Er hatte Recht, die Note von abgestandenem Zigarrengestank war noch deutlich spürbar. Die Geruchskakophonie, die er allerdings erzeugt hatte, war noch schlimmer. Ich schlug vor, sämtliche Fenster zu öffnen, und erst nach einigen Kilometern wagte ich wieder durch die Nase zu atmen.
»Warum haben Sie kein Cabriolet genommen, Theo? Ein solcher Riesenschlitten ist doch schlecht zu parken.«
Ich hatte es eher scherzhaft gemeint, aber er sah mich bestürzt an und schlug sich dann mit der flachen Hand an die Stirn.
»Wie konnte ich nur so blöd sein? Sie haben vollkommen Recht. Wir tauschen ihn sofort um!«
Er war nicht davon abzubringen. In Zukunft würde ich sehr vorsichtig mit dem sein, was ich zu diesem Kindskopf sagte, nahm ich mir vor. Aber es war schon angenehmer in dem netten Zweisitzer, den er als Ersatz akzeptierte. Für kurze Zeit gratulierte ich mir. Hätte ich seinen Fahrstil näher gekannt, hätte ich allerdings auf der stinkenden Nobelkarosse bestanden. Immerhin hatte sie einen Haufen Blech um die Insassen herum aufzuweisen gehabt. Starr vor Angst erlebte – und überlebte – ich Überholmanöver, die in ihrem Risikopotenzial mühelos rasante Film-Stunts in den Schatten stellten. Nach einem wütenden Hupkonzert diverser Fah-

rer, die er halsbrecherisch geschnitten hatte, bat ich mit schwacher Stimme um mein Leben. Gekränkt runzelte er die Stirn.

»Sie halten mich für einen schlechten Fahrer?«

Gott bewahre einen vor kindischen Machos! Mit der ganzen Erfahrung einer Mutter in höherer Diplomatie konnte ich ihn überzeugen, dass er nicht etwa schlecht, sondern nur zu gut für die anderen Fahrer war. Sie seien in ihrer Reaktionsfähigkeit überfordert und das könne gefährlich werden. Außerdem würde mir bei schnellem Fahren schlecht. Die Vorstellung einer bleichen, vor sich hin würgenden Beifahrerin wirkte offensichtlich dämpfend. Langsam entspannte ich mich wieder. Glücklicherweise hatte Theo ein sonniges Gemüt. Der kurze Anflug von Gekränktsein verflog, während er mir von seiner griechischen Familie erzählte. Wie er bei so vielen Verwandten den Überblick behielt, war mir schleierhaft. Ich hielt Schritt bei seiner Mutter, seinem Onkel väterlicherseits, den drei Tanten mütterlicherseits und den vier älteren Schwestern. Dann verlor ich die Orientierung und übte mich in der Kunst, die ich bei dem Brasilianer zur Vollendung gebracht hatte: oberflächliches Zuhören bei totaler Abkoppelung des Gehirns.

Langsam verstand ich Theo besser. Sein Vater war kurz nach seiner Geburt gestorben und hatte dem Familienclan einen gut eingeführten Pelzgroßhandel hinterlassen. Nahezu alle Mitglieder der verzweigten Sippe waren in der einen oder anderen Form dort beschäftigt. Formell hatte Theo den ganzen Laden geerbt, aber de facto leitete ihn der Onkel noch immer. Man meinte, er sei noch nicht reif für die Verantwortung. Um ihn zur Selbständigkeit zu erziehen, hatte man ihn einige Jahre in ein deutsches Internat geschickt. Anschließend sollte er in Deutschland seine Ausbildung im Rauchwarenhandel dazu nutzen, Geschäftskontakte zu knüpfen. Daher stammten also seine exzellenten Deutschkenntnisse.

»Und das war kein Zuckerschlecken. Im ersten Jahr habe ich mir Blasen gelaufen wegen der blöden Zupasser. Wissen Sie, was Zupasser sind, Elisabetta? Das sind Felle, die zu einem fertigen Pelz passen müssen. Ich könnte diesen blöden Weibern ihre Luchs- und Fuchspelze herunterreißen, wenn ich sehe, wie sie sie ruinieren. Ein paar Wochen die Handtasche am Riemen über der Schulter – und man kann sie nur noch auswechseln. Die Grannen sind abgerieben, das Fell sieht räudig aus. Entschuldigung, sicher finden Sie das alles total langweilig. Wenn ich wieder ins Fachsimpeln gerate, müssen Sie mich unbedingt stoppen! Reden wir lieber über Sie. Alle Frauen lieben es, über sich selbst zu sprechen. Erzählen Sie: Haben Sie Kinder? Einen Mann? Ach, *shit*, Sie sind ja geschieden …« Er schüttelte über sich selbst den Kopf. »Wie konnte ich das vergessen? Was für ein dummer Mann! Meine Kusine Maria …«

Unter seinem selten versiegenden Redefluss erreichten wir Lindau um die Mittagszeit. Begeistert ließ er die Postkartenidylle auf sich wirken. Eine Gruppe Rucksacktouristen, die gigantische Döner in sich hineinschlang, brachte ihn dazu, nach einer Essensgelegenheit Ausschau zu halten. Mit träumerischer Zielsicherheit steuerte er das sündhaft teure *Park-Hotel* an. Mochte er bei Frau von Levetzow und mir auf kleinen Jungen machen, der Kellner, mit der ganzen Erfahrung seines Berufsstandes, beging nicht den Fehler, ihn zu unterschätzen. Die Aura von Geld und Autorität, die er auf einmal ausstrahlte, verblüffte mich. Als könnte er sie an- und ausschalten. Wir wurden zu einem Tisch direkt am See geleitet und ich durfte erleben, wie die Bedienung auf jeden Wink reagierte. Reich sein hat durchaus angenehme Seiten.

»Das klingt gut: Kretzerfilets auf Toast mit Meerrettichsahne. Das nehmen wir als Vorspeise. Und danach wollen wir …«

Ehe er mir auch noch die Wahl des Hauptgerichts abnehmen konnte, beeilte ich mich, dem wartenden Kellner zu sagen, dass *ich* gerne das Lammfilet mit Kartoffelgratin und Gemüse der Saison hätte. Völlig unempfindlich gegen die verbale Spitze leuchtete Theos Gesicht auf.

»Fein. Für mich auch. Aber mit Pommes Frites. Und mit dem Dessert warten wir noch.«

Eine der angenehmsten Seiten meines Jobs war das gute Essen. Ich genoss in vollen Zügen, nicht darauf schauen zu müssen, was es kostete. Der Kunde zahlte und wenn er mir unsympathisch war, entschädigte ich mich selber, indem ich das Erlesenste auswählte, das die Speisekarte hergab.

»Was machen wir hier in Lindau, Elisabetta?« Theo fasste ungeniert über den Tisch, nahm meine beiden Hände in seine und begann mit meinen Fingern zu spielen. »Irgendwie müssen wir die Zeit bis zum Abend ja herumbringen.«

Sanft, aber entschieden entzog ich ihm meine Hände, erläuterte unser Nachmittagsprogramm und erinnerte ihn daran, dass er mich abends zurückbringen musste. Enttäuschung überschattete sein Gesicht.

»Bitte seien Sie keine Spielverderberin! Ich dachte, wir würden uns zusammen eine schöne Zeit machen.«

Offensichtlich unterschieden sich seine Vorstellungen erheblich von dem Angebot der Agentur. Hatte Frau von Levetzow ihn etwa im Unklaren gelassen? Mit schlechtem Gewissen fiel mir wieder ein, was Kuniyoshi und ich alles getan hatten. Was würde die Agenturchefin wohl sagen, wenn sie das wüsste?

»Mögen Sie mich nicht? Bin ich Ihnen unsympathisch?«
Theo schien verwirrt angesichts meiner Zurückhaltung. Ich bemühte mich, die Dinge klarzustellen.
»Ich mag Sie, Theo. Aber ich werde von der Agentur nicht für diese Art Dienste vermittelt. Wenn Sie nächtliche Begleiterinnen suchen, müssen Sie sich eine andere Dame vermitteln lassen. Hat Frau von Levetzow Ihnen das nicht angeboten?«
Theo wirkte nicht übermäßig beeindruckt, nickte aber verständnisvoll. Seine nächsten Worte verdeutlichten allerdings, dass er überhaupt nichts verstanden hatte.
»Alles klar, ich bin zu ungeduldig. Es geht Ihnen zu schnell. Aber ich kann Ihnen versichern«, und bei den nächsten Worten grinste er unverschämt, »dass ich bei anderen Dingen nicht zu schnell bin.«
Der Schlafzimmerblick ließ keinen Zweifel über den Hintersinn aufkommen. Kapierte der Kerl denn kein Nein? Ich holte schon tief Luft, um ihn empört in seine Schranken zu weisen, als er mit der Geste eines Fechters beide Hände zur Kapitulation hob.
»Bitte, sagen Sie jetzt nichts. Ich sehe es Ihren Augen an, dass Sie wütend sind, Elisabetta. Ah, da ist ja der Champagner.«
Er hielt Blickkontakt, während er abwartete, dass der Kellner die Champagnerkelche füllte.
»Lassen Sie uns eine Wette abschließen, meine abweisende Schöne.« Er hob sein Glas in einem stummen Toast und fuhr fort: »Wenn ich es in den nächsten drei Tagen nicht schaffe, Sie in mein Bett zu bekommen, schenke ich Ihnen den teuersten Nerzmantel, den wir auf Lager haben. Was halten Sie davon? Sie haben doch nichts zu verlieren, schlagen Sie ein.«
Du liebe Güte. Eigentlich mache ich mir nichts aus Pelzen

und schon gar nicht aus Nerzmänteln, aber ich fand, ein Dämpfer täte seiner Selbstüberschätzung gut. Ich konnte den Mantel ja später verkaufen. Und so schlug ich ein. Theo strahlte angesichts der Herausforderung und machte sich an die Arbeit. Ich konnte mich nicht erinnern, jemals in Gesellschaft eines so aufmerksamen Tischherrn gegessen zu haben. Beim Stadtbummel bot er mir, ganz Kavalier, den Arm und unterließ, zu meiner Erleichterung, jegliche Annäherungsversuche. Das Spieluhren-Museum entzückte ihn. Seine Begeisterung wirkte so ansteckend, dass er im Nu der Liebling der Gruppe war. Es schmeichelte mir und amüsierte mich gleichzeitig, als ich die neidvollen Blicke sämtlicher Damen unter sechzig auf meinem Rücken brennen spürte. Wenn die wüssten …
Natürlich mussten danach Souvenirs für die gesamte Verwandtschaft gekauft werden und natürlich mussten es Spieluhren sein. Der Händler dürfte das Geschäft des Jahres getätigt haben, jedenfalls hatte er nach unserem Besuch keine Einzige mehr auf Lager. Es wurde spät und ich drängte zur Heimfahrt. Theo schien es nicht eilig zu haben und ich verdächtigte ihn, es drauf anzulegen. Jedenfalls bestand er darauf, in einem kleinen Weinlokal am Wege noch einen Happen zu essen. Der Wein war gut, aber als er mir zum dritten Mal nachschenken wollte, kam ich ihm mit Wasser zuvor. Unsere Blicke trafen sich über dem Tisch. Seiner blaue Unschuld, meiner dunkler Verdacht. Er gab nicht vor, mich nicht zu verstehen.
»Ehrlich, was denken Sie eigentlich von mir? Ich habe es noch nie nötig gehabt, Frauen betrunken zu machen, nie.«
Scheinbar verletzt winkte er dem überraschten Blumenverkäufer, drückte ihm einen Geldschein in die Hand und legte den ganzen Riesenstrauß dunkelroter Rosen auf unseren Tisch.

»Ich überschütte Sie mit Blumen, ich schenke Ihnen Schmuck, ich verwöhne Sie – aber ich brauche keinen Alkohol, um Sie zu betäuben und abschleppen zu können.«
Seine Missstimmung währte nicht lange. Aus dem Nachbarraum drang überraschend Tanzmusik und Theo sprang begeistert auf.
»Ich habe seit ewigen Zeiten nicht mehr getanzt. Bitte, Elisabetta, schenken Sie mir einen Tanz.«
Wer hätte diesem flehenden Blick widerstehen können? Die Musik kam aus einer uralten Musiktruhe. Die Schallplatte leierte etwas, aber das schien die Paare höheren Alters nicht zu stören. Mit überzeugender Selbstverständlichkeit nickte Theo kurz zum Gruß und tauchte mit mir im Arm in die Gruppe ein. War das ein Slow-Fox? Ich konnte mich beim besten Willen nicht mehr daran erinnern, wann ich das letzte Mal getanzt hatte, aber zum Glück gibt es Schrittfolgen, die so einfach sind, dass man sie nie verlernt. Vor, vor, seitwärts. Nur Theos Nähe irritierte mich gewaltig. Nachdem ich ihm das dritte Mal auf den Fuß getreten war, beugte er seinen Kopf zu meinem Ohr und murmelte:
»Keine Angst, hier in der Menge bist du absolut in Sicherheit. Entspann dich und lass dich einfach von mir führen.«
Das war einfacher gesagt als getan. Direkt vor meiner Nase baumelte, vom mittlerweile provokant aufgeknöpften Hemd freigegeben, das orthodoxe Goldkreuz auf Theos dunklem Haarvlies. Und bei jeder Bewegung stieg mir der Geruch von ungehemmter Männlichkeit in die Nase. Er vermischte sich mit dem würzigen Duft des Aftershaves von seinen inzwischen stoppeligen Wangen. Seine Linke hielt meine Rechte in eisernem Griff, während die andere Hand in meinem Rücken einen Flächenbrand auslöste. Er bewegte sie

allmählich tiefer, bis sie auf dem Ansatz meiner Pobacken lag, und zog mich langsam, aber zielstrebig näher. Bei einer temperamentvolleren Drehung drückte er mich fest an sich. Ich spürte seine Erektion an meinem Bauch. Beim Versuch, zwischen uns ein Minimum an räumlichem Abstand herzustellen, stolperte ich wieder und er zog mich noch fester an sich.

Unauffällig rieb er sein Becken an mir und flüsterte in mein Haar:

»Immer mit der Ruhe – das ist mein Problem.«

Wenn wir so weitermachten, würde es allerdings auch bald meines werden, denn ich musste mir eingestehen, dass seine körperliche Nähe nicht ohne Wirkung auf mich blieb. Glücklicherweise ist diese Wirkung bei Frauen nicht so augenscheinlich. Mit ein wenig Selbstdisziplin sollte die Zeit mit Theo eigentlich »unfallfrei« zu überstehen sein. Aber es würde nicht so einfach werden, wie ich mir eingebildet hatte. Sein jungenhafter Charme täuschte darüber hinweg, dass er sehr genau wusste, was er wollte. Und seine Erfahrungen mit dem weiblichen Geschlecht machten ihn zu einem gefährlichen Wettgegner. Hatte ich ihn unterschätzt? Meine Unaufmerksamkeit ausnutzend, hatte seine wandernde Hand begonnen, zärtlich meine Pobacke zu streicheln, glitt jetzt zu meiner Taille, fuhr den sich abzeichnenden Rockbund nach und suchte eine Stelle, an der sie zu bloßer Haut vordringen konnte. Ich blieb stehen und versteifte mich. Sofort zog die Hand sich zurück und er seufzte resigniert.

»Okay, okay, ich höre ja schon auf. Warum machst du es uns so schwer? Du bist doch keine Eisprinzessin. Das habe ich gespürt. Du tanzt wie eine gute Geliebte …«

Das ernüchterte mich vollends. Theo schien das zu spüren, denn er fuhr mich ohne weiteren Protest nach Hause. Als

ich aus dem Wagen aussteigen wollte, hielt er mich leicht am Ärmel zurück.
»Einen Gute-Nacht-Kuss. Bitte, den habe ich mir doch verdient. Nur einen …«
Na schön. Eine gefährliche Mischung aus Müdigkeit und einem trügerischen Gefühl von Sicherheit machten mich nachgiebig. Ich sank in den Sitz zurück und wandte ihm mein Gesicht zu. Sofort schlang er einen Arm um meine Schultern und zog mich an sich. Die andere Hand strich zärtlich über meinen Nacken, ehe sie sich in mein Haar grub. Sein Gesicht senkte sich auf meines und instinktiv schloss ich die Augen, sobald seine Lippen meine berührten. Federleicht strichen sie darüber, erkundeten die Oberfläche und wurden fester, fordernder. Ohne nachzudenken, gab ich nach, öffnete mich der suchenden, drängenden Zungenspitze, die sich durch die Barriere der Zahnreihen schob und in die nasse Wärme eintauchte. Erst behutsam, wie fragend, dann mit einem leidenschaftlichen Aufstöhnen wühlte er sich in meinen Mund. Meine Zunge nahm die Herausforderung an. Unser beider Zungen begannen ihren sinnlichen Tanz, schmiegten sich aneinander, als wollten sie verschmelzen, trennten sich neckend und fanden sich doch sofort wieder. Ich versank in seinem Kuss, ließ mich treiben und tauchte vage enttäuscht wieder auf, als er sich mühsam und keuchend von mir losriss.
»Wir müssen aufhören, sonst kann ich nicht mehr Auto fahren. Dann müsste ich bei dir übernachten.«
Er lachte, als ich fast aus dem Wagen sprang.
»Na, einen Versuch war es wert. Hör einmal, Elisabetta, Morgen habe ich vormittags einen Geschäftstermin. Kann ich dich am frühen Nachmittag abholen?«
Siedend heiß fiel mir ein, dass wir für den morgigen Tag

überhaupt keine Pläne gemacht hatten, aber er winkte lässig ab.
»Mach dir darüber keine Gedanken. Bei dem schönen Wetter wollte ich sowieso ins Strandbad.«
Ausgerechnet Strandbad! Die Atmosphäre unter lauter halb nackten Menschen, zumeist jung und gut gebaut, würde ihm alle Gelegenheiten in die Hände spielen. Geschützt von Kleiderschichten war es bedeutend leichter, distanziert zu bleiben.
»Ich habe aber keine Badesachen«, versuchte ich mich zu drücken. Das war zwar gelogen, aber mein alter Badeanzug befand sich in einem gefährlichen Zustand der Auflösung.
»Dann kaufen wir dir eben welche«, war die vergnügte Antwort und schon war er weg.

Der Kauf des Badeanzugs tagsdrauf entwickelte sich zu einem Spießrutenlauf. Theo und die Verkäuferin verstanden sich auf den ersten Blick. Er lächelte sie mit seinen blitzenden, weißen Zähnen an und von da an hätte ich nicht dagegen gewettet, dass sie aus dem Fenster gesprungen wäre, wenn er es von ihr gewünscht hätte. Er lümmelte auf dem zerbrechlichen Sesselchen vor den Umkleidekabinen und die junge Dame bemühte sich nach Kräften, mir möglichst unvorteilhafte Bikinis herauszusuchen. Dabei riss sie in unregelmäßigen Abständen die Vorhänge auseinander, um Theo zu demonstrieren, wie wenig mir *Push-ups* standen oder wie schlecht die Höschen saßen. Ich wurde immer wütender – auf die Schnepfe, wegen ihrer Unverfrorenheit, und auf Theo, weil er sich auf meine Kosten königlich amüsierte.
In meinem eisigsten Tonfall dankte ich ihr für ihre »Hilfe« und ging selbst an den Ständer mit Badeanzügen. In mei-

nem Gemütszustand achtete ich nicht auf den Preis und da ich die Begabung habe, mit tödlicher Zielsicherheit aus dem größten Angebot auf Anhieb das Teuerste herauszufischen, dürfte es sich bei beiden Modellen, die ich mit in die Kabine nahm, ähnlich verhalten haben. Zumindest saßen sie gut. Die Schnepfe hatte sich beleidigt zu den BHs zurückgezogen und warf Theo von dort schmachtende Blicke zu. Ohne sie eines Blickes zu würdigen, präsentierte ich Theo ein Modell im Stil der 50er Jahre in schwarz mit weißen Pünktchen und ein Modell mit irisierendem Schlangenhautdruck.

»Welchen findest du besser? Ich kann mich nicht entscheiden.«

Theo grinste anerkennend.

»Nimm beide, du hast einen exqusiten Geschmack, meine Liebe. Das geht auf meine Rechnung. Nimm noch ein paar Handtücher und dann lass uns endlich aufbrechen, sonst haben wir nichts mehr vom Nachmittag.«

Im Strandbad herrschte, wie zu erwarten, drangvolle Enge. Theo knurrte böse, während er auf dem provisorischen Parkplatz auf der Wiese zwischen den eng stehenden Wagen hin und her rangierte. Offenbar hatte heute jeder für sich entschieden, einen Badetag einzulegen. Glücklicherweise bot das weitläufige Gelände den Massen reichlich Platz, sich zu verteilen. Je weiter wir uns vom Eingang mit der Snackbar entfernten, desto ruhiger wurde es. Wir folgten dem obligatorischen Ritual der Territoriumsbesetzung, indem wir unsere Liegetücher ausbreiteten. Noch während ich damit beschäftigt war, begann Theo ungeniert, seine Jeans aufzuknöpfen. Hastig raffte ich auf gut Glück einen der neuen Badeanzüge aus der Tasche und erklärte, mich lieber in einer Kabine umziehen zu wollen. Theo murmelte provozierend »Feigling« und zog mit einem Ruck die Jeans herunter. Er trug tatsächlich einen String-Tanga! Es gab sie also doch – die Männer, die so etwas anzogen. Christoph hatte immer behauptet, solche Frivolitäten würden nur von Homosexuellen getragen. Und dieser Hauch von Nichts stand dem eindeutig heterosexuellen Theodor beunruhigend gut. Ich konnte meinen faszinierten Blick von dem Muskelspiel auf seinen festen Hinterbacken kaum losreißen, während er sein Gewicht von einem Bein auf das andere verlagerte, um aus den Hosenbeinen zu schlüpfen.

»Ich dachte, du wolltest dich auch umziehen.« Der spöttische Seitenblick, den er mir zuwarf, verriet, dass er sich seiner Wirkung bewusst war. »Oder soll ich mich umdrehen, damit du mich auch von vorne sehen kannst?«

Ich flüchtete so hastig, dass ich fast über unsere Nachbarn, ein vor sich hin dösendes Pärchen, gestolpert wäre. Als ich zurückkam, war von Theo nichts zu sehen. Offenbar war er schon ins Wasser gegangen. Am schmalen Sandstrand wieselte das übliche Durcheinander von sandelnden Kleinkindern, kreischenden Schulkindern und balzenden Jugendlichen. Vorsichtig tastete ich mich mit den Füßen voran, bis ich tief genug im Wasser stand. Es war kälter als erwartet. Entschlossen holte ich tief Luft und warf mich nach vorne. Nach den ersten Metern reduzierte ich mein hektisches Paddeln zu ordentlichen Schwimmbewegungen und bemühte mich, korrekt im Rhythmus der Bewegungen zu atmen. Nach kurzer Zeit fand ich das Wasser nicht mehr kalt. Hier und da trieb eine Hand voll Seegras an mir vorbei. In diesem Teil des Sees schienen nicht viele Schwimmer zu sein. Theos schwarzer Lockenkopf war nirgends zu entdecken, so sehr ich auch suchte. Eine unerwartete Berührung an meinem Bein ließ mich vor Schreck erstarren, im nächsten Moment in panischer Angst um mich treten.

»He, pass auf! Du hast mich fast erwischt.«
Unmittelbar vor mir tauchte Theo auf, wischte sich das Wasser aus den Augen und lachte übermütig.
»Wollen wir zu der Badeinsel da hinten?« Er wies mit dem Kopf auf ein schaukelndes Floß mit einer verrosteten Leiter.
»Los, wer zuerst da ist, hat einen Wunsch frei!«
Und schon war er mit einer Geschwindigkeit davongekrault, die mir nicht die geringste Chance ließ. So folgte ich ihm, ohne mich zu verausgaben, in gemächlichem Tempo nach und ließ mir von ihm auf die schwankende Insel helfen. Wir saßen nebeneinander, baumelten mit den Beinen im Wasser und schwiegen einträchtig. Unauffällig musterte ich seine dunkel behaarten, muskulösen Oberschenkel. Er hätte es mit jedem Klippenspringer aus der Deodorant-Werbung aufnehmen können. Eigentlich schon ein wenig zu behaart für meinen Geschmack: Die Brustbehaarung zog sich bis zu den untersten Rippenbögen. Und über dem Rand der knapp bemessenen Badehose hinaus, zeigten sich die Ausläufer einer dichten Leistenbehaarung. Wenigstens Schultern und Rücken waren haarlos.
»Gefällt dir, was du siehst?«
Er belauerte mich aus gesenkten Lidern und lächelte träge. Ich lächelte zurück.
»Du bist ein hübscher Junge, Theo. Wieso willst du unbedingt mich rumkriegen? Schau dich um, hier wimmelt es von bildschönen jungen Mädchen in deinem Alter. Was findest du daran so komisch?«
Er schüttelte sich geradezu vor Lachen. Dann wurde er unvermittelt ernst.
»Kannst du dir überhaupt vorstellen, welche Unmengen netter, hübscher Mädchen mir meine Familie auf den Hals gehetzt hat? Alle mit nur einem Gedanken im Hinterkopf und sie trugen ihn so deutlich wie ein Spruchband über der

Stirn: *Ich muss es schaffen, dass er mich heiratet.* Du glaubst nicht, wie sie mir zum Hals heraushängen, diese Gänse, die nichts anderes im Kopf haben als einen reichen Mann, damit sie sich nur noch um ihre Frisur und den Nagellack kümmern müssen. *Ach, Liebling, findest du den himbeerfarbenen schöner oder den rosanen? Ich glaube, der rosafarbene passt besser zu meinem Kleid.*«

Er imitierte die Damen so realistisch, dass ich mitfühlend den Kopf schüttelte.

»Und«, fuhr er nachdenklich fort, »ich habe es noch nie erlebt, dass eine Nein gesagt hätte. Im Gegenteil, sie haben sich mir immer angeboten, bevor ich fragen konnte.«

»Armer, kleiner Theo«, murmelte ich sarkastisch. So also hatte ich sein sportliches Interesse geweckt.

»Machst du dich etwa über mich lustig?«

Ehe ich es mich versah, hatte er mich gepackt und rücklings auf die Insel gedrückt. Ein Bein lag quer über meinen, seine harte Brust nahm mir fast den Atem, und mit beiden Händen hielt er meine Handgelenke über meinem Kopf fest. Das zwischen uns eingeklemmte Goldkreuz bohrte sich in unsere Haut, aber keiner von uns rührte sich. Ich spürte, wie sich mein Pulsschlag an Hals und Schläfen beschleunigte, und ich sah in seinen Augen, dass er es registriert hatte. Triumphierend drängte er sich fester an mich, ließ mich seine Schwellung an meiner Hüfte spüren. Seine Augen wurden dunkel vor Verlangen und hefteten sich sehnsüchtig auf meinen Mund.

»Ich habe vorhin beim Schwimmen gewonnen, also habe ich den Wunsch frei – und ich wünsche mir, dass du mich küsst.«

»Dann lass mich los.«

»Du kannst mich auch so küssen.«

»Ich will aber nicht.«

Natürlich setzte er seinen Willen durch. Meinen kindischen Widerspruch ignorierend, legte er seinen Mund locker auf meinen und wartete. Und ich konnte der Versuchung nicht widerstehen. Seine Lippen fühlten sich kühl und glatt an, wenn ich mit der Zunge darüberstrich. Sie bebten, blieben sonst aber regungslos. Versuchsweise verstärkte ich den Druck meiner Lippen und ließ die Zungenspitze dazwischenschlüpfen. Er verharrte regungslos und das ermutigte mich, kühner zu werden. Meine Zunge wagte sich weiter vor, erforschte staunend, wie seidig-zart die Haut an der Lippeninnenseite sich anfühlte, wie überraschend tief ich unter seine Zunge tauchen konnte. Ich nahm seinen Geschmack, seinen Geruch wahr und beides vermischte sich zu einem Cocktail, der mir ins Blut ging wie Alkohol. Der Wunsch, ihn in mir zu fühlen, mit ihm zu verschmelzen wurde übermächtig. Als hätte er in mich hineinschauen können, gab Theo seine Reglosigkeit auf. Seine Zunge schoss mit ungehemmter Wildheit vor. Meine Nachgiebigkeit spürend, löste er seinen Haltegriff und fuhr mit einer Hand zu meiner Taille, verharrte kurz und wäre wohl weiter abwärts gewandert, wenn uns nicht die brüchige Stimme eines Jünglings mit deutlichen Merkmalen der Pubertät aus unserer Versunkenheit gerissen hätte.

»Hey, Leute, könnt ihr nicht woanders knutschen?«

Theo richtete sich geschmeidig auf und zog mich neben sich. Er wirkte ungehalten: Die Augen zu Schlitzen zusammengekniffen, fluchte er auf griechisch. Erschreckt paddelten die drei Jungen vor der Insel ein Stück rückwärts.

»Theo, schau nicht so wütend. Du machst ihnen Angst.« Sicherheitshalber legte ich ihm die Hand auf den Ellenbogen und schüttelte ihn leicht. »Lass uns noch etwas schwimmen, dafür sind wir ja schließlich hergekommen.«

Er stieß den Atem aus, wandte den Kopf und lächelte mir entschuldigend zu.
»Du hast Recht. Falsches Timing.«
Und schon war er wie eine Feder hoch geschnellt und kopfüber im Wasser verschwunden – ohne einen Spritzer, wie ich halb bewundernd, halb belustigt ob seiner Angeberei, registrierte. Ich bevorzugte die Leiter. Nirgends war sein Kopf zu sehen. Gerade begann ich mir Gedanken darüber zu machen, ob es hier Felsen gab und ob er sich vielleicht bei seinem übertrieben sportlichen Sprung verletzt haben könnte, als etwas unter mich glitt und mich halb aus dem Wasser hob. Halt suchend umklammerte ich muskulöse Schultern. Der Körper unter mir spannte sich an und tauchte dann unvermittelt so rasch wieder ab, dass ich kaum Zeit hatte, meinen Griff zu lösen. Das Wasser schien Theos Element. Er konnte tauchen wie ein Delfin und so geschickt bewegte er sich auch: mich umkreisend, spielerisch jagend.
Als ungeübte Schwimmerin fühlte ich mich in dem tiefen Wasser sowieso unwohl. Ich mag es lieber, wenn ich jederzeit mit den Zehen festen Boden ertasten kann. Nach einer unangenehmen Erfahrung im Schwimmunterricht gerate ich in Panik, sobald mein Kopf nicht mindestens bis zur Nase aus dem Wasser ragt.
Ich beeilte mich, möglichst schnell das Ufer zu erreichen, ehe Theo auf die Idee kommen sollte, mich unter Wasser zu ziehen. Die Befürchtung, seinem Spieltrieb ausgeliefert zu sein, aktivierte alle meine Kräfte. Glücklicherweise beschränkte er sich darauf, unter mir hindurchzutauchen. In der Schwerelosigkeit strichen unsere Körper, für zufällige Beobachter in harmloser Neckerei, aufreizend aneinander. Er benutzte seinen gesamten Leib. Mal fühlte ich sein Haar kitzelnd an meinen Oberschenkeln, mal die Glätte seines

Rückens unter meinen Brüsten. Fast erleichtert watete ich aus dem Wasser. Meine Beine zitterten etwas nach der ungewohnten sportlichen Betätigung. Die leichte Brise, die von Land kam, brachte mich in meinem nassen Badeanzug zum Frösteln.
»Du musst schleunigst in trockene Sachen.«
Theo griff meine Hand und zwang mich im Trab zu unserem Liegeplatz. Als ich in der trockenen Schlangenhaut zurückkehrte, thronte er im Schneidersitz auf seinem Handtuch, schlürfte aus einem dampfenden Styroporbecher und hielt mir gleichfalls einen entgegen.
»Hier, zum Aufwärmen. Aber sei vorsichtig, er ist ganz schön heiß.«
Der Kaffee duftete köstlich und rann so heiß wie versprochen meine Kehle hinunter. Ich seufzte zufrieden. Träge die Augen schließend, wandte ich mein Gesicht der allmählich nicht mehr so grellen Nachmittagssonne zu. Ohne Vorwarnung schubste Theo mich plötzlich auf den Rücken.
»Komm, ich creme dich ein. Deine Haut ist noch sehr hell.«
Schon hielt er eine Flasche Sonnenmilch in der Hand. Herausfordernd grinsend fügte er hinzu:
»Ich habe viel Erfahrung. Meine Schwestern ließen sich am Strand immer von mir einölen, um ihre Freunde zu ärgern.«
Ich versicherte mir selbst, dass mein Badeanzug alle gefährlichen Stellen bedeckte und der öffentliche Ort Theo Beschränkungen auferlegte.
»Dreh dich auf den Bauch, ich fange immer am Rücken an.« Gehorsam drehte ich mich um und legte den Kopf auf die Unterarme. Ich lauschte dem schmatzenden Geräusch, mit dem Theo die Lotion zwischen den Handflächen verteilte. Warm schlossen sich seine Finger um meine Fußknöchel, glitten über meine Waden, massierten die verkrampften Muskeln in der Tiefe, bis sie sich völlig entspannten,

und wanderten weiter in die Kniekehlen. Hier strichen die Fingerspitzen so hauchzart über die empfindliche Haut, dass es kitzelte. Ich musste feststellen, dass meine Kniekehlen außerordentlich empfänglich für diese zärtliche Behandlung waren. Nahezu erleichtert registrierte ich die festere Berührung an meinen Oberschenkeln. Er kniete dicht neben mir und seine drahtige Beinbehaarung erinnerte mich bei jedem Hautkontakt an die unmittelbare Nähe seines nahezu nackten Körpers. Den äußeren Teil der Schenkel behandelte er professionell. Einen Augenblick zögerte er und dann fühlte ich die Finger behutsam von den Kniekehlen nach oben gleiten. Automatisch kniff ich die Schenkel zusammen, aber auf der glitschigen Oberfläche rutschten seine Finger in den Spalt, drängten sich dazwischen, streichelten verstohlen über meinen Schoß, fuhren am Rand des Badeanzugs entlang, wieder nach außen und wiederholten das Spiel.

»Theo«, murmelte ich mahnend. Wenn ich nicht höllisch aufpasste, würde dieser Schwerenöter mich noch überrumpeln. Er lachte nur, wandte sich aber meinen Schultern zu, einer Region, die ich für völlig unbedenklich hielt. Ich überließ mich wohlig den Knetgriffen und versuchte, mich zu entspannen, meine Muskeln weich werden zu lassen. Er massierte gut: nicht so kräftig, dass man das Bedürfnis verspürt hätte, den Kopf zwischen die Schultern zu ziehen, und nicht so zaghaft, dass man an Kinderhände erinnert worden wäre. Unmerklich änderte sich etwas. Der eher sportlich-medizinische Stil wurde sanfter, als er meinen Nacken hinaufstrich, den feinen Härchen nachspürte, den Rand der Ohrmuschel entlangfuhr und federleicht die Stelle unter dem Ohrläppchen streichelte. Die Fingerkuppen liebkosten, lockten, glitten wieder abwärts und entfernten sich.

»Komm, setz dich auf, dann komme ich besser an deine Arme heran.«
Leicht benommen richtete ich mich zu sitzender Stellung auf und lockerte aus schierer Verlegenheit meine Rückenmuskeln.
»Was, immer noch verspannt? Dann musst du den Badeanzug ein Stück ausziehen, damit ich weiter unten massieren kann.«
Hastig beeilte ich mich zu versichern, dass das absolut nicht nötig sei.
Er begann systematisch am rechten Oberarm, wobei er wie aus Versehen mit dem Handrücken meine Brustseite streifte. In der Armbeuge verlangsamten sich seine Bewegungen zu Zeitlupentempo. Die zarte Haut begann unter der lasziven Berührung zu vibrieren, während er mit den Fingerspitzen Figuren hineinhauchte. Ein Gemälde der Verführung. Geschäftsmäßig rieb er schließlich noch den Unterarm ein, ehe er zum linken Arm wechselte und dort einen Parallelangriff auf meine Sinne startete. Ich griff nach der Flasche.
»Den Rest kann ich alleine«, wehrte ich ihn ab. »Ich danke dir, Theo. So gekonnt bin ich bisher noch nie eingecremt worden. Ich verstehe deine Schwestern. Ich besitze zwar nicht deine Erfahrung, aber darf ich mich bei dir revanchieren?«
Das war der denkbar dümmste Schachzug. Theos hinterhältigem Grinsen war nur zu deutlich anzumerken, dass er das ebenfalls fand. Großzügig überreichte er mir die Flasche und rollte sich auf den Bauch. Seine olivfarbene Haut hatte einen goldenen Touch und hätte keinen Schutz nötig gehabt, aber ich biss die Zähne zusammen, verteilte einen üppigen Klecks Creme zwischen meinen Handflächen und begann mich sein Bein hochzuarbeiten. Die Haare erschwerten die Aktion, ich fuhr also nur leicht darüber.

»Deine Beine haben Creme eigentlich nicht nötig«, beschied ich und wandte meine Aufmerksamkeit dem Oberkörper zu.
Von hinten wurde die perfekte Proportion seines Körpers deutlich. Von den breiten Schultern verjüngte er sich stetig bis zu den idealtypischen, schmalen Hüften. Kein Gramm Fett störte die Form. Und unter der Oberfläche spielte haargenau die richtige Menge Muskelrelief.
»Du musst ziemlich sportlich sein«, konnte ich mir nicht verkneifen.
Er zuckte mit den Schultern.
»Ich schwimme viel und wenn ich Zeit habe, segle ich auch hin und wieder.«
Er richtete sich auf, wobei sein Muskelspiel wieder gut zur Geltung kam, und drehte sich um. Die Hinterseite hatte den Vorteil gehabt, dass er seine Wirkung auf mich nicht beobachten konnte. Nicht bereit, klein beizugeben, ließ ich die Beine dieses Mal gleich links liegen. Es schien sicherer. Der Brustkorb wies nur wenige unbehaarte Stellen auf. An eine Eieruhr erinnernd, bedeckten dunkle Haare die Brust, um sich unterhalb der Rippen zu einem schmalen Streifen zusammenzuziehen, der auf Höhe des Bauchnabels wieder breiter wurde, um hinter der Badehose zu verschwinden. Die Muskeln wölbten das Ganze zu einer Landschaft.
»Also, ich glaube nicht, dass du hier gefährdet bist«, versuchte ich mich aus der Affäre zu ziehen und schraubte die Plastikflasche wieder zu. Ich hatte keine Lust, mich von ihm dabei beobachten zu lassen, wie ich ihn mit den Augen verschlang. Träge legte er sich zurück, den Kopf auf den gekreuzten Armen. Er hob einen Arm, um mir eine Strähne aus der Stirn zu streichen.
»Schon gut, Elisabetta. Du musst mich nicht mehr lange er-

tragen. Morgen muss ich zurück nach Griechenland. Es gibt Probleme in der Fabrik. Würdest du mich heute Abend zu einem Geschäftsessen beim griechischen Konsul begleiten, sozusagen als Abschied?«

Ich sagte zu, ohne lange zu überlegen oder nachzufragen. Das bereute ich drei Stunden später bitter, als ich verzweifelt vor dem Kleiderschrank stand und überlegte, was für eine solche Gelegenheit passend wäre. Gerade hielt ich mir abwechselnd zwei Kleider an, als Lilli plötzlich in der Türe stand und mich erstaunt musterte.

»Du gehst noch aus? Ich dachte, abends hättest du frei? Ich wollte heute einen Nudelauflauf machen, damit wir mal wieder zusammen essen.«

Beschämt wurde mir bewusst, dass ich die Kinder in letzter Zeit ziemlich links liegen gelassen hatte. Sie schienen wunderbar zurechtzukommen und so hatte ich mir den Luxus gegönnt, mich auf mich selbst zu konzentrieren. Aber ich war nun einmal kein Single, der höchstens seiner Katze Rede und Antwort stehen musste.

»Ach, Lilli, kannst du den Auflauf nicht morgen machen? Heute ist ein Abschiedsessen mit einem Kunden. Da konnte ich leider nicht Nein sagen«, versuchte ich mich zu entschuldigen.

Lilli verzog das Gesicht.

»Seit du diesen Job hast, bist du irgendwie anders.«

Meine Tochter sah mich beleidigt an. Dann wurde ihr Gesichtsausdruck milder.

»Schon gut. Ich kann verstehen, dass du einiges nachzuholen hast. Mach dir keinen dicken Kopf wegen des Essens. Übrigens: Ich würde an deiner Stelle das dunkelrote Kleid anziehen, das blaue macht dich blass.«

Ehe ich etwas erwidern konnte, hatte sie die Türe schon wieder zugezogen und polterte die Treppe hinunter. Ihrem

Rat folgend, zog ich das weinrote Kleid an und stand bereit, als Theo mit der üblichen Geräuschkulisse vorfuhr.
»Wartet nicht auf mich, ich weiß nicht, wie spät es wird.«
Ich küsste meine Kinder flüchtig und beeilte mich, zur Tür hinauszukommen.

Das griechische Konsulat lag zentral und doch ruhig – eine gepflegte Gründerzeitvilla mit kleinem Vorgarten samt schmiedeeisernen Torflügeln. Der kleine, pummelige Konsul begrüßte uns an der Tür. Er schien Theo gut zu kennen, denn obwohl sie griechisch sprachen, wurde ihr vertrauter Umgangston deutlich. Mühelos wechselte er ins Deutsche, sobald er sich mir zuwandte und mich herzlich willkommen hieß.
»Ich hoffe, Sie mögen griechisches Essen.«
Er zwinkerte Theo zu.
»Meine Frau ist vernarrt in diesen Schwerenöter und hat den ganzen Tag unseren Koch verrückt gemacht. Der arme Mann ist am Ende, meine Frau auch. «
»Theo!«
Eine weibliche Ausgabe des Konsuls stürzte sich auf den Schwerenöter, warf sich an seine Brust und zog seinen Kopf herunter, um sein Gesicht mit Küssen zu überschütten. Geduldig ließ er die stürmische Begrüßung über sich ergehen, löste sich sanft aus ihrer Umklammerung und küsste sie herzhaft auf die pralle Wange:
»Tante Elena, ich freue mich auch sehr, euch wiederzusehen. Darf ich dir Elisabeth Schellhammer vorstellen? Sie war in den letzten Tagen meine Reiseführerin und ich fürchte, ich habe ihre Geduld ziemlich strapaziert.«
Er warf mir einen schrägen Blick zu. Dieser Mistkerl! Ich fühlte, wie ich errötete.

»Ja, unser Theo kann die Geduld eines Heiligen auf die Probe stellen«, stimmte Tante Elena arglos zu. »Aber man kann es ihm einfach nicht übel nehmen, nicht wahr? Kommt, ihr seid die Letzten.«
Und damit wurden wir in den Salon geführt, in dem bereits drei Paare mittleren Alters steif auf niedrigen Sofas saßen und winzige Sherrygläser balancierten.
»Mittelständisches Handwerk«, raunte Tante Elena mir zu.
Die ganze Gesellschaft zog ins Esszimmer, einen großen Raum mit protzigen Kronleuchtern und Flügeltüren zum Garten hinaus. Ein Raum, gedacht, um zu beeindrucken. Das griechische Essen war köstlich. Es stellte sich heraus, dass ein Ehepaar Inhaber eines kleinen Pelzgeschäfts war und das andere mit Maschinen zu tun hatte, deren Namen und Funktionen mir rätselhaft blieben. Theo war in seinem Element. Ich fing gerade an, mich überflüssig zu fühlen, als die mollige Frau Konsulin, die neben mir saß, sich zu mir neigte und in vertraulichem Tonfall fragte:
»Verraten Sie mir doch bitte, wie Sie mit Theo zusammengetroffen sind. Sie sind, nehmen Sie's mir nicht übel, Sie sind so ganz anders als seine üblichen Begleiterinnen.«
Nichts als die reine Neugier sprach aus ihren erwartungsvoll auf mich gehefteten Augen. Ich bin keine gute Lügnerin und mir fiel so schnell keine andere Geschichte ein, deshalb erzählte ich ihr, dass ich eine engagierte Begleiterin von der Agentur Levetzow war.
»Nein! Und Sie sind wirklich nicht … wirklich kein Paar? Aber jetzt ist doch sicher schon nach Dienstschluss, oder?«
Ihr Zweifel war offensichtlich. Ich druckste herum, da ich mir ja selbst nicht im Klaren darüber war, wie fließend die Grenzen bei Levetzows zwischen Geschäftlichem und Privatem waren.
»Aha. Ich verstehe.« Sie nickte zufrieden mit dem Kopf.

»*Das* hier ist Ihr Privatgeschäft oder Vergnügen.« Der Blick, mit dem sie Theo streifte, stellte klar, dass sie ihn selbstverständlich als Vergnügen einstufte. »Sehr geschickt. Auf diese Art bleibt der offizielle Ruf der Agentur makellos. Nach außen hin ist es eine seriöse Vermittlung für die Begleitung von Geschäftsreisenden, aber hinter den Kulissen … Wirklich geschickt, es spricht sich sicher schnell herum, was möglich ist. Ich habe ja schon so manches gehört, meine Liebe …«

Schockiert wollte ich vehement widersprechen. Was wollte sie damit sagen? Frau von Levetzow eine Art Zuhälterin? Ich eine Gewerbliche? Was für eine Unverschämtheit! Aber nach dieser Bemerkung verfiel ich ins Grübeln. War ich zu leichtgläubig gewesen? Hatte man vermutet, dass *ich* bereit war, über die unausgesprochenen Grenzen hinauszugehen und mit meinen Extraleistungen das Geschäft ankurbeln würde? Wieso hatte die gesprächige und doch so wenig mitteilsame Frau Tietze so unverhältnismäßig großen Wert auf die Dessous gelegt? Die aufsteigenden Zweifel waren mir wohl anzumerken, denn zwei Wurstfinger mit dicken Ringen tätschelten mir aufmunternd die um die Serviette verkrampfte Hand.

»Schauen Sie nicht so entsetzt, Liebes. Vielleicht irre ich mich ja und es ist nur wieder meine schlimme Fantasie mit mir durchgegangen.«

Sie lächelte mich aufmunternd an und ich bemerkte, dass Theo ihr unter zusammengezogenen Brauen einen ärgerlichen Blick zuwarf. Die allgemeine Unterhaltung wandte sich allmählich griechischen Themen zu. Jeder außer mir schien schon einmal in Griechenland gewesen zu sein. Schneller als erwartet stand das Dessert, eine Riesenschale voller süßem Gebäck und Obst, in der Tischmitte.

Theo war gerade damit beschäftigt, der kichernden Frau

des Kürschnermeisters eine große Portion aufzuschwatzen, als ein kleiner Mann in Schwarz hinter ihn trat und ihm etwas ins Ohr flüsterte. Theo schaute erstaunt, erhob sich und entschuldigte sich wegen eines dringenden Anrufs von zu Hause. Die stumme Frage des Konsuls mit einem Schulterzucken beantwortend, folgte er dem Boten. Wir alle verstummten wie auf Kommando, als der Angestellte kurz darauf wieder erschien, entschuldigend in die Runde nickte und schnurstracks auf mich zusteuerte.

»Würden Sie bitte mitkommen, Herr Tselis fragt nach Ihnen.«

»Was ist mit ihm?«

Tante Elena war bereits halb aufgesprungen, aber ihr Mann legte besänftigend seine Hand auf ihre.

»Immer mit der Ruhe, Lena. Theo ist ein erwachsener Mann, du musst es schon ihm überlassen, wen er sehen will.«

Ich fühlte mich unbehaglich, als ich dem stummen Führer durch die Eingangshalle und über mehrere Gänge hindurch hinterherhastete. Was war passiert?

»Bitte, er erwartet sie.«

Der Mann öffnete eine schwere Flügeltüre und bedeutete mir einzutreten. Lautlos schloss sich das massive Holz hinter mir.

Theo kauerte auf der Kante eines vor lauter Rüschen kaum erkennbaren Bettes neben einem Telefon. Das Gesicht in den Händen vergraben, die Schultern von Weinkrämpfen geschüttelt, wirkte er jämmerlich und Mitleid erregend. Instinktiv nahm ich ihn in die Arme und wiegte ihn hin und her wie ein kleines Kind. Und wie ein Kind suchte er Trost in körperlicher Nähe. Sein großer Körper sank schlaff gegen meine Schulter und sein nasses Gesicht schmiegte sich an meinen Hals. Ich streichelte über Schultern und Rücken und versuchte, ihn mit belanglosem Gemurmel zu beruhigen. Schließlich wirkte es. Er schniefte herzhaft auf und nahm das Taschentuch, das ich ihm, aus alter Gewohnheit, automatisch hinhielt. Sollte ich ihn fragen, was geschehen war? Seiner Reaktion nach musste er eine Nachricht über einen schwer wiegenden Unglücksfall erhalten haben. In seinem gegenwärtigen Zustand wollte ich ihn auf keinen Fall bedrängen. Also hielt ich ihn einfach weiter fest und spürte nach einiger Zeit erleichtert, wie die Spannung in seinen Körper zurückkehrte. Seine Arme schlangen sich um meine Taille – und plötzlich lag ich flach auf dem Rücken und schaute in seine beschwörenden, dunkelbraunen Augen.

»Bitte.« Sie schauten geradezu flehend. »Bitte, ich brauche dich jetzt so. Sag ja, Elisabetta.«

Irgendwie schien es mir nahe liegend. Und irgendwie machte mich sein Anblick schwach. Ein so sinnlicher Mann wie Theo brauchte Zärtlichkeit und Berührungen, um getröstet zu werden. Ich strich mit einer Hand liebkosend über seine, für die Abendeinladung glatt rasierte, Wange und versuchte, ihn – und mich – wieder zu ernüchtern, indem ich ihn daran erinnerte, dass er doch sicher nicht an Kondome gedacht hätte. Von wegen! Als Kind seiner Zeit hatte er eine ganze Kollektion dabei und schwenkte sie aufgefächert wie ein Kartenspiel vor meinem Gesicht.

»Natürlich, ich habe immer welche dabei.«

In stummer Kapitulation zog ich seinen Kopf zu mir herunter. Sein Kuss verschlug mir den Atem, so verzweifelt presste er seine Lippen auf meine. Ich schmeckte noch den Brandy, den wir zum Dessert getrunken hatten, als seine Zunge sich tief in meinen Mund wühlte. Mir wurde schwindlig und ich gab unseren Wünschen nach, erlaubte mir, den

Druck seines Körpers auf meinem zu genießen, den Duft seiner Haut, die weiche Textur der dunklen Locken, die ihm verwegen in die Stirn fielen. Eine suchende Hand zog mein Kleid höher, fand den Spitzenrand der Strümpfe, zögerte kurz und erforschte dann Zentimeter für Zentimeter den Streifen seidiger Haut darüber. Meine Oberschenkel öffneten sich wie von selbst und die Einladung wurde sofort angenommen. Die Hand glitt unter die Seide, zupfte scherzhaft am Schamhaar, legte sich fest auf den Venushügel und ließ die Wärme langsam einsickern. Ich wollte ihn auch anfassen. Meine Hände fuhren über den kratzigen Wollstoff seines Anzugs auf der Suche nach einem Einlass. Theo lachte leise über meine Ungeduld und fing eine Hand ein, um sie an die Lippen zu führen.

»Immer langsam, wir haben alle Zeit der Welt.«

Und damit sog er meinen Zeigefinger tief in seinen Mund. Ich stieß überrascht den Atem aus. Der erste Impuls, ihn wieder zurückzuziehen, wurde von Theo vereitelt. Ich überließ mich der unglaublich sinnlichen Empfindung, seine raue Zungenoberfläche, die seidige Unterseite, die scharfen Kanten seiner Zähne und die heiße Nässe mit den empfindsamen Nerven der Fingerspitzen zu erfühlen. Das kräftige, rhythmische Saugen setzte Wellen in meinem Inneren in Bewegung. Ich begann auf ihnen zu schaukeln, mich tragen zu lassen. Mit einem kaum hörbaren Stöhnen ließ er meinen Finger aus dem Mund gleiten. Ehe ich noch Enttäuschung empfinden konnte, strich er mit dem Daumen fragend über meine Unterlippe. Mein Mund war weich und nachgiebig, aber er zögerte, streichelte weiter, bis ich glaubte, es nicht mehr aushalten zu können, und ihn mit der Zungenspitze anstupste. Als hätte er nur darauf gewartet, drang er ein, Millimeter für Millimeter. Der Daumen fühlte sich überraschend groß in meinem

Mund an. Ich betastete ihn mit der Zunge, ließ die Zungenspitze darüber wandern, biss vorsichtig in die Haut, bis ich Widerstand spürte, und begann, erst zurückhaltend, dann immer kräftiger, zu saugen. Er stöhnte genießerisch und ich ging dazu über, den Daumen mit der Zunge zu umspielen, ihn dabei fast hinausgleiten zu lassen und ihn erst im letzten Moment wieder einzusaugen. Die Imaginationskraft der Bewegungen zeigte Wirkung. Theo bewegte sich unruhig auf mir. Ich spürte seine Finger in meinem Rücken und die kühle Satin-Bettdecke, als sich mein Reißverschluss öffnete. In einer einzigen, geschickten Bewegung zog Theo das Kleid vorne herunter und ich war bis zu den Hüften nackt. Der raue Wollstoff seiner Anzugjacke kratzte über die empfindliche Haut. Instinktiv zuckte ich zurück. Er riss sich die Kleider so rücksichtslos vom Körper, dass er praktisch im Handumdrehen ausgezogen war. Dass er prächtig gebaut war, wusste ich ja schon seit dem Nachmittag am See. Jetzt aber erlaubte ich mir selbst, ihn offen zu bewundern. Er beugte sich über mich, um mir Kleid und Unterwäsche abzustreifen, und ich konnte mich nicht zurückhalten, mit einem Finger über seinen Oberarm zu fahren, wo das Spiel der Muskeln sich am besten abzeichnete. Die Kleider landeten in einem achtlos auf den Boden geworfenen Haufen und er warf sich, meinen halbherzigen Protest ignorierend, auf mich. Aus Prinzip versuchte ich, mich ihm zu entwinden und den empfindlichen Stoff wenigstens über eine Stuhllehne zu hängen, aber er hielt mich in einem eisernen Griff.

»Hier geblieben. Denk nicht an das Kleid. Ich kaufe dir so viele neue, wie du willst. Schau mich an!«, befahl er mit belegter Stimme.

Ich gehorchte und starrte fasziniert in die riesigen Pupillen. Mein Wille wurde eingesogen und eins mit seinem. Unsere

Augen nahmen das Kommende vorweg und wir sahen es jeweils in unserem Gegenüber. Mit einem heiseren Aufstöhnen senkte er seinen Mund auf meinen und drängte seine Zunge tief hinein. Unwillkürlich erschauerte ich und krallte mich in seine Schultern. Ein behaartes Bein schob sich zwischen meine Schenkel, rieb sich an ihnen. Meine Schamlippen pochten wie verrückt. Ich wand mich hin und her, um sie in Kontakt mit seinem Bein zu bringen. Kräftige Finger umfassten mein feuchtes Geschlecht, fuhren in der nassen Spalte entlang, umkreisten das sehnsüchtig zuckende Zentrum. Ich wimmerte, bog den Rücken auffordernd durch – und wurde energisch auf das Bett gedrückt.

»Nicht so schnell«, keuchte er atemlos, warf ein Bein über mich, um mich ruhig zu halten, und nahm eine Brustwarze zwischen seine Zähne. »Das wollte ich schon die ganze Zeit. Halt still, ich will dir nicht wehtun.«

Erschreckt erstarrte ich, aber die zärtlichen Bisse waren nicht schmerzhaft. Zwischendurch saugte er erst zart, dann immer kräftiger an den Nippeln, bis sie abstanden, wie zum Platzen reife Früchte. Und als seien es tatsächlich Früchte, nahm er sie zwischen die Lippen, knabberte und zog sanft an ihnen, bis sie glühten und prickelten. In meinem Inneren krampfte sich alles zusammen, erwartungsvoll zitternd. Ich warf den Kopf zurück, als er die eine Hand tiefer gleiten ließ, bog mich ihr entgegen, hieß sie willkommen.

»Du bist so herrlich nass und heiß, ich kann es kaum noch erwarten, mich in dir zu vergraben«, murmelte er an meinem Ohr und öffnete langsam meine Schenkel.

Die Hand streichelte die prallen Falten, prüfte, suchte und schob schließlich einen einzelnen Finger hinein. Das Gefühl, das die vorsichtig kreisenden Bewegungen auslösten, machte mich wild. Ich wollte mehr, viel mehr.

»Theo!«

Ich bohrte meine Nägel in seinen Arm. Er zuckte nicht mit der Wimper, fuhr nur fort, mein Innerstes zu erforschen. Mein flehentliches: »Theo, bitte, ich kann nicht mehr!«, ließ ihn triumphierend grinsen, aber auch seine Selbstbeherrschung hatte Grenzen. Als er in mich eindrang, fühlte ich den feinen Schweißfilm, der seinen Rücken bedeckte, und sah die Wangenmuskeln erstarren. Sehr behutsam begann er zu stoßen, schob sich tief in mich, bis er mich total ausfüllte. Ich genoss das pochende, harte Fleisch in mir, suchte jeden Zentimeter davon aufzunehmen. Mehr als ein paar Augenblicke konnten wir uns beide nicht zurückhalten. Theos Rückenmuskeln spannten sich unter meinen Händen an, er fiel in einen drängenden Rhythmus, der mich mitriss. Viel zu schnell katapultierte er mich in atemlose Höhen, in denen alles um mich herum bedeutungslos wurde und nur noch der eine Schritt zählte, der mich in eine Wolke glitzernder Splitter zerspringen lassen würde.
Als die Splitter um mich herum zu Boden schwebten, nahm ich Theo wieder wahr. Er lastete schwer auf mir, atmete keuchend. Unsere Körper klebten aneinander. Ich strich über seine weichen Locken. Sofort hob er den Kopf und lächelte mich träge an. In dem Augenblick erschien er mir so schön wie ein Fleisch gewordener Traum. Genüsslich fuhr ich mit den Handflächen über seine Flanken. Er fühlte sich gut an. Wir lösten uns voneinander und Theo entsorgte mit selbstverständlicher Gelassenheit sein gestreiftes Designerkondom in den Papierkorb unter dem Nachttisch. Mir fiel der erschütternde Anruf wieder ein.
»Was ist das vorhin für eine schlimme Nachricht gewesen?«, bohrte ich nach.
»Bitte nicht«, sagte er und verzog das Gesicht. »Ich erzähl's dir später, ja?«
Dann grinste er spitzbübisch, packte meine Hand und führ-

te sie ein paar Mal über Unterbauch und Brust hin und her. Das Haar schmiegte sich weich an meine Handfläche, fast seidig.
»Meinst du, ich sollte mich rasieren?«
»Wie kommst du darauf?«
Kopfschüttelnd konzentrierte ich mich auf die feinen Unterschiede in der Textur. Am Unterbauch waren die Haare länger und drahtiger, an der Brust eher gelockt.
»Na ja, viele tun es, weil sie meinen, die Frauen mögen es lieber, wenn der Mann glatt ist. Aber wenn man damit angefangen hat, muss man es ständig tun«, erläuterte Theo.
»Ach was, deine Haare sind schön anzufassen. Es gibt sicher genug Frauen, die sich nicht daran stören. Mich zum Beispiel.«
Zufrieden rollte Theo sich auf den Rücken und verschränkte die Arme hinter dem Kopf.
»Gut, dann bin ich beruhigt. Ich dachte schon, es stieße dich ab, weil du mich nicht eincremen wolltest.«
Ich merkte, wie ich rot wurde. Theo bemerkte es ebenfalls und hob erstaunt die Brauen.
»Das hatte damit überhaupt nichts zu tun«, verteidigte ich mich.
»Es war mir nur peinlich, wie sehr ich auf dich reagiert habe.«
Er stieß heftig den Atem aus. Ich konnte nicht widerstehen, alles, was ich schon mit den Augen verschlungen hatte, nun mit den Händen zu erforschen: sein markantes Schlüsselbein, die kräftigen Brustmuskeln mit den versteckten, winzigen Knospen, die drahtigen Haarbüschel in seinen Achselhöhlen, die zarte Haut der inneren Oberarme und der dicker werdende schwarze Strich, der sich von seiner Taille zum Schritt zog …
Ich keuchte ungläubig auf. Stolz und Bescheidenheit wettei-

ferten in seinem Mienenspiel, als ich fast andächtig vor dem prächtigen, blauroten Phallus kniete. Leicht zitternd reckte er sich nach oben, die blauen Adern deutlich abgesetzt. Theo griff unters Kissen, riss mit den Zähnen ein neues Päckchen auf und hielt mir auffordernd ein neues Kondom hin. Unsicher nahm ich es und fummelte zuerst etwas ungeschickt herum. Aber dann rollte es sich fast von selbst ab. Versuchsweise fuhr ich mit dem Zeigefinger darüber. Die hauchdünne Membran war kaum zu sehen, fühlte sich auch nicht übermäßig nach Gummi an.
»Setz dich auf mich.«
Er zog mich ungeduldig über sich. Ich gehorchte, senkte mich langsam auf die samtene Spitze, umfing sie und ließ sie in mir verschwinden. Heiß und hart steckte sie in mir. So aufgespießt, begann ich, mich um sie herumzubewegen, ließ mein Becken kreisen und tanzen. Als er die Augen schloss und zu stöhnen begann, wurde ich immer kühner. Jetzt war ich an der Reihe zu bestimmen, wann ich ihn kommen ließ. Und ich ließ ihn nach Herzenslust warten, streichelte mich selbst, liebkoste meine Perle in dem geschwollenen Fleisch, befeuchtete sie mit meinen Säften. Meine Finger glitten automatisch in die gewohnten Bewegungen, bauten die Spannung auf und lösten sie in einem Orgasmus, der sanfter aufstieg und langsamer verebbte als der vorherige.
Kaum atmete ich wieder ruhig, da packte Theo mit beiden Händen meine Hüften und hob mich ein Stück hoch.
»Reite mich!«, forderte er heiser und drängte mich in seinen Rhythmus. Von ihm geführt, hob und senkte ich mich in einem wilden Ritt, bei dem er sich am Ende mit einem rauen Schrei aufbäumte, die Finger in mein Fleisch gekrallt, das Gesicht in einem Ausdruck von Entrücktheit verzerrt. Er zog mich auf seine Brust und wir lagen lange Zeit keuchend

aufeinander, bis unser Atem sich beruhigte. Die Abendgesellschaft hatte ich einfach vergessen.
Mein Geist driftete in angenehmer Betäubung ab. Im Halbschlaf ließ ich mich von Theo unter die Decke schieben, fühlte, wie er etwas später neben mich schlüpfte und sich an meine Rückseite schmiegte. An ihn gepresst, schlief ich ein und wachte nicht einmal richtig auf, als er im Dunkeln erneut von hinten in mich eindrang. Eher zärtlich als leidenschaftlich. Ich blieb passiv wie eine Puppe, ein Gefäß. Ich genoss die animalische Wärme, den Hautkontakt.

Erst der Streifen Sonnenlicht, der über das Bett zu meinem Gesicht gewandert war, weckte mich. Im ersten Moment war ich völlig desorientiert. Erst nach kurzem Nachdenken konnte ich den fremden Raum einordnen. Theo war nirgends zu sehen, seine Kleidung ebenfalls nicht. Verwirrt schaute ich mich um. Neben mir auf der Bettdecke lagen ein Brief und ein großer, grauer Karton. Ich setzte mich auf, öffnete den Brief und las:

> Meine wunderschöne, zauberhafte Elisabetta,
> verzeih mir, dass ich dich hinters Licht geführt habe. In meiner Familie sind alle gesund und wohlauf. Aber ich hatte einfach keine Zeit mehr. Ich muss wirklich heute Morgen nach Griechenland zurück. So griff ich zu dieser List. Ich war schon immer gut im Theater spielen. Es war unfair und hinterhältig, ich weiß. Da ich falsch gespielt habe, steht dir dein Wetteinsatz selbstverständlich in voller Höhe zu. Bitte, nimm ihn an und denke an mich, wenn er dich wärmt.
> Es waren wunderschöne Tage mit dir. Danke für alles.
> Dein Theo

Ungläubig hob ich den Deckel an, schlug das silbergraue Seidenpapier beiseite und starrte fassungslos auf dunkles, rötlich glänzendes Fell. Ich strich behutsam über die schimmernde Oberfläche. Die Haare fühlten sich seltsam glatt und kühl an, wie Seide. Zögernd griff ich in die Masse, die sich mir entzog wie eine Katze, die nicht hoch genommen werden möchte. Der Mantel war einer Märchenprinzessin würdig: knöchellang, weit schwingend und mit einem üppigen Schalkragen. Bedauernd packte ich ihn wieder in die Schachtel. Wenn ich mit diesem Pelz unter Leute ginge, wäre ich innerhalb von 24 Stunden das Stadtgespräch in Weldingen.

Hinter einer schmalen Tür gab es ein Badezimmer. So schnell es ging, brachte ich mich in einen einigermaßen präsentablen Zustand. Meine Eile erwies sich als gerechtfertigt, denn ich war noch bemüht, meine Haare notdürftig hochzustecken, als es dezent an der Türe klopfte. Der ausdruckslose Hausdiener wünschte mir einen guten Morgen und ließ mir taktvoll die Wahl zwischen einem gemeinsamen Frühstück mit der Frau Konsul – ich konnte mein Erschrecken kaum überspielen – und einem Taxi, falls ich sofort nach Hause zu fahren wünschte. Die Aussicht auf ein gemütliches Plauderstündchen mit Tante Elena ließ mich schaudernd um das Taxi bitten.

»So schnell wie möglich.«

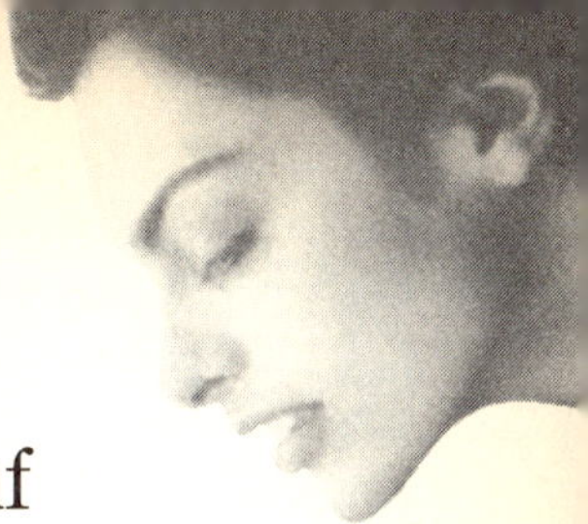

Kapitel 7

Omar ben Jussuf

Nach der Nacht mit Theo war ich heilfroh, das Haus leer vorzufinden. So konnte ich mir Zeit lassen, meine verwirrten Gefühle zu ordnen. Es hatte mich doch etwas erschreckt, mit welcher Heftigkeit ich auf seine lebendige Virilität reagiert hatte. Mein Körper bewahrte immer noch etwas Wärme von ihm und ich ertappte mich, dass ich in Gedanken an ihn lächeln musste. Nein, ich war Theo nicht böse. Es hatte mir gut getan und mein Bild von mir zurechtgerückt. Mein Selbstbild war eher prüde und zurückhaltend. Theo hatte mit jugendlicher Unbekümmertheit hinter die biedere Fassade geblickt und die Leidenschaft gesehen, die dort eisern unterdrückt schlummerte. Ich würde in Zukunft damit rechnen.

Was mich viel mehr beunruhigte, waren die Andeutungen der Frau Konsul über die, ihrer Meinung nach, wahre Natur der Agentur. Je mehr ich darüber nachdachte, desto alberner kam es mir vor, aber ich wollte nun völlige Klarheit haben. Ungeduldig wartete ich auf die Nachbesprechung. Frau von Levetzow entschuldigte sich mit Terminproblemen, aber schließlich saßen wir eine Woche später mit zwei großen Portionen Eiskaffee auf ihrer Terrasse und beobachteten die Segelboote auf dem gekräuselten Blau. Beide schienen wir das Thema Theodor Tselis vor uns herzuschieben. Ich verlor die Geduld, legte entschlossen das silberne Trinkröhrchen hin, mit dem ich herumgespielt hatte, und räusperte mich.

Frau von Levetzow sah mich fragend an.

»War Theodor eine arge Last für Sie, Frau Schellhammer?«

Ob sie wohl wusste, dass er auf gewissen Gebieten überhaupt nicht ungeschickt war? Ich schüttelte den Kopf.

»Nein. Theo ist ein lieber Kerl, noch ein bisschen verspielt, großzügig ...«

Ich verstummte, weil mir einfach nicht die richtigen Worte einfielen. Wie fragt man seine Chefin, ob sie eine Callgirl-Agentur führt, wenn sie dazu noch aussieht, als sei in ihrer Gegenwart ein solches Wort niemals ausgesprochen worden? Ich nahm die Hürde mit einem einfachen Satz:

»Die Frau des griechischen Konsuls deutete an, dass in dieser Agentur von den angestellten Damen auch weitergehende Dienste geleistet würden.«

Frau von Levetzows kräftige Brauen schossen einen Zentimeter in die Höhe.

»Ach wirklich? Und haben Sie ihr irgendeinen Grund zu dieser Vermutung gegeben, Frau Schellhammer?«

Ich spürte die Röte unangenehm warm an Hals und Wangen. Frau von Levetzow legte ihr Löffelchen geräuschlos auf der Untertasse ab, lehnte sich zurück und meinte:

»Am besten erzählen Sie mir alles – von Anfang an.«

Ich fasste mir ein Herz und tat es – auch wenn ich manches nur andeutete oder ganz wegließ.

»Ein solches Maß an Raffinesse hätte ich Theo gar nicht zugetraut.«

Frau von Levetzow wirkte amüsiert. Ihre Augen glitzerten

und ihre Mundwinkel zuckten im Bemühen, ein wenig damenhaftes Grinsen zu unterdrücken.
»Nun, nehmen Sie es sich nicht so zu Herzen. Elena neigt zu Taktlosigkeit, aber nicht zu unangebrachter Geschwätzigkeit. Seien Sie unbesorgt. Haben Sie Ihre Zeit mit Theo denn genossen?«
Das musste ich zugeben.
»Sehen Sie irgendeinen Grund, wieso Sie das nicht hätten tun sollen?«
Ich schüttelte stumm den Kopf.
»Sehen Sie, Elisabeth. Ich vermittle nur den geschäftlichen Kontakt zwischen einem Touristen und einer Reiseführerin – keine Garantien, keine weitergehenden Verpflichtungen. Wenn zwei erwachsene Menschen beschließen, sich näher zu kommen, ist das ja wohl deren Privatsache. Haben Sie damit irgendwelche Probleme? Ich kann Ihnen auch gerne Kunden zuteilen, die keinerlei Versuchung darstellen ..., aber ich dachte, ich täte Ihnen einen Gefallen mit Theo.«
Ihre Augen zwinkerten mir spöttisch zu.
»Nachdem Sie bei Kuniyoshi ein so glänzendes Debüt geliefert hatten, fand ich Sie reif für weitere Herausforderungen.«
Puh. Weder war ich in einer Callgirl-Agentur gelandet, noch hatte ich gegen unausgesprochene Verbote verstoßen. Ich merkte, wie ich mich entspannte. Diese Form der Kontaktbörse bot mir in unverfänglichem Rahmen die Möglichkeit, interessante Männer kennen zu lernen – und dabei wurde ich auch noch glänzend bezahlt. Ich schwankte zwischen Leichtsinn und meiner langjährigen Bravheit. Sollte ich das Angebot der versuchungsfreien Abteilung annehmen? Noch nie in meinem Leben hatte ich mich so abenteuerlustig gefühlt, so begehrenswert. Von der erstickenden

Hülle der Mustergattin befreit, kam eine Art Prachtschmetterling zum Vorschein. Schillernd, auf der Suche nach Nektar von Blüte zu Blüte flatternd. Die Vorstellung hatte etwas ungemein Reizvolles. Abwechslungsreiche Tage wie mit Kuniyoshi und Theo gegen die stumpfe Langeweile der Gesellschaft von Menschen wie Mr. Baker, dem Ami, oder dem Brasilianer Senor Cuehlho di Irgendwas. Die Wahl fiel nicht schwer. Ich lächelte meiner Chefin viel sagend zu.

»Natürlich müssen Sie auch weiterhin Ihren Anteil ›Grießbrei‹ übernehmen«, ermahnte sie mich. »Aber ich sehe zu, Ihnen hier und da auch ein Lachshäppchen anzubieten. Und damit kommen wir direkt zu Ihrem nächsten Klienten, über dessen Kategorie ich mir keineswegs sicher bin. Um ganz offen zu sein: Die Rückmeldungen waren sehr unterschiedlich.«

Ich spürte ein gespanntes Kribbeln. Mein nächster Klient versprach interessant zu werden.

Frau von Levetzow griff hinter sich und legte einen ganzen Packen Papiere und Fotos zwischen uns auf den Tisch. Von dem großformatigen Foto zuoberst lächelte mir ein Prinz aus Tausendundeiner Nacht entgegen. In dem fein gemeißelten Gesicht strahlten ebenmäßige, weiße Zähne – wie geschaffen für eine Zahnpastareklame. Die leicht schräg geschnittenen, samtschwarzen Augen ließen Melancholie erahnen, gerade genug, um dem Gesichtsausdruck Charakter zu verleihen. Ein extremer Kurzhaarschnitt unterstrich die perfekte Kopfform, die an ägyptische Pharaonendarstellungen erinnerte. Doch das feste Kinn und der muskulöse Halsansatz betonten seine lässig-maskuline Schönheit. Ich konnte mir ein bewunderndes *Wow* gerade noch verkneifen.

»Ein Bild von einem Mann, in der Tat«, stimmte Frau von Levetzow meiner unausgesprochenen Bewunderung zu.

»Aber schwierig. Sehr schwierig. Sein Name ist Omar ben Jussuf. Er ist irgendwie verwandt mit der marokkanischen Königsfamilie. Seine Familie ist unwahrscheinlich reich. Vermutlich kontrollieren sie den gesamten Obsthandel in Nordafrika. Er hat einige Zeit hier in Deutschland Agrarwissenschaften studiert und kann sich problemlos verständigen. Von Zeit zu Zeit kommt er wieder zurück, um sich auf dem Laufenden zu halten. Dieses Jahr möchte er sich über den ökologischen Anbau von Äpfeln informieren und sich die neue Zuchtlinie eines alternativen Pferdezüchters im Linzgau ansehen.«

Meine Güte, weder Äpfel noch Pferde gehörten zu den Dingen, denen ich mehr als rudimentäres Interesse entgegenbrachte, von Kenntnissen ganz zu schweigen. Jeder Schüler der landwirtschaftlichen Schule wäre besser geeignet gewesen als ich.

»Die ein wenig bodenständigen Wünsche sind nicht das Problem, vor allem, da er sehr genau weiß, was er will, und die Termine auch längst abgemacht sind. Ihre Aufgabe wird sich darauf beschränken, möglichst im Hintergrund zu bleiben und nur bei eventuell auftretenden Schwierigkeiten aktiv zu werden.«

Wo lag dann das Problem? Es schien mir ein kinderleichter Job zu sein. Es musste also einen Pferdefuß geben. Frau von Levetzow suchte nach Worten. Ich wartete gespannt darauf, dass sie weitersprach.

»Leider ist der junge Mann ausgesprochen labil. Zwei Jahre schien er ausgezeichnet mit Ihrer Vorgängerin auszukommen, obwohl sie auch da bereits diverse komplizierte Situationen hatte meistern müssen. Ihre Berichte waren im Endeffekt aber immer positiv. Im dritten Jahr kam es dann plötzlich zum Eklat. Keiner von beiden hielt es für angebracht, mich ins Vertrauen zu ziehen. Sie saß in Tränen aufgelöst bei einer Freundin, die so vernünftig war, mich wenigstens darüber zu informieren. Und er teilte mir unhöflich knapp mit, dass er auf weitere Dienste der Dame verzichten möchte. Es war leider nie zu klären, was zwischen den beiden vorgefallen war.

Ich habe Omar ben Jussuf in aller Deutlichkeit gesagt, dass ich die Geschäftsverbindung mit ihm ein für alle Mal beende, wenn er Ihnen auch nur die geringsten Unannehmlichkeiten bereitet. Aber überlegen Sie es sich in Ruhe. Er hat sich erst für Anfang August angekündigt. Sie haben also noch ein paar Wochen Zeit, in denen ich Ihnen keine anderen Klienten zuteilen werde. Erholen Sie sich ein bisschen. Es reicht, wenn Sie mir Ihre Entscheidung in einem Monat mitteilen.«

Am Abend telefonierte ich mit Gudrun. Wir hatten in verblüffender Geschwindigkeit eine Vertrautheit aufgebaut, die in früheren Jahren undenkbar gewesen wäre.

»Weißt du was? Komm einfach her und bring deine Sonnenscheine mit. Ich will sie nicht unbesehen für die ganzen Ferien einladen, aber wenn ich sie ertragen kann, kannst du sie hier lassen. Justins Nichte kommt auch, die könnte zu deinem niedlichen Alex passen und für meine liebe Nichte Lilli findet sich hier sicher auch etwas.«

Meine neue Entschlussfreudigkeit führte mich zu einem kleinen örtlichen Autohändler, den Christoph immer zugunsten des größeren Konkurrenten und Bankkunden verschmäht hatte. Der Mann erwies sich als hilfsbereit. Er zuckte nicht mit der Wimper, als ich ihm eröffnete, ich erwartete von meinem Auto nur, dass es zuverlässig und einfach zu bedienen sei. Innerhalb von zwei Tagen war ich stolze Besitzerin eines älteren Kleinwagens. Er war unauffällig und kompakt und er schien mir eine gute Wahl zu sein. Unterstrichen von liebevollem Tätscheln des Kotflügels versicherte mir der Mann, dass es mit dem Teufel zugehen müsste, wenn wir uns vor dem nächsten TÜV-Termin wiedersehen würden und drückte mir die Fahrzeugschlüssel in die Hand.

Alex ging begeistert auf die Reisepläne ein, Lilli war hin und her gerissen zwischen Neugier auf die unbekannte Tante und dem Trennungsschmerz, denn Olli war nicht eingeladen. Die Neugier siegte. Ich kann nicht sagen, dass ich die Fahrt genoss. Eigentlich hätte ich noch ein paar Fahrstunden zur Auffrischung nehmen müssen, aber die Zeit drängte und so sparte ich sie mir. Dafür zahlte ich in Nervenwährung. Die Sonne ging gerade malerisch hinter den nach Lavendel duftenden Hügeln unter, als ich Gudrun steif und ausgelaugt in die Arme sank. Mitleidlos packte sie mich an den Oberarmen, hielt mich auf Armeslänge von sich ab und musterte mich kritisch wie eine Oberschwester.

»Keine Müdigkeit vorgeschützt, Schwesterherz. Du bist zäher, als du denkst. Gut schaust du aus, irgendwie anders. Nicht mehr die geduckte Kreatur von früher. Dieser komische Job scheint dir gut zu bekommen.«

In den nächsten Tagen spielte sich eine gewisse Routine ein. Die Jugend verbrachte ihre Zeit im örtlichen Freibad, Justin in der Kanzlei, Gudrun und ich auf der von Wein überrankten Terrasse, wo der Wind vom Tal heraufstrich und eine duftende, kühle Brise mitbrachte. Natürlich besprachen wir meine jüngsten Erlebnisse. Theo fand Gudruns ungeteilte Zustimmung, vor allem sein königliches Abschiedsgeschenk.

»Wenn du Hemmungen hast, schenk ihn mir zu Weihnachten. Ich wollte schon immer einen Nerz. Kannst du dich

noch an das räudige Stück von Tante Else erinnern? Ich habe sie glühend darum beneidet.«
Von der Zeit mit Kuniyoshi hatte ich ihr bereits telefonisch einiges erzählt. Eines schwülen Nachmittags erzählte ich ihr auch den Rest und durfte Gudrun sprachlos erleben.
»Dagegen ist mein Job ja rasend spießig. Und ausgerechnet du … naja, man könnte es ausgleichende Gerechtigkeit nennen. Du hast es dir verdient«, gestand sie mir großzügig zu und schenkte uns Rosé-Wein nach.
Ich fragte sie um Rat, wie ich mich im Fall Omar ben Jussuf entscheiden sollte. Nachdenklich biss sie sich auf die volle Unterlippe und runzelte die Stirn. Da ich mit ihrer uneingeschränkten Ermutigung gerechnet hatte, war ich erstaunt über ihr Zögern. Schließlich rang sie sich zu einer Einschätzung durch.
»Es klingt ein bisschen undurchsichtig, wie deine Frau von L. die Sache darstellt. Könnte ein reizender Mann sein oder ein Arsch, wie er im Buche steht. Ich würde es versuchen. Sei aber auf der Hut und pass auf dich auf. Die Bälger schicke ich dir per Bahn. Lass sie ruhig hier, ich gewöhne mich langsam an das Dasein als *Tante Gudrun*. Hätte ich auch nie gedacht, dass ich einmal deine Kinder hüten würde.«

Gudruns Rat folgend, sagte ich gleich nach meiner Rückkehr zu, Omar ben Jussuf betreuen zu wollen. Frau von Levetzow nahm meine Entscheidung mit deutlicher Erleichterung zur Kenntnis.
»Das freut mich. Ich hätte ungern ohne eine zweite Meinung einen Kunden verloren. Und auf Ihre Meinung lege ich großen Wert. Sie treffen ihn nächsten Donnerstag bei mir. Passt Ihnen das?«
Es war nur eine Floskel, aber bisher waren mir diese Termine ohne höfliche Nachfrage übermittelt worden. Diese

zusätzlich demonstrierte Wertschätzung schmeichelte mir ungemein.

Der Donnerstagmorgen versprach einen heißen Tag. Ich entschied mich für meinen leichtesten Hosenanzug – einen im Marinestil. Die Anklänge an eine Uniform wurden durch den weichen Fall der Seide und den geschickten Schnitt gemildert, ohne die Förmlichkeit zu untergraben, die meine unpersönliche Professionalität unterstreichen sollte. Nach längerem Herumprobieren hatte ich für mich entschieden, allzu feminine Kleidung zu vermeiden.

Frau von Levetzows zustimmendes Nicken zeigte, dass ich damit richtig lag. Mit aufmunterndem Lächeln nahm sie meinen Arm und führte mich in ungewohnter Vertraulichkeit auf die Terrasse. Omar ben Jussuf hielt, was das Foto versprochen hatte. Die Haare waren ein wenig länger und schmiegten sich in einer dicken, schwarze Kappe um seinen schön geformten Kopf. Er erhob sich geschmeidig und lässig wie eine Katze, die ihr Dösen unterbricht, um von einem Menschen Notiz zu nehmen. Den Hals arrogant zurückgebogen, musterte er mich mit bestenfalls höflichem Interesse. Frau von Levetzow zelebrierte die gegenseitige Vorstellung mit der Förmlichkeit eines Zeremonienmeisters. Bei unserem kurzen Händedruck umspannte seine kühle Hand meine Finger nur für einen Moment, ehe er mir zunickte und sich wieder setzte.

»Gut, Sie sehen wie eine vernünftige Frau aus. Und alt genug, um von meinen Frauen mit Respekt behandelt zu werden.«

Ich schnappte nach Luft und warf Frau von Levetzow einen Hilfe suchenden Blick zu. Ihre überraschte Miene zeigte, dass auch sie von dieser Neuigkeit überrumpelt wurde. Omar ben Jussuf verzog den Mund in einem süffi-

santen Lächeln. Unsere Reaktion war von ihm sehr wohl registriert worden. Machte es ihm Spaß zu provozieren oder war er nur unglaublich eingebildet?
»Hat mein Sekretär Sie darauf nicht vorbereitet? Ich fürchte, ich werde ihn entlassen müssen. Seine Leistungen sind erbarmungswürdig. Ja, ich habe meine drei Lieblingsfrauen mitgenommen. Sie wünschten sich so sehr, Europa zu sehen, also habe ich ihnen den Wunsch erfüllt«, erläuterte er mit freundlicher Selbstverständlichkeit und lehnte sich bequem zurück. »Ich habe im Hotel alle Suiten belegt.«
Er wandte sich mir zu.
»Damit Sie Bescheid wissen: Amira ist meine Nummer Eins. Ihr haben Laila und Zora zu gehorchen, wenn ich abwesend bin. Die Namen der Dienerinnen sind für Sie ohne Belang, denn Sie werden nichts mit ihnen zu tun haben. Amira spricht Englisch, Französisch und ein wenig Deutsch, Laila und Zora nur Französisch, aber sie lernen zur Zeit Englisch, weil ich ihnen einen Einkaufsbummel in New York versprochen habe, sobald sie sich verständigen können.«
Mir schwirrte der Kopf. Auf alles Mögliche war ich vorbereitet gewesen, aber nicht auf eine solche Situation. Ich fühlte mich hilflos und kämpfte darum, wieder festen Boden unter die Füße zu bekommen.
»Und was genau wünschen Sie von mir? Soll ich mich um *Sie* oder um Ihre ... Frauen kümmern?«
Wieder blitzte das verächtliche Lächeln auf und er winkte nachlässig ab.
»So genau will ich mich da nicht festlegen. Das wird sich ergeben. Teilweise werde ich die Frauen mitnehmen und dann muss jemand für sie da sein. Morgen werden wir zu einem Gestüt fahren. Pferde interessieren sie nicht so sehr wie mich. Sie werden sie unterdessen unterhalten.«

Am nächsten Morgen ließ ich mich rechtzeitig in das abseits gelegene Nobelhotel fahren, um Omar ben Jussufs Frauen kennen zu lernen. An der Rezeption wurde ich kritisch beäugt. Man ließ mich warten, während ich telefonisch angekündigt wurde. Eine bildschöne junge Frau in einem teuren Modellkleid trat aus dem Aufzug und sah sich suchend um. Als sie auf mich zusteuerte, hätte ich mich beinahe umgedreht, weil ich annahm, ihre Zielperson stünde hinter mir. Aber sie sprach mich an:
»Guten Tag. Sind Sie Elisabeth Schellhammer?«
Ihre weiche, leise Stimme stolperte etwas und ihre Aussprache ließ einen französischen Akzent durchschimmern. Ich nickte überrascht. Sie streckte mir ihre Rechte entgegen – ein wenig steif, wie ein Kind, das die Geste eingeübt, aber noch nicht automatisiert hat.. Ich drückte sie so vorsichtig, wie es ihrer zerbrechlichen Erscheinung angemessen schien.
»Ich bin Amira. Ich freue mich, Ihre Bekanntschaft zu machen. Folgen Sie mir bitte.«
Und damit drehte sie sich schwungvoll um und steuerte wieder auf den Fahrstuhl zu. Gehorsam folgte ich ihr. In der engen Kabine versuchte ich sie unauffällig zu mustern. Sie wirkte kein bisschen so, wie man sich ein Haremsmitglied vorstellen würde. Trotz der zierlichen Gestalt strahlte sie eine ungeheure Energie aus. Ihr kostspieliges Rosenparfüm und der bei jeder Bewegung klirrende Goldschmuck vermittelten mir das Gefühl, neben einer Märchenfigur zu stehen.
Selbstbewusst schüttelte sie ihr Haar nach hinten und trat vor mir aus dem Aufzug. Wir wurden erwartet. Zwei deutlich jüngere Frauen, eher Mädchen, standen eng beieinander und blickten verlegen kichernd auf den dunkelblauen Teppichflor.

»Laila, Zora.«
Amiras strenge Stimme riss sie hoch und ließ sie erstarren. Amira zog die größere einen Schritt nach vorne und brav streckte sie mir, *Bonjour* murmelnd, ihre Hand entgegen.
»Das ist Laila, die Nummer Zwei. Sie hat Probleme mit dem Englischen, aber Französisch spricht sie gut. Sie auch, nicht wahr?«
Ich bejahte. Laila überragte Amira um fast einen Kopf, aber es war offensichtlich, dass sie Respekt vor ihr hatte. Sie ließ sie keinen Moment aus den Augen. Ihr fehlte die grazile Eleganz Amiras. Sie war ein wenig zu knochig und machte einen etwas ungelenken Eindruck. An ihren kräftigen Händen und Handgelenken wirkten die zahlreichen Ringe und Armbänder deplaziert. Ihre wunderschönen, riesigen Augen ließen mich allerdings sofort an eine Gazelle denken.
Zora versuchte sich an einem stark amerikanisch geprägten *Hellow* und examinierte in unverfrorener Offenheit mein Äußeres. Laila und Zora erinnerten ein wenig an Pat und Patachon. Neben der grobknochigen Laila sah die kleine, pummelige Zora noch weicher, noch kissenähnlicher aus. Aus einem runden Gesicht mit ausgeprägten Pausbacken zwinkerten wache Eichhörnchenaugen und ließen vermuten, dass in ihrem plumpen Körper ein lebhafter Geist steckte. Auch sie trug reichlich Schmuck. Nach der Begrüßung standen wir alle vier ein wenig ratlos herum. Sogar die souveräne Amira wirkte verunsichert. Offensichtlich gab es keine Anweisungen für den weiteren Verlauf. In dem Moment öffnete sich die Tür zu der Suite unmittelbar hinter uns und wir fuhren herum. Omar ben Jussuf stand, ein Gähnen unterdrückend, in der Tür und betrachtete uns wohlwollend.
»Seid ihr so weit, meine Täubchen? Habt ihr euch mit Frau

Schellhammer bekannt gemacht? Dann lasst uns aufbrechen.«
Ohne sich umzudrehen, warf er einer offenbar hinter ihm wartenden Person ein paar Worte auf Arabisch zu und setzte sich in Bewegung. Wie ein Vogelschwarm folgten wir ihm.

Die Limousine passte gut zu dieser surrealistisch anmutenden Situation. Noch nie hatte ich in einem dieser Ungetüme gesessen. Omar ben Jussuf bedeutete mir, auf der breiten, Leder bezogenen Bank in Fahrtrichtung Platz zu nehmen. Der Innenraum schien für unsere Gruppe von fünf Personen fast zu groß. Die drei Frauen wirkten verloren auf der Bank uns gegenüber, auf dem flaschengrünen Saffian. Durch die getönten Scheiben zog die Landschaft verfremdet an mir vorüber. Der Wagen glitt wie auf Wolken über die Straßen. Omar hatte einen Laptop auf dem Schoß und fluchte immer wieder leise vor sich hin.
»Auch einen Keks?«
Amira ließ eine grellbunte Pappschachtel herumgehen. Da alle gierig zugriffen, nahm ich auch einen. Ich bedauerte es, sobald ich den ersten Bissen im Munde hatte. Das trockene Gebäck schmeckte muffig und roch nach Heu. Mit schierer Willenskraft würgte ich es hinunter und konnte kaum ein Schaudern unterdrücken, als mir ein zweites Stück angeboten wurde. Die anderen kauten mit dem Genuss des Kenners und aus reiner Neugierde fragte ich Amira nach dem Inhalt. Sie zuckte die Schultern.
»Ich weiß nicht, wie man die Pflanze auf Deutsch nennt. Wir nennen sie …« Es folgten einige unverständliche Zischlaute und sie fuhr nach einem schnellen Seitenblick zu Omar ben Jussuf fort: »Sie ist gut für Gefühle, hier …«
Zur Verdeutlichung legte sie eine Hand auf ihren Schoß. Na,

toll. Weiß der Teufel, was ich da so naiv zu mir genommen hatte. Haschisch? Ich tröstete mich damit, dass es nicht so gefährlich sein konnte, wenn es die anderen ständig aßen. Die Ankunft auf dem Gestüt lenkte mich von den Sorgen um meine Gesundheit ab.
Omar ben Jussuf verschwand nach der überschwänglichen Begrüßung eines kleinen, dicken Mannes im Trachtenanzug mit demselben um eine Hausecke, ohne uns eines weiteren Blickes zu würdigen. Wir wurden von einem grauhaarigen Stallburschen in Empfang genommen, dem man deutlich ansah, wie sehr ihm sein Auftrag zuwider war. Schließlich fragte ich ihn, ob wir uns alleine umsehen dürften. Er warf mir einen misstrauischen Blick zu, brummte etwas wie: »Aber Finger von den Tieren lassen!«, und verschwand.
Wir streichelten hier ein samtweiches Maul, kraulten da ein Paar zuckende Ohrspitzen und schlenderten endlose Boxengassen entlang. Ich war nie so verrückt nach Pferden gewesen wie einige meiner Klassenkameradinnen. Aber die Atmosphäre hier war angenehm friedlich. Als wir die Fohlenkoppel erreichten, waren wir vier in ein angeregtes Gespräch über die Unterschiede zwischen Pferde- und Kamelzucht verwickelt. Laila blühte geradezu auf, wenn ihr auch immer wieder eine Vokabel fehlte. Sie schien viel von der Kamelzucht zu verstehen.
Ein schriller Pfiff riss uns aus unserer Beschaulichkeit. Die drei Frauen sprangen auf und hasteten in Richtung der Ställe, woher er gekommen war. Ich folgte ihnen. Vor einem der kleineren Gebäude stand Omar ben Jussuf mit seinem korpulenten Freund. Beide hatten die Jacketts abgelegt und die Hemdsärmel hoch gekrempelt. Der Zustand der Hosenbeine ließ vermuten, dass sie engen Kontakt zu einigen Pferden gehabt hatten. Omar ben Jussuf wirkte aufgeregt

und seine Augen leuchteten. Er sagte etwas auf Arabisch und überließ Amira, es mir zu übersetzen:
»Kommt, gleich wird Emperor in den Deckstall gelassen.«
In dem dämmrigen Gang musste ich mich darauf konzentrieren, nicht zu stolpern und schaute erst auf, als der Rücken vor mir stoppte. Wir standen vor einer großen, verglasten Box, die auf der Rückseite zusätzlich mit dicken Brettern geschützt war. In der Box scharrte eine dunkelbraune Stute unruhig mit den Hufen, warf den Kopf zurück, dass die schwarze Mähne flatterte und wieherte geradezu verzweifelt. Ein ähnlich drängendes Wiehern antwortete ihr. Durch eine geöffnete Tür trabte zielbewusst ein wahres Kraftpaket in Nussbraun herein. Sein Fell schimmerte rötlich und unter seinem Bauch baumelte ein riesiger, halb erigierter, schwarzer Penis. Die beiden Tiere beschnupperten sich ausgiebig, wobei die Stute heftig schnaubte, und drehten sich Flanke an Flanke. Der Hengst versuchte, sie in eine Ecke zu drängen. Sie tänzelte nervös herum.
»Gut Ding will Weile haben«, meinte der behäbige Züchter fast entschuldigend zu Omar ben Jussuf. »Und manche Dinge überlässt man doch besser der Natur. Die Chemie zwischen den beiden Tieren muss stimmen. Klar, mit Technik kann man alles möglich machen, aber die Tiere haben oft das bessere Gespür, ob's zusammen passt oder nicht.«
Wir starrten alle gespannt auf das Paar. Der Hengst warb um die Stute, das wurde ganz deutlich, als er zärtlich an ihrem Hals knabberte, seinen Kopf an ihrem rieb und immer wieder leise wieherte. Es hatte etwas Anrührendes – fast, als würde man ein Liebespaar beobachten. Man kann nicht gerade sagen, dass sie die Dinge überstürzten. Als es endlich so weit war, ging es unglaublich schnell. Sie wandte ihm ihr pralles Hinterteil zu und hielt still, während er seinen gewaltigen Penis in sie stieß. Die mächtigen Muskeln zuckten

im Rhythmus der Stöße und dann sprang er auch schon ab, heftig keuchend, mit vor Anstrengung zitternden Flanken. Nass schimmernd, erschlaffte der Riesenpenis zusehends und zog sich zusammen. Die Stute drehte sich um, schmiegte ihren Kopf an seinen Hals und schnaubte zart. Mit einem erleichterten Seufzer wandte der Besitzer sich ab.

»Jetzt lassen wir sie die Nacht über zusammen und dann sehen wir weiter. Entschuldige mich, ich muss noch ein paar Anweisungen geben. Wenn du nachher in mein Büro kommst, können wir den Rest regeln.«

Die Anspannung in unserer kleinen Gruppe wurde mir erst bewusst, als Omar ben Jussuf Laila am Handgelenk packte und sie den dunklen Gang entlangzerrte. Er riss die Läden einer leeren Box auf und stieß das Mädchen grob über einen darin stehenden Bock, auf dem die Satteldecken gelüftet wurden. Wir anderen blieben wie angewurzelt vor der Box stehen und beobachteten die Szenerie.

Laila äußerte keinen Protest, im Gegenteil: Geradezu eifrig zog sie ihren Rock hoch und präsentierte ihr Hinterteil. Für ihren Knochenbau war es erstaunlich üppig gerundet. Sie war hellhäutig – nur die seltsamen, rosafarbenen Streifen, die ihren Po überzogen, schienen nicht zu passen. Ihre Herkunft wurde mir in dem Augenblick klar, in dem Omar ben Jussuf nach einer Reitgerte an der Wand griff und sie mit leisem Zischen auf das nackte Hinterteil sausen ließ. Meine instinktive Bewegung vorausahnend, bohrte Amira mir ihre Fingernägel schmerzhaft in den Oberarm und flüsterte mir zu:

»Still, sie ist es nicht anders gewöhnt.«

Ihr krampfhafter Griff hielt mich an Ort und Stelle. Laila stöhnte leise nach jedem Schlag. Die Reitgerte verursachte kaum einen Laut, aber die roten Striemen flossen allmählich

ineinander. Das Hinterteil glühte rosig. Ihr Stöhnen wurde heftiger. Amira nickte Zora zu, die mit der Selbstverständlichkeit einer alten Gewohnheit einen dicken Gummiknebel aus der Handtasche zog, ihn Laila in den Mund schob und ihn befestigte, ohne dass Omar ben Jussuf weiter Notiz davon nahm. Laila wand sich jetzt hemmungslos hin und her, die Hände in die rauen Decken gekrallt. Mit einem Aufschrei warf Omar ben Jussuf plötzlich die Reitgerte hinter sich, öffnete seine Hose und holte den steinhart erigierten Penis heraus. Spielerisch zog er ihn ein paar Mal über das erhitzte Fleisch, fuhr in Lailas nass glänzender Spalte hin und her, malte feuchte Spuren in das dunkle Rosa, und drang dann unvermittelt mit einem tiefen Stoß in sie ein. Sein kehliges Stöhnen verband sich mit ihrem leisen Wimmern, während sie unter dem Rhythmus seiner Stöße auf dem Bock hin und her geworfen wurde. Schließlich zuckte sie heftig und er bäumte sich auf, vergrub sich bis zum Letzten in ihr. Amira löste den Griff um meinen Arm, öffnete ihre Handtasche und holte ein Tuch heraus. Zora hatte bereits flink den Knebel entfernt und als Omar ben Jussuf sich langsam aufrichtete, reichte sie ihm das Tuch. Er nickte ihr zu, richtete seine Kleidung, stolzierte erhobenen Hauptes an uns vorbei und verschwand.
Laila hing schlaff und reglos wie eine Puppe über dem Bock. Nur ein leichtes Flattern ihrer Augenlider und ein kaum wahrnehmbares Zittern zeigten, dass sie lebte. Amira und Zora schienen nicht übermäßig besorgt um sie zu sein. Erstere öffnete eine Tube und massierte vorsichtig Salbe in das glühende Hinterteil ein. Zora tätschelte Laila energisch die Wangen und schien sie, dem Ton ihrer Worte nach, zu ermahnen, sich zusammenzureißen. Ich lehnte mit einem Gefühl der Übelkeit am hölzernen Türpfosten und fragte mich, ob ich mich mit diesem Auftrag übernommen hatte.

Und doch konnte ich mich der Faszination des Ungeheuerlichen nicht entziehen. Wie mochte es sich anfühlen, geschlagen zu werden? Laila schien es zu genießen – ich war schließlich Zeugin ihres Orgasmus geworden. Was gab es ihr?
Ich hatte nicht die geringste Vorstellung von den damit verbundenen Gefühlen. Ganz selbstverständlich war ich immer davon ausgegangen, dass es unangenehm sein müsste. Jetzt war ich total verwirrt. Ein bisschen zu verwirrt. Der Schwindel ließ nach, dafür begann es ohne jede Vorwarnung zwischen meinen Beinen zu kribbeln. Das hatte mir gerade noch gefehlt! Die Erinnerung an den grässlichen Keks schoss mir durch den Kopf. Konnte es sein, dass er tatsächlich sexuell stimulierende Wirkung hatte? Ich spielte ernsthaft mit dem Gedanken, mich sofort zu verabschieden. Aber reichte das, was ich eben erlebt hatte, aus oder würde Frau von Levetzow mich als übermäßig empfindlich betrachten? Mir war Omar ben Jussuf ja in keiner Weise zu nahe getreten. Unentschlossen massierte ich meine Stirn. Dank der vereinten Bemühungen kam Laila relativ schnell wieder zu sich, aber der selige Gesichtsausdruck, immer wenn sie wie beiläufig über eine ihrer malträtierten Pobacken strich, irritierte mich enorm. Am Auto trafen wir auf Omar ben Jussuf, der einen abwesenden Eindruck machte. Peinlich schien ihm sein Auftritt von eben jedenfalls nicht zu sein.
»Hätten Sie Lust, meine Täubchen ins Hamam zu begleiten?«, fragte er mich beiläufig. »Da ich es auf meine Kosten habe einbauen lassen, steht es ausschließlich mir zur Verfügung, wenn ich im Hotel bin. Ich weiß nicht, wann ich hier fertig bin. Sie sehen etwas erschöpft aus – gönnen Sie sich die Erholung.«
War das wirklich derselbe Mann, der eben mit ungezügelter

Wildheit die Reitgerte geschwungen und sich rücksichtslos in die junge Frau vergraben hatte? Jetzt wirkte er so höflich, dass ich an meiner Wahrnehmung zweifelte. Wenn Laila nicht immer wieder verstohlen ihr Hinterteil getätschelt hätte, hätte ich geglaubt, mir alles nur eingebildet zu haben. Nichts an ihm erinnerte mehr an den Wilden im Stall, aber ich ertappte mich, dass ich nach Spuren in seinen Zügen forschte. Er hatte sich bereits abgewandt und sprach sehr schnell und bestimmt zu Amira, die nicht sehr erfreut zu sein schien, aber schließlich den Kopf senkte. Die Fahrt zurück ins Hotel verlief unter belanglosem Geplauder auf Französisch. Offensichtlich waren alle sehr daran interessiert, ihre Sprachkenntnisse auszuprobieren. Ich erfuhr, dass sie in den arabischen Ländern ziemlich herumgekommen waren, aber Europa – vor allem Paris – war ihr Traum. Ihre Erwartungen kreisten eng um Kleider, Schmuck, Essen. Zufällig kam die Rede auf meine Familie. Die Vorstellung, dass ich geschieden, mit zwei Kindern und ohne jede männliche Autorität lebte, faszinierte die beiden Jüngeren so, dass ihre bohrenden Nachfragen von Amira unterbunden wurden:

»Genug jetzt. Das hat euch nicht zu interessieren.«

Im Hamam warteten bereits drei stille Gestalten, die offenbar zu Omar ben Jussufs Dienerschaft gehörten, um uns beim Auskleiden behilflich zu sein. Die drei jungen Damen schienen nicht daran gewöhnt zu sein, auch nur einen Knopf selbst zu öffnen. Ich sah mich um und staunte: Auch ein Geist, der sich aus einer der kühn geschwungenen Messingkannen gewunden hätte, hätte mich hier nicht überrascht. Eine Reihe zierlicher Säulen umgab ein sechseckiges, türkisfarben gekacheltes Wasserbecken, in das von allen Seiten flache Stufen hineinführten. In der Mitte ragte eine goldene Schale, gefüllt mit Gardenienblü-

ten, aus dem Wasser heraus, in der ein Springbrunnen plätscherte. Durch die Bewegung wurde der Blütenduft in unsichtbaren Wolken aufgewirbelt. Hinter den Säulen lagen weitere kleinere Becken. Aus einem stiegen Dampfschwaden auf, ein anderes schien mir mit Rosenblättern bedeckt zu sein. Zusammen mit den Gardenien ergab es eine betäubende Duftsymphonie. Boden und Wände waren mit kunstvoll gemusterten Kacheln in Grün, Blau und Gold bedeckt. Auch die Polster und Tücher auf den Liegen an den Wänden leuchteten in abgestimmten Farbnuancen. Für die Deckenlösung hatte der Architekt auf fantasievolle Weise verspiegelte Kacheln, metallenes Rankenwerk und versteckte Leuchten zu einer Art Kuppel verbunden, die dem Raum einen Eindruck von großzügiger Höhe vermittelte. Versunken in die Betrachtung dieser Wunderwelt aus Tausendundeiner Nacht schreckte ich zusammen, als flinke Finger sich an meinem Rückenreißverschluss zu schaffen machten. Laila und Zora waren bereits kichernd dabei, sich in einem kleinen Becken gegenseitig mit Wasser aus hübschen Schnabelkannen anzuspritzen. Zwei der stummen Helferinnen standen mit Tabletts voller Fläschchen, Tiegelchen und Schalen mit Seifenstückchen bereit und warteten geduldig.
»Keine Angst, sie will ihre Sachen nur aufhängen und sie … wie sagt man auf Deutsch zu *ironing?*«, fragte Amira.
»Bügeln«, übersetzte ich automatisch.
»Hier, das können Sie dann später anziehen.«
Sie streckte mir einem hauchdünnen Streifen Musselin entgegen, der mehr zur Dekoration als zur Verhüllung geeignet schien. Amira und ich warteten, während Laila und Zora von den beiden Bediensteten eingeschäumt, gewaschen und mit Wasser aus den Schnabelkannen abgespült waren. Ihre jungen Körper schienen vollkommen haarlos zu sein. Sobald die beiden fertig waren, stürzten sie sich ins

große Becken und paddelten darin herum wie junge Hunde. Amira wies einladend auf den gekachelten Sitz ihr gegenüber und erklärte mir die Düfte auf dem Tablett.

»Wenn Sie sehr trockene Haut haben, wählen Sie besser ein Öl. Das Rosenöl ist besonders gut. Aber das mit Orangenblüten ist auch empfehlenswert. Patchouli mag Zora besonders gern. Hyazinthe ist mein Lieblingsduft. Bei normaler Haut tut es feine Seife, Sandelholz würde gut zu Ihnen passen.«

Ich schnupperte mich durch die Duftkollektion, während Amira sich auf den Kacheln bequem zurücklehnte und mit einem Säckchen einreiben ließ. Der so produzierte, feinporige Schaum duftete betörend nach Feldern voller blühender Hyazinthen. Ich folgte ihrem Rat und deutete auf die Seifenflocken mit dem zarten Sandelholzduft. Die Dienerin nickte, griff nach einer Kanne und ließ lauwarmes Wasser über meinen Körper laufen. Das Säckchen fühlte sich etwas rau an, aber die leichte Massagewirkung war nicht unangenehm. An den Schultern beginnend, drückte sie mich nach unten, um meinen Rücken einzuseifen, glitt dann kräftig rubbelnd über meine Arme, drehte mich schwungvoll um und begann, behutsam meine Brüste zu umkreisen. Die ungewöhnliche Berührung animierte meine Brustwarzen, sich aufzurichten. Ich fühlte, wie sie von innen heraus zu prickeln begannen, anschwollen. Das Säckchen wanderte über meinen Bauch, umrundete mehrmals den Nabel und wurde schließlich zwischen meine Beine geführt. Obwohl der Kontakt eher professionell-klinisch war, ließ er meine Schamlippen doch sehnsüchtig anschwellen. Plötzlich war ich froh über meinen dichten schwarzen Pelz, der meine innersten Gefühle verbarg. Leider forderte die ungewohnte Behaarung die Wäscherin zu besonderer Gründlichkeit heraus. Das Bedürfnis, meine Beine zu spreizen und meine Perle

bloßzulegen, wurde beinahe übermächtig. Mein Körper verkrampfte sich und ich bemühte mich, so gelassen und ungerührt zu erscheinen wie Amira, die ohne die geringste Spur von Scham ihre Schenkel weit spreizte und ihre nackten, rosigen Schamlippen präsentierte.
Das kühle Wasser, mit dem der Schaum wieder abgespült wurde, brachte wenig Erleichterung. Ich flüchtete geradezu in das große Becken und tauchte bis zum Hals ins parfümierte, warme Badewasser. Amira ließ sich neben mir auf den Stufen nieder und bewegte träge die Beine auf und ab. Der schwüle Gardenienduft und das leise Plätschern ließen mich die Augen schließen und meine Fantasie auf Reisen schicken. Wie mochte es sein, diesen überwältigenden Luxus als tägliche Selbstverständlichkeit hinzunehmen? Von morgens bis abends umsorgt und verwöhnt werden wie ein Schoßtier. Dazu ein schöner Prinz ... Unangenehm drängte sich der Gedanke an Omar ben Jussuf mit der Reitgerte in meine farbenprächtige Bilderbuchvorstellung. Ich riss mich aus meinen Tagträumen. Ging es Laila tatsächlich gut? Sollte ich Amira fragen? Sie wirkte so verschlossen und abweisend, dass ich es als Aufdringlichkeit empfunden hätte. Andererseits konnte ich das Mädchen doch nicht einfach ihrem Schicksal überlassen. Ich nahm meinen Mut zusammen und fragte behutsam:
»Geht es Laila inzwischen wieder besser?«
Amiras Brust hob sich einige Zentimeter aus dem Wasser, als sie aufseufzte.
»Ich dachte mir schon, dass Sie dazu nicht schweigen würden. Wenn Omar mir nur Zeit gelassen hätte, Sie wegzuschicken. Das ist etwas, was Sie vermutlich nicht verstehen werden.«
Wie Recht sie hatte! Schon die drei Frauen fand ich einfach unglaublich. Dass sie sich offensichtlich gut vertrugen, lag

wohl an ihrem kulturellen Hintergrund. Es fiel mir schwer, die nach neuester Alta Moda gekleideten Frauen als quasi rechtlose Wesen zu sehen. Es war einfach verwirrend. Leise fuhr Amira fort:

»Ich bin die Tochter des besten Freundes von Omars Vater. Deswegen wird er mich immer behandeln wie eine Prinzessin. Das ist aber nicht das, was ihn glücklich macht. Ich habe Laila und Zora ausgesucht und ihn gebeten, sie ebenfalls zu heiraten, damit sie versorgt sind. Laila stammt aus einer Familie, in der sie seit frühester Kindheit von ihrem Vater und ihren Brüdern misshandelt worden ist. Ich sah sie auf dem Kamelmarkt, übersät von den Spuren der Schläge, halb verhungert, furchtsam wie eine Straßenkatze. Ihr Vater hätte sie sicher nicht zu einem sanften, freundlichen Mann gegeben.«

Meine Empörung wich einer gewissen Nachdenklichkeit. In einer grausamen Männergesellschaft hätte Laila nicht die geringste Überlebenschance gehabt. Und sie schien glücklich zu sein. Als zweite Ehefrau eines schwer reichen, angesehenen Mannes hatte sie auf der sozialen Leiter wahrscheinlich eine Stufe erreicht, von der sie nie geträumt hatte.

»Und Zora?«

Vielleicht war das Mädchen ihrer Leibesfülle wegen ausgewählt worden?

»Zora ist eine Verwandte von mir. Ihre Familie kam bei einem Anschlag ums Leben. Sie ist eine wunderbare Tänzerin mit einer schönen Stimme. Außerdem liebt Omar hier und da die Fülle, die weder ich noch Laila ihm bieten können. Da sie mehr an Frauen interessiert ist, stört es sie nicht, dass er nur selten Verlangen nach ihr hat.«

Amira wies mit einem Kopfnicken auf die gegenüberliegende Seite des Bassins. Dort hatte sich Laila rücklings am

Rand des Beckens ausgestreckt. Zora kniete über ihr und leckte, saugte und knabberte hingebungsvoll an den dunkelbraunen Brustwarzen, die Leilas kleine, spitze Brüste zierten. Mit dem Durchmesser eines Weinkorkens und gut zwei Zentimeter hoch wirkten die Nippel obszön auf den zarten Jungmädchenbrüsten. Wie gebannt starrte ich auf die Szene und fühlte das unwiderstehliche Bedürfnis, meine eigenen Brustwarzen zu berühren. Laila stöhnte und begann den Kopf hin und her zu werfen. Zoras eine Hand umfasste eine Brust und drückte sie, die andere stahl sich zwischen die aufgestellten Oberschenkel. Ihr dicker Körper bewegte sich, als besäßen die Fettpolster ein Eigenleben. Ihre schweren, riesigen Brüste ruhten auf dem straffen Bauch unter ihr. Zora nahm eine von Lailas Händen und führte sie fordernd an ihre aufgerichteten prallen Brustknospen. Die Hand begann an ihnen zu zupfen, sie zu drehen, sie lang zu ziehen. Die beiden Körper bildeten einen perfekten Kontrast. Lailas dunkelbraune Haut und der, bis auf das üppige Hinterteil, magere Körper stachen deutlich von der zart goldenen Überfülle Zoras ab. Abrupt schlug Amira ihre Hände zusammen, dass es laut klatschte. Die Köpfe der Mädchen fuhren fragend hoch.

»Denkt daran, dass ihr euch noch rasieren lassen müsst. *Dafür* ist später auch noch Zeit.«

Zora zog eine Flunsch, rappelte sich aber gehorsam auf. Das Grinsen, das auf ihrem Gesicht aufleuchtete, während sie mich betrachtete, bezog ich nicht auf mich, bis sie auf Französisch meinte, ich hätte eine Rasur ja wohl viel nötiger als sie. Amira wies sie zurecht, aber Zora zwinkerte mir zu und meinte, ich solle es einmal ausprobieren. Vielleicht gefiele es mir ja …

»*Come and look*«, lud sie mich mit so aufrichtiger Freundlichkeit ein, dass ich ihr folgte.

Auf einer der erhöhten Liegen streckte Zora sich aus und klatschte befehlsgewohnt in die Hände. In Sekunden stand ein dienstbarer Geist neben ihr, um sie mit feinem, duftendem Schaum einzureiben und jede Spur von Körperbehaarung abzuschaben. Als sie ihre massigen Oberschenkel spreizte, musste ich die Geschicklichkeit der Ausführenden bewundern. Zoras Schamlippen waren ihren übrigen Dimensionen angemessen und schwollen unter der streichelnden Klinge noch weiter an. Ihre purpur gefärbte Scham glänzte feucht und ihre Perle reckte sich deutlich aus ihrem Nest. Durchsichtige Tropfen drangen aus dem prallen, roten Fleisch hervor und hinterließen eine glitzernde Spur, ehe sie zwischen den Pobacken verschwanden. Ich konnte mich kaum von diesem Anblick losreißen.
Zora hatte die Augen geschlossen, deshalb überraschte mich der feste Griff, mit dem sie meine Hand packte und sie auffordernd zwischen ihre Beine führte. Sie war deutlich kräftiger als ich, aber vielleicht leistete ich auch nicht mit aller Kraft Widerstand. Ihr üppiges Geschlecht zog mich magisch an, ich wollte es berühren, fühlen, wie es unter meinen Fingern zuckte. Sie erkannte den Moment, in dem ich nachgab, und ließ mich los, um mit beiden Händen ihre Brüste zu kneten. Die geradezu unschuldige Natürlichkeit, mit der sie von mir erwartete, ihren Wünschen nachzukommen, erleichterte mir, meiner Neugier nachzugeben. Vorsichtig fuhr ich mit zwei Fingern zwischen ihre angeschwollenen Lippen, verteilte die glitschige Nässe, die so reichlich nachsickerte, dass meine Finger keinen Halt fanden, als sie die Falten teilen, den Eingang freilegen wollten. Ich wollte ihn sehen. Energisch griff ich in die Fülle, zog die Schamlippen auseinander und fand, der Nässespur folgend, die heiße Öffnung. Zwei Finger drangen ein, spreizten sie, streichelten die seidig glatte Haut in Zoras Inneren, die verzweifelt

versuchte, sich um die Eindringlinge zusammenzuziehen. Mit Daumen und Zeigefinger der anderen Hand umfasste ich ihre befremdlich große Perle und massierte sie vorsichtig. Ihre Form lud dazu ein, an ihr zu zupfen, sie zu rollen, sie ein wenig zu kneifen. Zora stöhnte laut und ungehemmt, während sie ihren Kopf mit fest geschlossenen Augen hin und her warf und den Rücken durchdrückte, um meinen Fingern noch näher zu kommen. Ich ließ trotz ihres Protestmurmelns die Klitoris los und verfolgte die nasse Spur, die sich zwischen den fleischigen Pobacken verlor.

Nackt und haarlos, wie sie war, war es ein Leichtes, ihr kleines Löchlein hinten zu entdecken. Mit meinem nassen Zeigefinger befeuchtete ich es, bis ich merkte, dass sich die Haut weich und entspannt anfühlte. Zora bäumte sich auf und murmelte Unverständliches. Plötzlich griff sie unter die Liege und hielt mir einen kleinen, ledernen Dildo hin. Verblüfft nahm ich ihn und drehte ihn unschlüssig. Ungeduldig gab sie mir zu verstehen, dass ich ihn ihr in den After schieben sollte. Er wirkte glatt und weich, von langjährigem Gebrauch abgenutzt. Die gesichtslose Hand einer Dienerin hielt mir ein Töpfchen schwül duftende Salbe hin. Ich bestrich absichtlich langsam und sorgfältig den Dildo und Zoras tiefe Pospalte, fuhr spielerisch darin auf und ab und setzte ihn schließlich an. Sie sog ihn geradezu ein, so rasch glitt er in sie. Ihr Unterleib wogte und ihre Scheidenmuskeln umklammerten krampfhaft meine Finger, mit denen ich gleichzeitig ihre vordere Öffnung stimulierte. Verzweifelt kämpfte sie um den Höhepunkt. Ich stieß den Dildo rhythmisch in sie und rieb zusätzlich ihre zitternde Perle, bis sie heftig explodierte. Wellen liefen über ihren Körper und ließen ihn erbeben. Ich wartete die stärksten ab, ehe ich meine Finger aus ihr zog und sie der wartenden Dienerin überließ. Nachdenklich schnupperte ich an meiner

Hand. Sie roch nach ihren Säften, moschusartig und erregend.
Für einen kurzen Moment sah ich klar. Ich benahm mich wie in einem Traum, nicht mehr den üblichen Einschränkungen unterworfen. Niemals hätte ich mich sonst dazu hinreißen lassen, meiner unterdrückten Neugier auf einen anderen Frauenkörper so nachzugeben. Was war nur los mit mir? Dann zogen die Schleier in meinem Bewusstsein sich wieder zusammen und ich wunderte mich nicht länger. Zora grinste mich so unwiderstehlich strahlend an, dass ich zurücklächeln musste. Sie erinnerte an ein nacktes Hundebaby, das sich auf den Rücken rollt, um gekrault zu werden. Zutraulich griff sie meine Hand, zog mich neben sich auf die Liege und küsste mich herzhaft auf die Wange.
»*Friend, you very good friend.*«
Mein Gehirn schien langsamer zu reagieren als gewöhnlich. Ich empfand ihre körperliche Nähe nicht etwa als unangenehm – nein, ich genoss ihre animalische Wärme geradezu. Noch einmal rieb sie ihren Kopf an meiner Schulter, dann rutschte sie von der Liege, drückte mich auf den Rücken und bellte einen barschen Befehl. Eine der geduckten Gestalten, die es meisterhaft beherrschten, nahezu unsichtbar zu sein, huschte herbei und machte sich an die Aufgabe, meine Arme und Beine sowie Achselhöhlen und Schritt gründlich einzuschäumen und zu massieren. Sie tat das perfekt. Ich fühlte, wie ich wegdämmerte und mich ihren geschickten Händen völlig überließ. Träge hob ich die Arme, damit sie die Achselhaare abschaben konnte. Und es kam mir ganz selbstverständlich vor, die Beine weit zu spreizen, damit sie meine Schamhaare rasieren konnte. Noch während sie damit beschäftigt war, begann eine zweite Frau, meinen Oberkörper mit einem fremdartig riechenden Öl einzureiben. Die Haut prickelte davon und wurde allmäh-

lich immer samtiger. Der Geruch weckte eine Erinnerung in mir, aber ich konnte sie nicht festhalten.
Zwischen meinen Beinen schwollen die Schamlippen so stark an, dass sie sich an die zarte Haut der inneren Oberschenkel drückten. Die Dienerin hatte oben am Venushügel begonnen, sich langsam weiter nach unten gearbeitet und bedeutete mir nun, mich auf die Seite zu legen. Benommen rollte ich mich auf die Seite, unterstützt von zwei kräftigen Händen an meinen Schultern, die mich in einer Art Fötusstellung arrangierten. Es kribbelte in meiner Pospalte und ich musste kichern. Komisch, dass man dort so kitzlig ist. Schließlich waren die prüfenden Finger zufrieden und erlaubten mir, mich wieder auf den Rücken zu drehen. Ich seufzte wohlig, als ein Schwall handwarmen Öls über meinem Bauch ausgegossen wurde und in Rinnsalen zähflüssig an mir herunterlief. Sehnige Hände verteilten es, leiteten den Strom zwischen meine Beine, spreizten sie weit und begannen, das Öl sorgsam in jede Hautfalte zu reiben. Fingerspitzen zogen meine aufgeblühten Lippen auseinander, öffneten mich und ließen das Öl hineinrinnen, folgten ihm, streichelten das nasse Fleisch. Das Öl brannte für einen Moment lang scharf in mir, um dann, noch ehe ich reagieren konnte, sanft zu verglühen. Mein samtener Körper wurde schlank und federleicht. Ich bewegte eine Hand und erwartete halb, mich in die Luft zu erheben, davonzuschweben. Die goldene Spiegelkuppel über mir schien in die Höhe zu wachsen, die Wände zurückzuweichen. Gebrochenes Sonnenlicht strich über meinen Körper wie ein seidig zarter Hauch und ich drängte mich ihm entgegen, öffnete mich weit. Entfernte Stimmen unterhielten sich über etwas, aber es interessierte mich nicht. Sie drangen nicht bis in mein Bewusstsein vor.
Muskulöse Arme trugen mich und ich schmiegte mich an

einen männlichen Körper. Ich war extrem sensibilisiert: Ich fühlte den Luftzug, während er sich bewegte, und überdeutlich empfand ich die Kühle der Seidenlaken, auf die er mich gleiten ließ. Dankbar akzeptierte ich die weiche Wärme eines konturenlosen Körpers neben mir.

»Mir scheint, ich muss der ungezogenen Zora dankbar sein. Und dabei wollte ich ihr schon die Peitsche zu schmecken geben.«

Die heisere Männerstimme drang durch den Nebel und ich hob mühsam die Augenlider. Über mir schwebte ein Erzengel: finster und wunderschön zugleich. Ich wollte in die Seen seiner riesigen, dunklen Augen eintauchen, meine Finger in seinen schwarzen Locken vergraben. Aber auch nur eine Hand zu heben bereitete mir Schwierigkeiten.

»Langsam, langsam. Zora hat das hier begonnen und jetzt soll sie es auch zu Ende führen. Lass mich deine Hände halten.«

Der Erzengel verschwand aus meinem Blickfeld und kniete sich über mich, an den Kopf des Betts. Von dort griff er nach meinen Armen, zog sie mir hoch, bis ich ausgestreckt dalag, und begann, mit meinen Fingern zu spielen, sie zu lecken, zu beißen, zu saugen, die empfindsamen Fingerkuppen zu kitzeln und zu streicheln. Mit der Zungenspitze malte er raffinierte Muster in meine Handfläche. Die Empfindungen schossen durch meinen Körper und ich wand mich sehnsüchtig auf den glatten Laken, suchte nach der Weichheit neben mir, die ich eben noch gespürt hatte.

Leises Frauenlachen kam von der Seite und dann war Zora wieder da. Ich presste mich an ihre mollige Fülle, suchte wie ein Baby mit dem Mund nach ihrer Brustwarze und fing sie gierig ein. Sie kicherte, ließ ihre riesigen Brüste vor meiner Nase baumeln, gerade so weit, dass sie für mich nicht mehr erreichbar waren. Mit den harten Nippeln strich sie abwechselnd über meine Wangen, um sie mir dann endlich zu überlassen. Ich sog gierig an ihnen, fühlte ihre elastische Struktur, die gefurchte Oberfläche, biss zart hinein. Meine Zunge erforschte jeden Quadratmillimeter, meine Lippen und Zähne probierten immer wieder, sie noch länger zu ziehen. Schließlich löste sie sich von mir und glitt an meinem Körper hinunter, bis sie zwischen meinen Beinen lag. Kleine, geschickte Hände betasteten mein Geschlecht, streichelten es, rieben es – leicht zuerst, dann immer heftiger, um schließlich langsam, viel zu langsam, ihren Weg in mich hineinzusuchen. Ich warf mein Becken hoch und stöhnte ungehemmt.

Ihre Finger tanzten in mir, wanderten zu meiner pochenden Knospe. Meine Finger verkrampften sich um die harten Männerhände, wetteiferten mit seinem eisernen Griff. Und dann senkte sich ein heißer Mund auf meine Knospe, saugte sie ein und begann unglaublich gewandt, sie mit der Zunge zu massieren. Ich hielt den Atem an, vergaß zu atmen und überließ mich der riesigen Welle, die sich in mir aufbaute. Gespannt wie eine Bogensehne ließ ich mich auf dem Wogenkamm mitreißen und flog hinüber. Meine Lustmuskeln explodierten. Ich bäumte mich auf. Zora umklammerte meine Oberschenkel und gab beruhigende Laute von sich. Zitternd und keuchend entspannte ich mich wieder.

Der Erzengel löste seinen unbarmherzigen Griff, massierte ein wenig meine Handgelenke und half mir, mich so weit aufzurichten, dass ich, halb aufrecht, gegen seine Brust gelehnt saß. Alles um mich herum drehte sich und schwankte. Nicht wie bei einem Karussell, nein, ganz langsam und bedächtig. Ich fühlte mich, als wenn ich eine Reise auf einem fliegenden Teppich machen würde, der auf Luftwellen dahingleitet. Ein kaltes Glas wurde mir an die Lippen gehalten.

»Komm, trink das«, sagte der Engel. »Danach wirst du dich besser fühlen.«
Gedankenlos öffnete ich den Mund und trank gierig die erfrischende Mixtur. Sie schmeckte nach Orangen, Zitronen und etwas Süßlichem mit bitterem Nachgeschmack. Ich verzog das Gesicht. Aber er hatte Recht gehabt: Das Schweben verlor sich, die Umgebung hörte auf zu schwanken. Ich sah wieder klar. Ja, ich hatte sogar den Eindruck, klarer als vorher. Auf Zoras Körper fielen mir auf einmal die einzelnen Poren ins Auge. Sie hockte auf ihren Fersen neben meinen Füßen. Die üppigen Brüste ruhten auf dem vorgewölbten Bauch. Ihr ängstlicher Gesichtsausdruck war der eines Kindes, das die Strafe für einen Streich erwartet.
»Was hältst du davon, wenn wir Zora gemeinsam für ihre Eigenmächtigkeit bestrafen? Möchtest du sie schlagen, bis ihr Hintern glüht wie ein heißes Stück Eisen? Oder soll ich es für dich tun? Ich bin stärker als du. Wenn ich es tue, kann sie danach ein paar Tage nicht mehr bequem sitzen.«
Ich dachte an die geröteten Pobacken von Laila, die so seltsam ausgesehen hatten, als hätte sie einen Sonnenbrand. Ich wollte nicht, dass Zoras seidenweicher Haut so etwas angetan wurde. Entschieden schüttelte ich den Kopf.
»Nein? Du bist sehr großmütig. Ich bin es weniger …«
Mit diesen Worten schob er mir ein dickes Kissen in den Rücken und glitt vom Bett, wobei er einige Worte in barschem Ton an Zora richtete. Mit unterwürfig gesenktem Kopf rutschte sie von den Laken und sank vor ihm auf die Knie. Er stand bewegungslos, die Hände in die Hüften gestützt. Sein schwarzseidener Kaftan unterstrich den Goldbronzeton seiner Haut, umschmeichelte den breiten Brustkorb und fiel bis auf seine nackten, wohl geformten Füße. Irgendwie hätte ich mich nicht gewundert, wenn er ein altmodisches Krummschwert in seinen Händen geschwungen

hätte. Das perfekte, fein geschnittene Gesicht blieb unbewegt, als das Mädchen den goldbestickten Gürtel löste und den Stoff auseinander schlug. Ich blinzelte, als ich seinen Phallus, steif aufgerichtet wie eine fleischerne Lanze, aufragen sah. Für seinen klassischen Körperbau wirkte sie fast zu bullig, zu robust. Er machte eine ungeduldige Bewegung auf Zora zu und die nahm den gewaltigen Penis vorsichtig zwischen ihre beiden Handflächen und öffnete den Mund für ihn. Zoras Kopf und Oberkörper waren das Einzige, was sich in dieser Szenerie bewegte. Seine statuenhafte Reglosigkeit wurde nur hier und da von Schauern gelöst, die die Muskelstränge an den Oberschenkeln zittern ließen. Bei seinem Umfang war es erstaunlich, wie mühelos sie ihn tief hineingleiten ließ. Ihre eine Hand umspannte die Peniswurzel, die andere umfasste den Hodensack. Die kleinen Kugeln unter der glatt rasierten Haut bewegten sich deutlich sichtbar zwischen ihren Fingern. Der sinnliche Rhythmus, in dem ihr Kopf auf und ab glitt, hypnotisierte mich. So abrupt, dass ich erschrak, löste er sich aus seiner Erstarrung, packte in Zoras Haar und zog ihren Kopf von sich weg.
»Das reicht!«
Gehorsam, aber schwerfällig drehte sie sich auf den Knien um und sank auf die Hände. Ich erwartete, dass er sie jetzt von hinten nehmen würde wie Laila, aber er wandte sich mir zu und streckte eine Hand aus.
»Komm zu uns.«
Zögernd richtete ich mich auf und ließ mich von ihm näher heranziehen. Es war mir rätselhaft, was er vorhatte. Er zog mich an sich und vergrub sein Gesicht in meinen zerzausten Haaren. Ich hörte ihn murmeln:
»Nur einen Kuss …«
Seine Lippen glitten über meine Schläfen, tupften gehauchte Küsse auf meine Augenlider, wanderten über die Wangen

und legten sich schließlich leicht auf meinen Mund. Er duftete so betörend nach exotischen Gewürzen und Hölzern, seine Lippen fragten so sanft, dass ich bereitwillig meinen Mund öffnete und mich völlig seinen Wünschen überließ. Der Kuss wurde intensiver, er stieß seine Zunge heftig, fast verzweifelt tief hinein. Es war äußerst verwirrend: Ich genoss seinen Kuss, seine körperliche Nähe war mir angenehm – aber ich blieb körperlich absolut unbeteiligt. Kein Prickeln oder Pochen in meinem Unterleib, kein Herzklopfen, nichts. Ich war eine willige Puppe, ohne Eigenleben oder eigene Wünsche. Er schien es zu spüren, denn er löste sich aufseufzend von mir, strich mir über die Haare und meinte mehr zu sich als zu mir:

»Offenbar war die Dosis zu hoch, schade.«

Behutsam, aber unnachgiebig drückte er mich auf Zoras vorgestrecktes Hinterteil nieder. Verdutzt saß ich auf der weichen Unterlage. Hinterbacke auf Hinterbacke. Da mein Po in seinen Ausmaßen deutlich zierlicher war, konnte ich bequem auf ihrem sitzen. Was sollte das werden? Meine Verwirrung schien ihn zu amüsieren. Mokant lächelnd ließ er sich ebenfalls auf die Knie sinken und nahm mich in die Arme.

»Wir nennen das: *Eine für das Herz und eine für den Unterleib.*« Damit legte er sich meine Beine um die Hüften, umschlang mich fest und sah mir herausfordernd ins Gesicht. Ich verstand immer noch nichts. Plötzlich spürte ich sein Becken in einem heftigen Stoß vorschnellen und hörte den erschreckten Schnaufer unter mir. Wegen der Nebel in meinem Kopf brauchte ich ein paar Sekunden, ehe ich begriff, wieso ich nichts fühlte. Er war nicht in mich eingedrungen, sondern in Zora unter mir. Ihr üppiges Hinterteil zitterte und bebte unter meinem, während es den nächsten Stoß erwartete, aber er ließ sich Zeit. Seine Rückenmuskeln spannten sich unter meinen Händen, harte Stränge unter der Haut. Bedächtig zog er sich wieder zurück, wobei er meinen Blick nicht losließ, mich mit den Augen zwang zu fühlen, was ich nicht fühlen konnte. Mit dem Körper unter mir verbunden, drang er gleichzeitig in meinen Kopf ein, sah die Szene im Stall mit meinen Augen, entdeckte die schockierte Empörung und die Angst davor, es erregend zu finden. Daneben verblasste die bestürzende Erfahrung, den Körper einer anderen Frau als aufreizend zu empfinden, ja, ihn sogar mit unverhohlener Neugier schamlos bis in die letzte Körperspalte erkundet zu haben. Mit spöttischem Lächeln ließ er durchblicken, dass er mehr gesehen hatte, als mir lieb sein konnte.

»Ich glaube fast, ich könnte dich dazu bringen, es zu genießen.«

Wir wussten beide, wovon er sprach. Ich schüttelte entschieden den Kopf.

»Ich finde, es ist abscheulich.«

Er warf den Kopf in den Nacken und lachte unverschämt, dann sah er aus schmal zusammen gekniffenen Augen auf mich herab.

»Du kannst dich vielleicht selbst belügen, aber ich habe deine Augen gesehen – du warst fasziniert. Vielleicht kommst du schneller an deine Grenzen als Laila, aber die Suche danach würde dich erregen.«

Die Vorstellung schien ihm zu gefallen, denn urplötzlich stieß er so heftig in Zora, dass ich mich an seine Schultern klammern musste, um nicht das Gleichgewicht zu verlieren. Ich wollte die Füße auf den Boden stellen, aber er hielt meine Schenkel gepackt und fest an seine Seiten gepresst, während er sich mit gebleckten Zähnen immer wieder gegen den Körper unter mir warf. Seine Finger bohrten sich wie Raubtierkrallen in meine Haut, seine Rücken-

und Schultermuskeln arbeiteten im Rhythmus der heftigen Stöße und sein pfeifender Atem strich über meine rechte Schläfe. Ich spürte die Stöße, die Zoras Hinterteil unter mir zucken und beben ließen, vernahm ihr Stöhnen und spürte ihr Zittern von der Anspannung, der Wucht standzuhalten.

Mein Kopf schwirrte, ich unterschied nicht mehr, was ich wahrnahm und was ich mir einbildete. Hinter meiner Stirn begann es schmerzhaft zu pochen und von den Rändern meines Sichtfeldes aus umzingelte mich beunruhigende Schwärze. Erst langsam, dann immer schneller bewegte ich mich in eine Art Tunnel hinein, bis das Zimmer nur noch ein winziges, kreisrundes Bild wie in einem Fernrohr war. Es verschwamm, bildete verschlungene Muster und löste sich in strahlenden Farben auf. Ich ging über einen Regenbogen, tanzte auf ihm, umgeben von golden beschienenen Wolken und fühlte mich so wundervoll wie noch nie in meinem ganzen Leben.

Als ich die Augen öffnete, sah ich nur dunkles Königsblau. Erschreckt blinzelte ich. War mit meinen Augen etwas nicht in Ordnung? Bilderfetzen in meinem Gedächtnis ließen mich gequält aufstöhnen. Vorsichtig versuchte ich den Kopf zur Seite zu drehen, hörte leise Fußtritte und sah Amiras Gesicht, die sich scheu über mich beugte. Ich befand mich in einer Hotelsuite. Gott sei Dank, ich schien bei klarem Bewusstsein zu sein. Mit meinen Augen war alles in Ordnung. Erleichtert schloss ich sie wieder.

»Geht es Ihnen wieder gut?«

Amiras ängstlicher Tonfall machte mich misstrauisch. So gut es ging, schaute ich an mir herunter. Es schien noch alles dran zu sein. Ich lag zwar unter einer Seidensteppdecke in dem gleichen Königsblau wie der Baldachin, aber alle Glieder ließen sich bewegen und ich verspürte keine Schmerzen. Ich drehte meine Hände in alle Richtungen, betastete meinen Kopf und sah sie an.

»Was war denn los mit mir?«

Amira stieß erleichtert den angehaltenen Atem aus.

»Gut, Sie sind wieder bei Bewusstsein. Ich hätte fast einen Arzt geholt. Woran können Sie sich noch erinnern?«

Ich runzelte die Stirn. War da etwas Lauerndes in ihrem besorgten Blick? Mühsam sammelte ich die einzelnen Fetzen zusammen. Einige davon gefielen mir überhaupt nicht. Mit etwas Anstrengung sortierte ich sie in öffentlich und nichtöffentlich, schob die Letzteren in die unterste Schublade ganz nach hinten und entschied mich für das Unverfänglichste, das mir einfiel:

»Wir waren im Bad. Ich erinnere mich an die wunderschönen Farben und die Düfte.«

Erleichterung huschte über ihre ebenmäßigen Züge.

»Ja, dabei ist es geschehen. Sie sind ausgerutscht und gestürzt.«

Bestürzt tastete ich an meinem Hinterkopf herum. Da war nichts zu spüren – keine Beule, keine schmerzhafte Stelle. Seltsam. Amira schüttelte den Kopf, dass die Ohrringe klirrten.

»Nein, Sie hatten großes Glück. Sie stürzten nicht auf den Boden. Zufällig lag ein Polster genau an der Stelle. Sie verloren das Bewusstsein und schienen zu halluzinieren. Wir waren sehr besorgt um Sie.«

Das klang nicht gut.

»Wie lange war ich genau bewusstlos?«, hakte ich nach.

Amira senkte den Kopf und spielte mit einem ihrer Ringe.

»Ein paar Stunden.«

»Ein paar Stunden? Was habt ihr euch bloß dabei gedacht?«

Vor lauter Empörung saß ich aufrecht im Bett. Amira biss sich auf die Lippen und flüsterte entschuldigend:
»Wir waren uns nicht sicher, ob es Ihnen nicht peinlich sein würde. Hier ist es doch verboten, Drogen zu nehmen, oder?«
Argwöhnisch versuchte ich in ihrem Gesicht zu lesen. Was war bloß in diesen grässlichen Keksen gewesen? Ohne Drogen wäre ich nie im Leben so hemmungslos auf Zoras Spielchen eingegangen. Dieser angebliche Sturz schien mir unwahrscheinlich. Ich konnte mich genau an alles erinnern, bis zu dem Zeitpunkt, an dem ich beim Rasieren von der Dienerin mit dem wunderbar duftenden Öl massiert worden war. Danach verschwamm alles zu unscharfen Momentaufnahmen von nackten Körpern, undeutlichen Empfindungen und Farben. Die Bilder, die aus meinem Gehirn auftauchten, wollte ich auf keinen Fall mit Amira erörtern. Am liebsten würde ich sie sofort vergessen. Diese ganze Angelegenheit entwickelte sich zunehmend unerfreulich. Sollte ich mich anziehen, zu Frau von Levetzow marschieren und ihr einfach sagen, dass ich nichts mehr mit Omar ben Jussuf zu tun haben wollte? Amiras kleine Hand legte sich auf meine im Schoß verkrampften Finger.
»Bitte, werden Sie nicht zornig. Zora hat es nicht böse gemeint. Und ich verspreche Ihnen,«, dabei legte sie die Rechte auf ihr Herz, »dass sich so etwas nicht wiederholen wird.«
Schön und gut, doch allein die Vorstellung, Omar ben Jussuf wieder gegenübertreten zu müssen, ließ mich schaudern. Amira fühlte sich für die Vorkommnisse offensichtlich verantwortlich, denn sie senkte beschämt den Kopf und schniefte. Tapfer versuchte sie, mich ein letztes Mal umzustimmen:
»Ich bitte vor allem wegen der beiden Mädchen. Sie haben

sich so sehr auf diese Reise gefreut und ohne *Sie* dürfen wir nicht aus dem Hotel, Elisabeth. Wenn Sie gehen, sagte Omar, müssen wir alle den Rest unserer Zeit hier bleiben.«

War das absichtlich so gemein raffiniert oder nur gedankenlos? Die scheue Laila würde es sicher traurig, aber ergeben hinnehmen. Zora würde vielleicht heimlich maulen, sich aber nicht trauen, offen zu protestieren. Amira war mir ein Rätsel. War sie nur Opfer oder auch Komplizin? Ich nahm ihr ab, dass sie versuchte, für alle das Richtige zu tun, aber wo blieb sie dabei? Ich wurde wütend und das weckte meine Lebensgeister. Entschlossen warf ich die Decke beiseite.

»Das wollen wir doch einmal sehen. Wo sind meine Sachen?«

Sie lagen alle gebügelt bereit. Ich schlüpfte so schnell wie möglich hinein. Korrekt gekleidet fühlte ich mich augenblicklich wohler, wie ein Ritter, der seine altbewährte Rüstung anlegt. Am besten brachte ich die Unterredung mit dem Gegner hinter mich, solange diese Stimmung anhielt.

»Wo ist er? Ich muss sofort mit ihm sprechen!«

Amira zögerte. Meine Kampfbereitschaft war ihr nicht verborgen geblieben. Ich wurde ungeduldig.

»Amira, wenn ich euch helfen soll, kann ich nicht so tun, als sei nichts gewesen. Ich kann auch einfach gehen und nicht wiederkommen.«

Diese Drohung klang selbst in meinen eigenen Ohren wie eine gemeine Erpressung, aber schließlich hatte nicht ich mit dieser miesen Masche angefangen.

Mit einem melodischen kleinen Seufzer gab sie nach und führte mich mit gesenktem Kopf über den Flur zu Omar ben Jussufs Suite. Ihr leises Kratzen wurde überraschend schnell beantwortet. Ein Diener öffnete die Tür einen Spalt breit und flüsterte mit Amira, ehe er mit deutlicher Skepsis die Tür weit aufhielt und mich mit einer tiefen Verbeugung hineinbat.

Im Zimmer herrschte angenehmes Dämmerlicht. Omar ben Jussuf hockte im Schneidersitz auf einem großen, kunstvoll bestickten Polster und nippte aus einem goldgefassten Teeglas. Er empfing mich mit finsterer Miene, neigte nur kurz den Kopf zur Begrüßung und wies mit der freien Hand auf ein Kissen neben sich. Ich bugsierte das Kissen mit der Fußspitze um den niedrigen Tisch herum, so dass ich ihm gegenübersitzen konnte, und versuchte so würdevoll wie möglich Platz zu nehmen. Ein kurzes Zucken seiner Mundwinkel zeigte mir, dass er sich des Problems durchaus bewusst war. Schließlich saß ich kerzengerade in einer Pose, die mir erlaubte, mit ihm auf gleicher Augenhöhe zu verhandeln.
»Darf ich Ihnen einen Tee anbieten?«
Ich beäugte das grünlich schimmernde Getränk mit Argwohn. Jetzt erst merkte ich, dass ich ziemlich durstig war. Dieses Gebräu konnte praktisch jede Mixtur sein, die in einer Hexenküche so anfiel.
»Trinken Sie ihn ruhig. Es ist Pfefferminztee mit Zucker.«
Die Herablassung in seiner Stimme ärgerte mich und so erwiderte ich scharf:
»Nach meinen Erfahrungen kann man nicht vorsichtig genug sein, was man bei Ihnen zu sich nimmt.«
Ärger blitzte in den Tiefen seiner dunklen Augen auf und unwillkürlich wich ich zurück. In seiner Gegenwart fühlte ich mich, als hätte man mich zu einem Panter in den Käfig gesperrt. Ich finde Raubkatzen wunderschön, aber ich bin nicht so dämlich, ihnen meine Hand entgegenzustecken. Bei aller Schönheit sind sie doch gefährlich. Jeder halbwegs vernünftige Mensch wird einen respektvollen Sicherheits-

abstand einhalten. Instinktiv war mir klar, dass ich keine Angst zeigen durfte, wenn ich etwas erreichen wollte, also versuchte ich meinen Ärger lebendig zu halten und fuhr kühn fort:
»Über die Vorfälle der letzten Stunden möchte ich kein Wort mehr verlieren. Wenn ich Ihre Frauen herumführen soll, dann verlange ich, dass Sie sich von uns fern halten.«
Das würde er sicher unverschämt finden, aber ich war nicht bereit, eine Wiederholung der heutigen Erlebnisse zu riskieren. Es war eine Sache, den armen Wesen einen kurzen Ausflug aus ihrem goldenen Käfig zu ermöglichen. Ganz bestimmt würde ich nicht die nächsten Tage mit einem hungrigen Raubtier auf Tuchfühlung verbringen.
Zu meiner Überraschung kapitulierte er. Er setzte sein Glas ab und sagte bedächtig:
»Ich werde mich an Ihre Bedingung halten. Aber es schmeichelt mir«, und dabei blitzte Spott auf, »dass eine so beherrschte Dame wie Sie zu solchen Mitteln greifen muss.«
Ich errötete. Vermutlich wusste auch der Panter, dass ich ihn zu gerne streicheln und seinen geschmeidigen Körper fühlen wollte und nur die Vernunft mich von solch gefahrvollen Anwandlungen abhielt. Natürlich hatte ich die Barriere auch zu meinem eigenen Schutze errichtet.
Erleichtert aufatmend fand ich mich vor dem Aufzug wieder. Amira wartete dort und rang nervös die Hände.
»Was hat er gesagt? War er sehr zornig?«
Ich beruhigte sie, so gut ich konnte. Er schien es erstaunlich leicht genommen zu haben, aber konnte man wissen, was hinter diesen undurchdringlichen schwarzen Seen schlummerte? Ich versprach, sie und die Mädchen am nächsten Morgen zu treffen, fuhr nach unten und ließ mir ein Taxi rufen. Nach den Statuten der Agentur hätte ich Anrecht auf Chauffeur und Wagen gehabt, aber mir war es lie-

ber, Jussufs finster blickender Fahrer wusste nicht, wo ich wohnte.

Die Tage mit Amira, Laila und Zora waren unvergleichlich, weil sie mir immer wieder überraschend vor Augen führten, wie sehr ihr Leben sich von meinem unterschied. Als ich von Christoph verlassen wurde, hatte er mir meine Freiheit vor die Füße geworfen wie einen alten Lappen und ich hatte lange gebraucht, ihn aufzuheben, zu waschen und zu bügeln. Es war meine Entscheidung gewesen, Omar ben Jussuf abzuweisen, und er musste sie akzeptieren. Seine drei Frauen verstanden sicher nicht, wieso ich mich gegen seine unheimliche Anziehungskraft sträubte, aber sie staunten über meine Entscheidungsfreiheit. Als ich bemerkte, wie nachdenklich Amira wurde, bemühte ich mich um Zurückhaltung. Es wäre grausam gewesen, ihnen allzu deutlich vor Augen zu führen, was ihnen nicht zugestanden wurde.
Das Programm bestand zum größten Teil aus Einkäufen in sämtlichen teuren Shopping-Zentren der Umgebung. Der von mir geplante Ausflug zur Touristenattraktion Nummer Eins, dem Rheinfall, erwies sich leider als unpassende Wahl. Das Wassergetöse erschreckte sie so, dass die beiden Jüngeren anfingen zu zittern und Amira mich bat, sie bitte so schnell wie möglich aus der Nähe dieses entsetzlichen Wassers zu bringen. Von da an beschränkte ich mich auf pittoreske Innenstädte und beschauliche Seepromenaden, musste aber feststellen, dass Schaufenster einen ungleich größeren Reiz auf sie ausübten. Hellauf begeistert waren sie von den italienischen Eisdielen. Wir durften an keiner Einzigen vorbeigehen, ohne nicht mindestens eine Kostprobe gekauft zu haben. Amira hielt Wort. In meiner Gegenwart wurden keine übel riechenden Kekse mehr gegessen. Zora benahm sich mustergültig. Omar ben Jussuf

bekam ich bis zum letzten Tag, an dem wir Frauen uns tränenreich verabschiedeten, nicht mehr zu Gesicht.

Auf ihre Bitten hin war ich zum zeremoniellen Abschied extra ins Hotel gefahren und wurde in ihre Privatsuite geführt. Fast hätte ich die vertrauten Gesichter nicht erkannt, denn sie trugen bereits wieder ihre heimische Kleidung, bei der voluminöse Umhänge nahezu alles verdeckten. Omar ben Jussuf hielt sich im Hintergrund. Er trug einen hellen, europäischen Leinenanzug, der seine orientalische Erscheinung noch unterstrich. Die Mädchen umarmten mich herzlich, Zora hauchte mir ein »Ade« ins Ohr und wischte sich verstohlen über die Augen. Laila lächelte mich scheu an und drückte mich heftig. Amira küsste mich auf beide Wangen und flüsterte:

»Danke – für alles.«

Gerührt und in weichherziger Stimmung wandte ich mich Omar ben Jussuf zu und wollte ihm die Hand reichen, als er sie ergriff, respektvoll den Kopf beugte, bis er mit der Stirn meinen Handrücken berührte und etwas murmelte. Ich hob fragend die Brauen, aber er lächelte nur vage und bedeutete Amira, neben ihn zu treten.

»Sie sind sehr nett zu meinen Täubchen gewesen und sie haben mich gebeten, Ihnen etwas zum Abschied schenken zu dürfen. Ich habe es ihnen erlaubt«, fügte er überflüssigerweise hinzu und trat mit einer Verbeugung zurück.

Amira präsentierte mir eine weißsamtene Schatulle. Als sie den Deckel hob, stockte mir der Atem. Im Inneren ringelte sich auf schwarzem Samt eine Perlenkette, wie ich sie noch nie gesehen hatte: lang, ebenmäßig und mit einem Hauch von Rosa.

»Das kann ich nicht annehmen«, hörte ich mich wie betäubt sagen.

Amira schlang mir die Kette doppelt um den Hals und sagte leise:
»Nimm sie bitte, als unsere Freundin, und denke an uns, wenn du sie trägst. Meine Mutter sagte, diese besonderen Perlen sind die Freudentränen von glücklichen Meerfrauen. Sie bringen Glück. Wir wünschen dir, dass du sehr glücklich wirst.«
»Ihr beschämt mich.«
»Bitte, nimm unser Geschenk an. Noch nie hat jemand so viel Rücksicht auf unsere Gefühle genommen. Du warst überaus geduldig mit uns. Erlaube uns, dir und uns eine Freude zu machen.«
So kam ich in den Besitz einer Perlenkette, um die mich Königinnen beneiden würden. Sobald klar wurde, dass ich ihr Geschenk angenommen hatte, ging ein Strahlen über ihre Gesichter. Omar ben Jussuf drängte zum Aufbruch und beendete damit rigoros unseren Abschied.

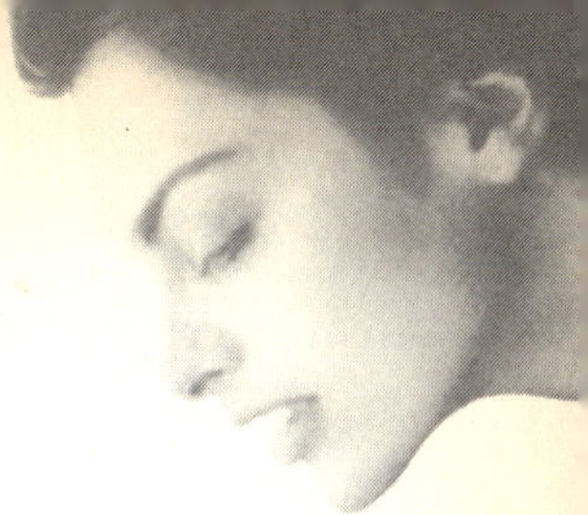

Kapitel 8

Arup Banerjee

Frau von Levetzow brannte offensichtlich schon sehnlichst auf meinen Bericht und zitierte mich noch während des »Erholungstages« zu sich. Unter ihrem prüfenden Blick fühlte ich mich in meine Schulzeit zurückversetzt, als die kurze Botschaft, man sollte sich bei der Rektorin melden, für feuchte Hände und Herzrasen gesorgt hatte. Die wohl dosierte Wartezeit in Gesellschaft der mitleidig schauenden Schulsekretärin gab einem den Rest. Auch die hart Gesottenen litten im Augenblick der realen Konfrontation unter schlotternden Knien. Frau von Levetzow erinnerte nicht im Geringsten an das winzige Persönchen mit den betonierten mausgrauen Dauerwellen, aber die Rektorin wie die Agenturchefin verfügten beide über die Fähigkeit, in ihrem Gegenüber den überwältigenden Wunsch nach einer umfassenden Beichte zu wecken.

Über die Kaffeekanne hinweg musterten ihre eisgrauen Augen mich unangenehm eindringlich, während ihre Hände geschickt den Kaffee eingossen.

»Also, meine Liebe, Sie können sich sicher denken, wie gespannt ich bin. Nehmen Sie sich ein Stück Apfelkuchen und legen Sie los.«

»Wissen Sie eigentlich Näheres über diese seltsame kleine Familie?«, versuchte ich erst einmal abzulenken.
Der blitzschnelle Seitenblick verriet, dass sie mein Manöver durchschaut hatte. Bedächtig lehnte sie sich zurück, die Tasse in der Hand.
»Ich weiß, dass Omar ben Jussuf in seiner Heimat offiziell drei Frauen hat. Wie waren sie denn?«
Ich holte tief Luft:
»Amira scheint mir eine tragische Figur zu sein. Sie ist die erste Frau und spricht mehr Fremdsprachen als manche Dolmetscherin. Sehr still, macht einen unglücklichen Eindruck. Laila wurde von Amira vor ihrer Familie gerettet und Zora ist eine verwaiste Cousine von Amira.«
Die schwarzen Brauen hoben sich bewundernd.
»Scheint mir eine bemerkenswerte junge Frau zu sein. Eine sehr ungewöhnliche Art zu helfen … Und, wie sind Sie mit ihnen zurechtgekommen?«
Ich dachte an die Perlenkette und die feuchten Augen und musste schlucken. Plötzlich war ich froh, dass ich ihre Geheimnisse für mich behalten hatte.
»Sie sind sehr lieb – kein bisschen zickig. Wir haben uns sehr gut verstanden.«
Frau von Levetzow schien zu überdenken, ob sie sich mit dem Gehörten zufrieden geben sollte. Bestimmt war ihr klar, dass einiges ungesagt geblieben war.
»Und Omar ben Jussuf? Würden Sie ihn noch einmal betreuen?«
Ich schüttelte entschieden den Kopf und sie nickte, von meiner heftigen Reaktion anscheinend nicht überrascht.
»Ist er aufdringlich geworden?«
»Nicht direkt, nein, das ist alles viel komplizierter«, seufzte ich resigniert.
Ich würde ihr wohl mehr beichten müssen, als ich vorge-

habt hatte. So schilderte ich erst einmal die Szene im Pferdestall. Frau von Levetzow zog missbilligend die Brauen hoch. Bei der Beschreibung der weiteren Ereignisse ließ ich alle prekären Details weg.
»Nun gut und sonst …?«
»Er ist mir unheimlich, seine Gegenwart machte mich ganz nervös«, platzte ich heraus.
Wie sollte ich Frau von Levetzow auch beschreiben, wie es war, wenn seine dunklen Augen in Tiefen meines Gehirns vordrangen, die ich selber nicht kannte, Wünsche in mir weckten, von denen ich nicht sicher war, dass es wirklich meine waren. Die Hamam-Episode mit ihrer Stimmung von schwüler Laszivität, die in den Traum von verschlungenen Körpern und verdrängten Wünschen mündete, wollte ich keinesfalls zur Sprache bringen. Ich schloss meinen Rapport mit einer Frage:
»Können Sie sich vorstellen, wie es ist, wenn Sie das Gefühl haben, jemand geht in Ihrem Kopf spazieren, schaut sich alles an und zwingt Ihnen dann seine Gedanken und Wünsche auf? Ich weiß, das klingt jetzt hysterisch. Aber genau das tut er. Es ist grässlich. Man fühlt sich dabei mehr als nackt.«
Ich schüttelte mich in der Erinnerung an das demütigende Gefühl der absoluten Willenlosigkeit. Würde sie sich damit zufrieden geben?
»Wenn ich nicht glaubte, Sie zu kennen, würde ich es tatsächlich für überspannt halten. Aber Sie neigen nicht zur Manieriertheit, also muss an der Sache etwas nicht in Ordnung sein. In Zukunft werden wir wohl leider ausgebucht sein, wenn Jussuf noch einmal anfragen sollte.«
Aus Respekt vor ihrer scharfen Beobachtungsgabe bemühte ich mich redlich, meine Erleichterung über das Ende der Inquisition zu verbergen. Nicht sehr erfolgreich allerdings.

»Wissen Sie, dass man in Ihrem Gesicht lesen kann wie in einem offenen Buch? Ich vermute, dass diese Eigenschaft Omar ben Jussufs ›Zauberei‹ enorm erleichtert hat, aber ich will Sie nicht unnötig quälen. Entspannen Sie sich. Das Kapitel ist abgehakt. Wenden wir uns neuen Klienten zu.«
Und damit öffnete sie energisch ihr in Leder gebundenes Terminbuch.
»In der nächsten Zeit steht Routine an: ein italienischer Neureicher, ein amerikanischer Manager, der sich kulturbeflissen gibt, und der übliche Kleinkram …« Sie machte eine Pause und sah mich durchdringend an. »Könnten Sie sich vorstellen, bei der Organisation mitzuarbeiten? Ich merke allmählich, dass ich an Schwung verliere. Eine Hilfe wäre mir sehr angenehm. Überlegen Sie es sich in aller Ruhe, besprechen Sie es mit Ihren Kindern. Ich will Sie nicht drängen.«
Ich glaubte, mich verhört zu haben! Das war eine Chance, wie ich sie mir noch vor kurzem niemals hätte träumen lassen. Am liebsten hätte ich sofort zugegriffen. Aber ich befolgte ihren Rat.

»Ist doch toll!«, meinte Lilli begeistert, als ich das Thema beim gemeinsamen Abendessen anschnitt. »Dann hast du bald einen richtig coolen Job. Vielleicht kann ich ja in den Ferien mal bei euch einspringen.«
Nein, dachte ich und schmunzelte innerlich. Das wirst du ganz gewiss nicht tun, meine liebe Tochter.

Ich schlug ein. Fürs Erste vereinbarten wir, dass ich zwei Tage pro Woche zum Einarbeiten kommen sollte und dafür von den als Kleinkram bezeichneten Kunden befreit wurde. Die Agentur erwies sich als ein Informationsnetz, auf das ein Geheimdienst hätte stolz sein können. Fassungslos stand ich vor dem Computer und staunte über die Effizienz der Datenverwaltung, die es Frau von Levetzow ermöglichte, scheinbar mühelos den Überblick zu behalten. Ich war bereits vom Organigramm dermaßen verwirrt, dass ich mich fragte, wie ich das alles jemals überblicken sollte. Kein Wunder, dass meine Chefin nur an bestimmten Tagen erreichbar war: Sie verfügte über Niederlassungen in vielen, für betuchte Touristen attraktiven, Gegenden Europas. In einigen Orten hatte sie bereits Stellvertreterinnen eingesetzt, aber, versicherte sie mir, es war nicht leicht, jemand Passenden zu finden.

Eines Vormittags suchte ich im Verwaltungscomputer gerade nach der Akte eines als Referenz angegebenen Herrn. Das war ein eisernes Gesetz: Wer Kunde werden wollte, musste den Namen dessen angeben, über den er von unserer Existenz erfahren hatte. Manchmal, wenn Namen falsch geschrieben waren, war ein bisschen Recherche nötig. Nach Möglichkeit vermieden wir Rückfragen.
Nur Diskretion sichert die Exklusivität.
So lautete einer der Grundpfeiler unseres Unternehmens.
»Ach, wie nett, Elisabeth: Hier habe ich etwas für Sie.«
Frau von Levetzow hatte sich angewöhnt, mich mit meinem Vornamen anzureden. Ich mochte es, es war familiärer als Frau Schellhammer. Allerdings hatte ich mich noch nicht dazu durchringen können, es ihr gleichzutun. Als ich fragend aufschaute, wedelte sie mit einem hellblauen Luftpost-Papierbogen in meine Richtung.
»Ein Brief von Arup Banerjee. Ich hätte nicht gedacht, dass er auf mein Angebot zurückkommen würde.«
Der Brief kam aus Bombay und war auf Englisch verfasst worden. Darin fragte Mister Banerjee an, ob er im November für zwei Wochen eine sachkundige Begleiterin für eine

Nobelrestaurant-Tour buchen könnte. Da er keinen Führerschein besaß, sollte seine Begleiterin gleichzeitig seine Chauffeuse sein.
»Ich kenne Arup seit ein paar Jahren«, erzählte Frau von Levetzow ungefragt. »Er ist eine beeindruckende Persönlichkeit. Als Straßenkind groß zu werden ist bereits eine Leistung, aber sich dann von der Küchenhilfe zum Besitzer des vornehmsten Restaurants in Bombay hochzuarbeiten, grenzt an ein Wunder. Als ich ihn kennen lernte, war er dort noch Chefkoch, ein fantastischer Koch, ein Künstler geradezu. Diese Lammcurrys ...«
Ihr abwesendes Lächeln sprach von unvergessenen Genüssen.
»Wieso will er denn zwei Wochen lang Nobelrestaurants besuchen, wenn er selbst ein brillanter Koch ist?«
Frau von Levetzow wedelte ungeduldig mit beiden Händen. »Nein, nein, das soll doch kein Urlaub sein. Arup und Urlaub! Er plant seit längerer Zeit, sein Restaurant zu einem Feinschmeckertempel für zahlungskräftige Kunden umzubauen. Und europäische Gerichte sind beim dortigen Geldadel absolut en vogue. Er will sich hier Anregungen für seine Kreationen holen.«
Mir begann das Wasser im Munde zusammenzulaufen. Bei diesem Klienten würde ich auf mein Gewicht achten müssen, sonst käme ich höchstwahrscheinlich wie ein gemästetes Kalb ins Büro zurück.
»Ich habe doch irgendwo ein Bild von ihm aufbewahrt ...«
Geistesabwesend wühlte sie in einer streng privaten Schublade.
»Da ist es ja. Schauen Sie, das ist Arup, wie er leibt und lebt!«
Auf dem düsteren Abzug aus einer Sofortbildkamera lächelte ein hagerer Mann mit Kochmütze schüchtern den Betrach-

ter an, während er in einer Schale rührte. Der verschwommene Hintergrund lieferte kaum Informationen, aber das Foto war wohl in einer Küche aufgenommen worden. Neugierig versuchte ich, Einzelheiten zu erkennen. Er war mittelgroß und mager – um seine vorstehenden Backenknochen hätte ihn jedes Model beneidet –, aber von einer unbändigen Energie angetrieben, die an eine gespannte Sprungfeder denken ließ. Trotzdem fehlte ihm jene hemdsärmelige Rücksichtslosigkeit der Ellenbogenmenschen, die sich ihren Weg nach oben über die sprichwörtlichen Leichen bahnen. Er wirkte eher gehemmt und es schien kaum glaubhaft, dass er sich aus eigener Kraft seine jetzige Existenz aufgebaut hatte. Ich begann, neugierig auf ihn zu werden.

Es war jetzt beinahe ein Jahr her, dass Christoph meine alte Welt zertrümmert hatte. Nun stellte ich mit einem gewissen Staunen fest, dass mir nichts davon fehlte. Der Schmerz hatte sich unmerklich aufgelöst. Wenn ich – was selten genug vorkam – an ihn dachte, geschah das aus einer merkwürdigen Distanz heraus. Es wäre übertrieben gewesen zu sagen, ich wäre ihm dankbar dafür, mich auf so brutale Art und Weise aufgerüttelt zu haben, aber ich sah in ihm eine Art Werkzeug, das im Sinne der Vorsehung die unangenehme Aufgabe erfüllt hatte, mich zur Entwicklung zu zwingen. Aus der Familiendienerin war eine Frau geworden, die ihre Selbstbestimmung schätzte und ihre Freiheit in vollen Zügen genoss. Dass ich dabei einen Job hatte, wie ich ihn mir in meinen kühnsten Träumen nicht vorgestellt hatte, gab meinem Selbstbewusstsein unbeschreiblich Auftrieb. Die Anfälle schlechten Gewissens den Kindern gegenüber wurden seltener, führten meine Sprösslinge mir doch tagtäglich vor Augen, dass sie bestens allein zurechtkamen. Was ein wenig Eigenverantwortung ausmachte! Ironischerweise respektierte meine Tochter mich jetzt mehr als früher und ich genoss vorsichtig unser neues entspanntes Verhältnis. *Dafür* war ich Christoph dankbar. Wenn er das auch sicher nicht beabsichtigt hatte, als er sie mit Tiffany konfrontiert hatte. Lilli hielt ein strengeres Auge auf Alex, als es mir je möglich gewesen wäre. Für meinen Geschmack vergrub er sich allerdings ein wenig zu sehr in seine geliebte Computertechnik. Wenn ich gelegentlich ein Telefongespräch zwischen ihm und seinen Freunden mithörte, verstand ich so gut wie überhaupt nichts. Aber seine Noten hatten bisher keinen Anlass zur Besorgnis gegeben und so hielt ich mich mit mütterlichen Ratschlägen zurück Auch Gudrun hatte mir das energisch empfohlen.

»Lass den Jungen einfach in Ruhe. Der ist absolut in Ordnung und wenn er lieber in Drähten wühlt als in Mädchenfrisuren, dann sei dankbar und zufrieden. Ich möchte dich nicht hören, wenn er ständig liebestoll durch die Gegend latschen würde … Mach dir keine Gedanken: Solange man ihn daran erinnern muss, sich die Haare zu waschen und zu duschen, sind Mädchen für ihn einfach noch nicht so interessant wie Festplatten. Und wenn du mich fragst: In der Familie einen Computerexperten zu haben ist heute wichtiger als ein Arzt oder Rechtsanwalt.«

Ich gestattete mir, mich unverhohlen auf meine kulinarischen Wochen zu freuen. Frau von Levetzow wählte sich unterdessen die Finger wund: Der schlichte Wunsch, in fremde Kochtöpfe schauen zu dürfen, stellte höchste Anforderungen an ihr diplomatisches Verhandlungsgeschick. Je bekannter die Gastronomen waren oder sich dafür hielten, desto weniger Entgegenkommen schienen sie aufzubringen.

Schließlich stießen wir auf ein für seine exzellente Küche

bekanntes Kurhotel im tiefsten Schwarzwald, dessen aufgeschlossener Besitzer, Herr Ratzinger, sich bereit erklärte, Küchengeheimnisse auszutauschen. Er wollte im Gegenzug alles über die indische Küche erfahren. Wir würden die erste Woche dort verbringen. Während all der nervenaufreibenden Vorarbeiten hatte Arup Banerjee vor meinem inneren Auge eine bestimmte Gestalt angenommen und so stutzte ich kurz, als ich ihm endlich gegenüberstand. Der mittelgroße Herr im eleganten, hellgrauen Anzug wirkte so distinguiert, als sei er in ihm zur Welt gekommen. Erst als er mir die Hand entgegenstreckte und lächelte, erkannte ich den jungen Mann von dem abgegriffenen Polaroidfoto wieder.

»*Good morning,* Frau Schellhammer. *Glad to meet you.*«

Ich lächelte herzlich zurück und beglückwünschte mich insgeheim, dass ich mich auf meine Dolmetscheraufgabe vorbereitet und mein küchenspezifisches Vokabular aufgefrischt hatte. Wer weiß schon auf Anhieb, was *Sieb* auf Englisch heißt? Man kann sich zwar eine Weile mit *this* und *that* und Umschreibungen behelfen, aber es ist keine Dauerlösung.

Frau von Levetzow und er tauschten eifrig Informationen über gemeinsame Bekannte aus und so hatte ich Gelegenheit, ihn genauer zu betrachten. Er wirkte erstaunlich frisch dafür, dass er erst vor zwei Stunden in Kloten gelandet war und sicher nicht allzu viel geschlafen hatte. Ihm fehlten die Anzeichen des Langstreckenflugpassagiers, wie dunkle Schatten unter den Augen, zerknitterter Anzug, der Zwang, ständig gähnen zu müssen. Aufgeräumt wippte er bei jeder Bewegung auf seiner Stuhlkante und strahlte abwechselnd Frau von Levetzow, mich und das opulente Frühstücksbüfett an, das ihm zu Ehren reichlich exotisches Obst und

Gebäck enthielt. Langsam dämmerte mir, was sie an ihm so beeindruckend fand. Ich hätte ihn mir gut als Guru vorstellen können – wenn er mit einem sprach, hatte man das Gefühl, man sei der einzige Mensch, der ihm wichtig war. Eine Mango schälte, teilte und verspeiste er mit genießerischer Konzentration und solchem Geschick, dass ich fasziniert an seinen Händen hing. Es waren die gewandten Hände eines Taschenspielers oder Pianisten – professionell bis zur Kunstfertigkeit.

Angeblich schauen Frauen bei Männern zuerst auf die Augen und dann auf den Po. Wenn das wirklich so ist, sind das die falschen Präferenzen, meine Damen. Die Hände sind bedeutend aussagekräftiger: Sind sie zart und glatt oder rau und rissig? Hat der Mann gepflegte Fingernägel oder sind sie zu lang, schmutzig oder gar abgekaut? Und wenn sie schön anzusehen und anzufassen sind: Wie setzt er sie ein? Zerquetscht er einem die Hand, glitscht sie feucht und schlaff durch oder umfasst er sie mit der richtig bemessenen, ruhigen Stärke? Beobachtet man ihn weiter, gibt er unfreiwillig Auskunft über seine manuelle Geschicklichkeit – ein wesentlicher Faktor, der einen Mann als Liebhaber erst interessant macht. Einem Mann beim Essen zuzusehen kann eine Offenbarung sein oder eine Strafe. Sieht man einmal von den allgemein gültigen Anstandsregeln ab, sagt die Art und Weise, wie jemand isst, eine Menge über ihn aus. Schlingt er bloß halb verhungert Kalorien hinunter oder nimmt er sich Zeit und genießt bereits den Duft, der vom Teller aufsteigt, wenn er vor ihn hingestellt wird? Sägt er den halben Teller mit durch oder ist er imstande, den Kraftaufwand einzuschätzen, den er für sein Cordon Bleu einsetzen muss? Wie geschickt hantiert er mit dem Besteck? Umklammert er die Gabel und packt das Messer, als wollte es ihm jeden Moment aus den Fingern gleiten, oder würde man ihm auch zutrauen, das Essen mit Stäbchen zu meistern?

Allein Arups Hände zu beobachten, die mit der Mango spielten, ohne dass er ein einziges Mal in dem gefährlich glitschigen Fruchtfleisch ausgerutscht wäre, war ein ästhetischer Genuss. Als spürte er meinen Blick, schaute er auf und lächelte fragend.
»Ich bewundere Ihr Geschick mit dieser Frucht«, erklärte ich etwas steif. »Wenn *ich* eine Mango zerteile, endet es immer damit, dass ich mir vornehme, nie wieder eine Mango zu kaufen.«
»Das ist wirklich schade! Eine reife Mango ist die Königin der Früchte. Wenn Sie erlauben, werde ich versuchen, Sie mit ihr vertraut zu machen, so wie ich hoffe, dass Sie mir mit den hiesigen Früchten behilflich sind.«
Sein etwas altmodisch anmutendes Englisch ließ die Höflichkeit gestelzt wirken, aber das Lächeln in seinen Augen war warm und offen.

Das *Schwarzwaldhotel* lag traumhaft zwischen dunklen Fichtenhängen eingebettet, in einem immer enger werdenden Tal, in dem ein schmales Bächlein wie aus einem Reiseprospekt rauschte. Sobald wir aus dem Wagen stiegen, umfing uns der Geruch feuchten Herbstwalds. Arup Banerjee schnüffelte, zog tief die Luft ein und sagte bewundernd:
»Ich kann nicht sagen: So habe ich es mir immer vorgestellt, weil ich keine Ahnung hatte – aber es riecht einzigartig. Diesen Geruch werde ich nie in meinem Leben vergessen. Ich rieche den Regen, den feuchten Boden und vermoderndes Laub, aber es ist das Ganze, das es so einmalig macht.«
Nur widerwillig riss er sich los, um hineinzugehen und mit

unserem Gastgeber den ersten Kontakt zu knüpfen. In der Empfangshalle schaute er sich staunend um. Die Einrichtung kam ihm vermutlich befremdend vor. Allem Anschein nach hatte Herr Ratzinger eine Reihe eifriger Jäger unter seinen Vorfahren gehabt. Jedenfalls zierten ganze Rudel von Geweihen und ausgestopften Tierköpfen die holzgetäfelten Wände. Der Boden war gefliest. Um die altdeutsche Sitzgruppe hatte man die Geranien versammelt, die bis zu den ungewöhnlich frühen Nachtfrösten diesen Jahres die Außenfassade mit ihrem knalligen Rot belebt hatten. Vermutlich wollte man sie noch nicht in den Keller schaffen und so vermittelte ihre immer noch üppige Blütenfülle dem Raum einen Beigeschmack von Gärtnerei.

»Ich find's auch nicht so gut, aber meine Stammgäste lieben diese morbide Atmosphäre. Frau Schellhammer und Herr Banerjee. Herzlich willkommen!«

Günter Ratzinger entsprach in seiner äußeren Erscheinung genau meinen Erwartungen. Klein und gedrungen, wie er war, stand ihm der Landhausstil besser als ein konservativer Anzug. Die ledernen Kniebundhosen, das blütenweiße Hemd mit Stehkragen und der dunkelgrüne Filzjanker passten zu ihm. Seine blitzenden Augen verschwanden beinahe zwischen den Lachfältchen, als er mir zuzwinkerte.

Ich machte die beiden miteinander bekannt und stellte dabei klar, dass Arup kein Deutsch sprach. Ich wäre als Dolmetscherin vorgesehen. Herr Ratzinger winkte fröhlich grinsend ab:

»Nicht nötig, junge Frau! Ich habe ein paar Jahre auf einem Kreuzfahrtschiff gearbeitet.«

An Arup gewandt, versicherte er in flüssigem, amerikanisch gefärbtem Englisch, dass sie beide ganz gewiss keine Verständigungsprobleme haben würden. Er freute sich schon sehr darauf, Arup in die Geheimnisse der *Original Black*

Forest Cookery einzuführen, und sei sehr gespannt auf dessen indische Gerichte. Während er uns zu unseren Zimmern führte, plauderte er munter über seine Erlebnisse in indischen Häfen. Manche Ausdrücke waren mir fremd, aber das konnte auch an seiner amerikanischen Aussprache liegen. In kluger Voraussicht hatte er uns Zimmer in unmittelbarer Nähe zum Haushaltstrakt gegeben. Arup hätte jederzeit freien Zutritt zur Küche.

»Das Essen in Indien hat mich begeistert – diese Vielfalt. Wissen Sie, manch einer hierzulande betrachtet die indische Küche ja als ungenießbar, aber das liegt nur am Chili. Viele Köche machen es sich einfach und schütten solche Mengen davon übers Essen, das man nichts mehr schmeckt. Billige Masche – damit überspielen sie, dass sie Stümper sind.«

Arup nickte bestätigend, blieb aber stumm. Gegen Herrn Ratzinger hatte man auch kaum eine Chance. Der fuhr schon fort:

»Ich habe jedenfalls eine stille Leidenschaft für indisches Essen. Und seit etwa zwei Jahren läuft alles, was nach Ayurveda klingt, glänzend. Die Leute sind ganz wild darauf. Das ist *die* Chance für mich, mal von dieser traditionellen Schiene hier wegzukommen.«

Er zwinkerte mir komplizenhaft zu und wechselte ins Deutsche:

»Dann wird endlich renoviert. Alle Jagdtrophäen kommen in die Naturkundesammlung nach Karlsruhe und der ganze Muff fliegt raus.«

Für den heutigen Abend hatte sich eine Reisegruppe angekündigt, die einheitlich Schwarzwaldforelle vorbestellt hatte. Herr Ratzinger erklärte Arup ausführlich, welche Bedeutung dieses edle Tier in Verbindung mit Salzkartoffeln für Feinschmecker hatte, und bat ihn, in die Küche zu

kommen, sobald er sich in seinem Zimmer eingerichtet hätte.
»Dann machen wir das ganze Fischprogramm durch: naturel, nach Müllerin Art, filetiert, et cetera, et cetera. Und was machen wir mit Ihnen, junge Frau? Ich weiß, was Ihnen gefallen würde. Haben Sie Badezeug dabei? Alle Damen sind begeistert von unserem neuen Hallenbad. Whirlpool, Dampfraum, Massagedüsen, Wärmeliegen … «
Seine Beschreibung klang verlockend. Ich hatte meine Badesachen wohlweislich eingepackt. Da ich in der Küche vermutlich nur im Weg gestanden hätte, ließ ich mir von der hilfsbereiten jungen Dame an der Rezeption einen schneeweißen, unförmigen One-size-Bademantel aushändigen. Sobald ich im Keller aus dem Aufzug trat, umfing mich eine liebevoll gestaltete, künstliche Welt. Aus verborgenen Lautsprechern drangen Meeresrauschen und das Kreischen von Papageien. Die täuschend echt nachgemachten Vögel saßen in Palmwedeln, die aus der an die Wände gemalten Südseelandschaft ragten. Der Boden unter meinen Füßen wirkte auf den ersten Blick wie hart gewordener Sand. Rechts von mir drangen aus Felsspalten heiße Dampfschwaden hervor. Dahinter befanden sich der Dampfraum und der Whirlpool. Linkerhand luden Bambusliegen und körpergerechte Formen im falschen Sand zum Entspannen ein. Das waren wohl die besagten Wärmeliegen. Auf einem Servierwagen standen Gläser, Glaskrüge mit diversen Fruchtsäften, Tees und Mineralwasserflaschen zur Selbstbedienung.
Außer mir schien kein Mensch hier zu sein. Ein schriller Papageienschrei lenkte meine Aufmerksamkeit auf das Becken vor mir. Eben hatte es noch glatt und türkisblau geschimmert. Jetzt wurde es auf einmal unruhig, brodelte wie kochendes Wasser und verwandelte sich in ein Meer aus

Wasserbläschen. Ich beeilte mich, die Stufen hinunterzusteigen, genoss das Kitzeln und Prickeln der Myriaden von platzenden Bläschen an meinem Körper wie eine Liebkosung. Ich machte mich auf die Suche nach den Massagedüsen. Sie waren unterschiedlich eingestellt und ich brauchte einige Zeit, bis ich auf eine stieß, deren Härtegrad mir zusagte. Genießerisch drückte ich meine Schultern abwechselnd in den Strahl, ließ ihn zwischen den Schulterblättern hinunterwandern und wechselte zur Nachbardüse, die in Höhe der Lendenwirbel eingelassen war. Nach einigen Platzwechseln fühlte mein Rücken sich an, als hätte ein Masseur ihn gründlich durchgewalkt. Meine Verspannungen hatten sich gelöst. In phlegmatischer Grundstimmung drehte ich mich um und ließ den Strahl versuchsweise zwischen meinen Beinen hindurchströmen. Das Gefühl könnte man am ehesten mit kräftiger, streichelnder Seide vergleichen. Ich legte meine Arme auf den Rand und ließ meinen Körper im Wasser treiben. Der Strom trieb mich an die Oberfläche, strich über meinen Venushügel, leidenschaftslos und stetig. Um mich zu stabilisieren, öffnete ich die Beine und sofort spürte ich durch den Stoff des Badeanzugs den Druck auf meiner Klitoris. Er blieb absolut gleichmäßig. Wollte ich ihn variieren, musste ich mich selbst bewegen. Ich begann mich in der Strömung zu winden, mein Becken näher heranzuziehen, die Beine weiter zu spreizen und wieder zusammenzupressen.
Das Spiel mit dem Wasser wurde zur Wette um den Orgasmus. Würde ich es schaffen, ohne meine Hände, nur mit dem Auf und Ab des Wasserdrucks? Meine Schamlippen schwollen an und wurden reizempfindlich wie meine Perle, die sich gegen den störenden Stoff des Zwickels drängte, auf der Suche nach Berührung. Mein Atem begann schneller zu gehen und ich spürte, wie sich die Muskeln meines

Unterleibs sehnsüchtig zusammenzogen, Anlauf holten für den Sprung, dessen ich mir keineswegs sicher war. Die Handikaps, die ich mir selbst auferlegt hatte, waren meinem Körper neu wie die Reizung, für die er nicht konditioniert war. Die Spannung hatte in mir Fuß gefasst und begann sich aufzubauen, quälend langsam, aber zuverlässig genährt von dem steten Druck – mechanisch, körperlos, anonym. Es war, als ob ich mich selbst befriedigte, und doch wieder ganz anders, denn ich berührte mich nicht. Meine Hände und Arme lagen vor meinem Gesicht und ich drückte meinen Mund in einen Unterarm, um das Stöhnen zu ersticken, das leise und drängend aus meiner Kehle brach. Ein heftiger Schauer überlief mich. Ich presste meinen Unterleib fester gegen die Düse auf der Suche nach dem stärksten möglichen Reiz, rieb meine pochende Spalte unmittelbar darüber und führte die zuckende Klitoris hektisch in einer Auf-Ab-Bewegung durch die Strudel.
Ich schaffte es! In einem überraschenden Moment des Zerfließens löste sich die Spannung in heftigen Spasmen. Mit einem vagen Triumphgefühl ließ ich den Kopf auf die Arme sinken und meinen Unterkörper lethargisch im Wasser treiben. Langsam beruhigte sich mein Herzschlag, die Beine verwandelten sich von Gelee in feste Masse zurück. Fröstelnd stellte ich fest, dass ich wohl etwas zu lange im Wasser geblieben war. Die Gänsehaut auf Armen und Beinen trieb mich in die dampfende Grotte. Dankbar glitt ich in das eingelassene Becken, in dem heiße Strudel brodelten. Der Duft von Eukalyptus und Citrusfrüchten drang durch die Türschlitze der Dampfkabine. Ich legte den Kopf zurück auf den gewölbten Rand und schloss die Augen, dankbar für die mich einhüllende, durchdringende Wärme. Vor dem Eindämmern bewahrte mich die für den heutigen Abend avisierte Reisegruppe, deren Geräuschpegel ihr wie das be-

drohliche Summen eines Insektenschwarms vorauseilte. Einige durchdringende Solisten hoben sich von dem Chor des Gemurmels ab. Sie schwärmten lärmend aus, um das Bad in Besitz zu nehmen. Ich verließ widerwillig das heiße Wasser. Mit einem gemurmelten Gruß griff ich meinen Bademantel und flüchtete.

Am nächsten Morgen schlief ich nicht übermäßig lange, aber als ich den Frühstücksraum betrat, war er bereits menschenleer. Tische voll von gebrauchtem Geschirr, zusammengeknüllten Servietten und leeren Eierschalen zeigten an, dass die Gruppe weitergezogen war. Die junge rotbackige Bedienung kam augenblicklich, um nach meinen Wünschen zu fragen.
»Ich soll Ihnen noch vom Chef bestellen, dass die Herren im Großmarkt sind. Sie wollen gegen elf zurück sein. Nur, falls Sie Interesse hätten, beim Kochen zuzuschauen. Ich bleib auch da. Ich hab zwar nachher frei, weil heute unser Ruhetag ist, aber den Inder lass ich mir nicht entgehen.«
Ich bestellte mir Rühreier und frischen Tee. Das Frühstücksbüfett bot immer noch mehr als genug für meine eher bescheidenen morgendlichen Ansprüche. Pünktlich um elf fand ich mich in der Küche ein. Herr Ratzinger und Arup Banerjee standen stolz inmitten ihrer Einkäufe, die den Raum in einen orientalischen Markt verwandelten, und waren völlig vertieft in ihre Diskussion. Beide trugen schneeweiße, steif gestärkte Kochjacken und -mützen und waren schon zu »Arup« und »Gunter« übergegangen. Es duftete betäubend nach allen möglichen Aromen und Essenzen. Ich glaubte, Kardamom wahrzunehmen, Ingwer, Zwiebeln und einen süßen, fruchtigen Geruch nach Orangenblüten. Alles verband sich zu einem harmonischen Miteinander.

»Es riecht toll«, sagte ich bewundernd und sog tief die Luft ein.
»Dann warten Sie mal ab, wie toll das schmeckt«, versprach Herr Ratzinger.
»Für Sie hat Arup übrigens extra etwas mitgebracht.«
Mit verschmitztem Grinsen stellte er schwungvoll eine Kiste rot-grüner Mangos vor mich hin.
»Die brauchen wir für das Mango-Chutney.«
»Alle?«, fragte ich entsetzt.
Arup lächelte beruhigend.
»Nur ein paar. Die meisten bereiten wir vor und frieren sie ein. Gunter bekommt sie hier nicht immer in der nötigen Qualität.«
Beruhigt ließ ich mir eine Schürze umbinden und meine Aufgabe erklären. Arup stellte sich neben mich. In der einen Hand hielt er auf der Handfläche die Mango, in der anderen ein scharfes, kleines Messer.
»Okay, eine Mango darf man niemals zu fest anfassen«, erklärte er. »Bei uns sagt man, sie ist wie eine Frau: Sie gibt nach, verliert aber dabei ihren Saft und gleitet einem aus den Händen. Halte sie nur auf der Handfläche und führe das Messer. Es muss so scharf sein, dass es die Außenhaut leicht schneiden kann – in langen Strichen. Und nicht zu tief ins Fruchtfleisch schneiden.«
Fasziniert beobachtete ich seine feingliedrigen Hände, die die Schale geschickt und rasend schnell in Streifen ablösten. Die geschälte Frucht auf seiner Handfläche wies nicht eine einzige Druckstelle auf.
»Jetzt beginnt man an einer Breitseite, das Fruchtfleisch abzuschneiden. Es müssen nicht unbedingt Streifen sein, kleine Abschnitte sind auch akzeptabel. Aber vorsichtig, die Fasern werden in der Umgebung des Kerns rasch zäh.«
Noch bevor der weißliche Kern sichtbar wurde, stoppte

Arup und drehte die orange schimmernde Frucht behutsam um. Rasch schnitt er auch hier die saftige Masse ab. Erst ganz zum Schluss glitt das Messer in einer einzigen Bewegung, aus dem Handgelenk heraus, um die Frucht herum. In seiner Handfläche lag der Kern, in seiner Form gut erkennbar, obwohl nirgends Weiß durchschimmerte. Arup hatte sich allein an der Veränderung der Faserstruktur orientiert.
»So gut werde ich das niemals können«, konstatierte ich frustriert.
Arup unterdrückte ein Lächeln.
»Auch ich bin nicht mit dieser Fähigkeit geboren worden.« Damit ließ er mich stehen. Tatsächlich wuchs mein Geschick mit jeder Mango, die ich nach seinen Anweisungen vorbereitete. Ich begann, das Gefühl zu genießen, wenn das scharfe Messer hindurchglitt, der Saft über meine Finger rann und das Fruchtfleisch sich kühl an meine Hand schmiegte. Der aufsteigende Duft, süß und exotisch, verführte mich dazu, mir verstohlen ein Stück in den Mund zu schieben. Mit geschlossenen Augen tastete ich mit der Zunge über die kühle Frische, drückte das Fruchtfleisch gegen den Gaumen und genoss die sanfte Säure des heraussickernden Safts. Ich seufzte genüsslich und schlug die Augen wieder auf. Arup beobachtete mich amüsiert. Hin und wieder tauchte er neben mir auf, um mir Kostproben anderer Früchte zu bringen. Ich lernte, wie wunderbar frische Papaya schmeckt, dass die Durian ihren Namen Stinkfrucht verdientermaßen trägt und dass Litschis mit frischem Ingwer gar nicht mehr fade schmecken. Da meine Hände klebrig und nass waren, schob Arup mir die Leckerbissen einfach in den Mund. Am Anfang kam es mir seltsam vor, mich wie ein Kleinkind füttern zu lassen. Er tat es aber mit einer solchen Selbstverständlichkeit, dass es mir albern erschie-

nen wäre, Einwände zu erheben. Nach den ersten Malen fand ich nichts mehr dabei, meinen Mund zu öffnen, wenn er eine neue Kostprobe ankündigte, und den Saft mit den Lippen von seinen Fingern abzustreifen.

Der Tag wirbelte nur so an mir vorbei. Nicht nur der Koch und die Bedienung – nein, sämtliche Angestellte schienen im Lauf des Tages zu kommen und zu gehen. Wie die beiden Männer sich auf ihre Kocherei konzentrieren konnten, war mir rätselhaft. Ich wurde zu Hilfsdiensten eingeteilt: Rühren, Beaufsichtigen, Kleinschneiden ... Die Füße begannen allmählich zu schmerzen und die Schultern fühlten sich verspannt an. Koch wäre kein Beruf für mich.

Als sich die komplette Belegschaft im Speisesaal um die große Tafel versammelt hatte, auf der das Büfett aufgebaut worden war, brach sie in wahre Begeisterungsstürme aus. Arup sonnte sich sichtlich in der allgemeinen Bewunderung. Herr Ratzinger wirkte hoch zufrieden. In den kommenden Tagen wollte er sich bei Arup revanchieren. Es wäre Saison für Wild, stellte er erleichtert fest, das sei eine der Sternstunden badischer Küche. Denn, obwohl als sparsam bis geizig verschrien, so sparsam wie die Inder wäre man mit Fleisch nicht im »Ländle«.

»Fleisch wird bei uns nicht nur aus ideologischen Gründen seltener verwendet«, erklärte Arup. »Tiere zu halten ist ein Luxus, wenn Wasser und Grundnahrungsmittel knapp sind.«

Die Mahlzeit wurde von allen genossen. Jeder bemühte sich, möglichst alles zu probieren. Schließlich schienen alle satt und zufrieden. Herr Ratzinger schaute auf die beeindruckende Standuhr, aus der alle halbe Stunde ein lebensgroßer Kuckuck hüpfte, und meinte:

»Langsam sollten wir hier Schluss machen. Morgen wird ein anstrengender Tag.«

Arup erbot sich, die Reste fachgerecht im Kühlraum zu versorgen.
»Es wird genügen, wenn Elisabeth mir hilft.«
Keiner drängte seine Hilfe auf. Und schon fand ich mich allein mit dem Meisterkoch in der Küche, in der eine gute Seele bereits die meisten Arbeitsspuren beseitigt hatte. Gerade suchte ich eine Deckelschüssel für die Obstreste, als ich ihn hinter mir spürte und wie gleich darauf seine Hände leicht auf meinen Schultern lagen.
»Lassen Sie mich Ihre schmerzenden Schultern massieren, Elisabeth.«
Ich stand regungslos. Auch er hielt die Hände ruhig, ließ die Wärme seiner Handflächen langsam zu meiner Haut vordringen, begann kaum spürbar über meine Schulterblätter zu gleiten, fuhr mit den Fingerspitzen die vorstehenden Schlüsselbeine nach, streichelte meinen Hals bis zum Haaransatz und hielt inne.
»Wenn Sie die Bluse ausziehen, kann ich Öl benutzen …«
Sein warmer, nach Kardamom duftender Atem strich über mein Genick und ich zögerte nicht lange und knöpfte mir die Bluse auf. Ich hörte ihn nach der Karaffe greifen, die Flüssigkeit zwischen den Händen verreiben und wartete auf die Berührung. Mit dem Fuß schob er mir einen Hocker hin.
»Setzen Sie sich und schließen Sie die Augen.«
Seine Hände hielten, was ich mir von ihnen versprochen hatte. Fest und sanft, geschmeidig und hart erkundeten sie meine Schultern, den Nacken, die Halsseiten, glitten über die Oberarme und schoben dabei die BH-Träger bis zu den Ellenbogen herunter. Sein Griff schien meine Wünsche vorauszuahnen – mal knetete er kräftig entlang der Wirbelsäule, mal strich er mit den Fingerspitzen die Verspannung heraus, um wieder langsam zu kraftvollen Bewe-

gungen überzugehen. Ich konzentrierte mich völlig auf seine Finger, die in dem warmen Ölfilm auf meiner Haut tanzten, Muster malten. Die Verkrampfung wich einer wohligen Entspannung, mein Atemrhythmus passte sich seinen Bewegungen an, wurde tief und langsam. Fast hätte ich überhaupt nicht bemerkt, dass er meinen BH öffnete. Aber als seine Hände unter meinen Achseln durchfuhren und meine Brüste umfassten, versteifte ich mich. Sofort zogen sie sich zurück, nahmen ihre beruhigende Massage wieder auf, entdeckten die Region unterhalb der Schulterblätter, streichelten meine Seiten und wanderten Zentimeter für Zentimeter wieder nach vorne. Die Brustspitzen aussparend, streichelten seine Finger die zarte Haut, rieben das angewärmte Öl ein. Blumiger Jasminduft stieg mir in die Nase. Diesmal ließ ich ihn gewähren, als die warmen Handflächen sich wie Schalen unter meine Brüste schoben, sie anhoben. Über meine Schultern hinweg blies er auf die Spitzen, so dass die Nippel erwachten. Sie stellten sich auf, nahmen die Farbe dunklen Rosenholzes an. Ich fühlte das leise Prickeln, als sie sich aufrichteten. Arups kunstfertige Finger behandelten sie mit der gleichen Sorgfalt, die er heute vormittag der reifen Mango gewidmet hatte. Schlüpfrig vom Öl rutschten sie ihm durch die Finger.

»Warte einen Moment.«

Er griff nach einem Döschen, das auf der Arbeitsplatte stand, und öffnete es. Ich riss die Augen auf und sah ihn verblüfft etwas Braunes auf meine Brustwarzen streuen. Er lächelte mir zu.

»Keine Sorge, das ist nichts Schlimmes. Mach die Augen wieder zu und fühle einfach nur.«

Ich spürte nichts Unangenehmes, also schloss ich gehorsam die Lider und konzentrierte mich wieder auf die Finger an meinen Nippeln, die jetzt mit einem Puder überzogen waren. Die raue Oberfläche ließ sich besser greifen und Arup begann, sie erst vorsichtig, dann immer fester zu massieren, zwischen zwei Fingern zu rollen, zu kneifen und an ihnen zu zupfen. Das Pulver prickelte ein wenig und machte sie empfindlicher. Als hätten sich die Nervenzellen verdoppelt.

»Was hast du mir da eingerieben?«, murmelte ich neugierig. Als Antwort strich er mir mit zwei Fingern über die Unterlippe, drängte sie in meinen Mund und ich schmeckte – Zimt. Überrascht schlang ich die Zunge um die Fingerkuppen, leckte sie ab – so wie er es mir am Tage angewöhnt hatte. Zimt war für mich bis dahin immer mit Milchreis verbunden gewesen, dem Samstagsgericht meiner Kindheit. Als hätte er meine Gedanken gelesen, griff er in die Schüssel neben uns und holte ein handliches Papayastück heraus. Tropfend und lachsfarben lag es in seiner Hand wie etwas Lebendiges. Ehe ich reagieren konnte, hatte er es an eine Brustspitze gepresst und schraubte den harten Nippel in das zerfließende Fruchtfleisch. Klebrig und nass schmiegte es sich an meine Haut, fast kalt auf der durch Zimt und Liebkosungen erhitzten Knospe. Er hob die Hand zum Mund, schlürfte das zerdrückte Stück Fruchtfleisch auf, beugte den Kopf zu mir und legte seine Lippen fest auf meinen Mund. Automatisch öffnete ich ihn und sofort schob er mir einen Bissen auf die Zunge. Ich schmeckte die leichte Schärfe von Zimt, die Süße der Papaya und ihn – ein berauschender Mix. Mit der anderen Brust verfuhr er ähnlich, leckte danach sorgfältig alle Reste von Obstsäften ab, um erneut nach dem Zimtdöschen zu greifen. Erst als nur noch ein Rest Papaya in der Schale war, schob er sie beiseite und zog mich von dem Hocker hoch. Zu dem Zeitpunkt konnte ich kaum noch klar denken. Meine Brüste schienen zu doppelter Größe angeschwollen zu sein, milchig weiß mit harten Nippeln, die fordernd abstanden. Mein Oberkörper war

feucht vom Obst und von seiner Zunge. Bei jedem Lufthauch auf meinen nun überempfindlichen Brüsten überlief mich ein Zittern.
Willenlos ließ ich mir von Arup Rock und Slip herunterziehen und mich auf die Tischkante heben. Er drückte meinen Oberkörper zurück und ich lag auf der Arbeitsplatte, die Pobacken genau an der Kante. Ich erwartete, dass er sich zwischen meine Beine stellen und eindringen würde, aber er tat nichts dergleichen, streichelte nur andächtig meine bereits klatschnasse Spalte, zupfte hier, drückte da, bis ich ungeduldig aufstöhnte. Meine Perle reckte sich aus dem geschwollenen Fleisch. Ich wollte ihn in mir spüren, ausgefüllt werden, zerfließen wie überreifes Obst. Mit fest geschlossenen Augen biss ich mir auf die Lippen, um nicht laut zu stöhnen. Überrascht zuckte ich zusammen, als ich eine kalte Paste zwischen meinen Beinen spürte. Mit bedächtiger Sorgfalt strich er sie auf meine geschwollenen Schamlippen, rieb sie leicht ein und zog die Hand weg. Mein Protestgemurmel ignorierend, streichelte er beruhigend die Innenseite meiner Schenkel, küsste meine Kniekehlen … und dann spürte ich es: In meiner Spalte loderte ein Feuer auf! Die Hitze verstärkte sich erschreckend schnell, drang in die inneren Bereiche vor. Ich keuchte auf, wand mich hin und her, der neuartigen Erfahrung gegenüber unsicher. Es war nicht wirklich unangenehm; die Hitze war ohne weiteres auszuhalten. Aber die Ungewissheit, was ich noch zu erwarten hatte, steigerte meine Erregung ins Unermessliche. Plötzlich strich etwas durch die Flammen und ich zuckte instinktiv zurück, weil ich im ersten Moment nicht unterscheiden konnte, ob es heiß oder kalt war. Das Rinnsal, dass sich seinen Weg in meine Pospalte bahnte, kam von einem Eiswürfel, mit dem Arup meine aufgerichtete Perle umkreiste. Das kalte, harte Eis schien paradoxerweise den Hitzereiz zu verstär-

ken. Mein Inneres zog sich krampfhaft zusammen, ungeduldig heftigeren Bewegungen entgegenfiebernd. »Fester!«, stöhnte ich gequält.
Stattdessen ließ er den Eiswürfel geschickt in mich gleiten und griff nach dem nächsten. Das kleine Stück Eis in mir war alles, was ich brauchte. Er hatte kaum begonnen, mit dem zweiten Würfel meine Klitoris zu massieren, da umklammerten ihn meine Muskeln schon in krampfhaften Zuckungen, die noch anhielten, als die letzten Reste längst geschmolzen waren. Langsam kam ich wieder zu mir, ausgestreckt auf dem Tisch liegend, meine Beine um Arups Taille geschlungen. Wo blieb er bei dieser Methode? Meine wortlose Frage beantwortete er, indem er mich hochzog und wieder auf den Küchenhocker drückte. Mein geschwollenes, immer noch pochendes Fleisch presste sich auf das abweisende Resopal. Ich rutschte etwas hin und her, um das Gefühl auszukosten. Mit einer Hand öffnete er seine Hose, holte sein steif aufgerichtetes, wie Bronze schimmerndes Glied heraus und legte ihn mir zwischen die Brüste.
»Drück sie mit den Händen zusammen.«
Ich gehorchte und er holte sich die letzte Hand voll Obst aus der Schale, klatschte sie auf seine Penisspitze und verteilte sie oberflächlich. Der glitschige Saft rann zwischen meinen Brüsten hindurch, über meinen Bauch, tropfte auf meine Oberschenkel. Langsam, mit geschlossenen Augen, die Hände auf meinen Schultern, begann er sich zu bewegen. In der Flüssigkeit glitt er mühelos zwischen meinen zusammengepressten Brüsten auf und ab. Ich schaute in sein Gesicht: konzentriert bis zur Selbstvergessenheit. Die langen, dunklen Wimpern beschatteten seine Augen, entzogen sie meinem Blick. Als er kam, erschauerte er heftig und stöhnte kaum hörbar auf. Das Sperma schoss explosiv heraus, spritzte unter mein Kinn, lief erst warm, dann kalt

erstarrend meinen Hals hinunter. Ich wartete, bis er die Augen aufschlug und auf mich herunterlächelte, ehe ich meine Brüste losließ und nach einem Handtuch griff. Notdürftig wischte ich meine Vorderseite ab, der Mangosaft klebte hartnäckig. Rock und Bluse waren von Arups nachlässiger Behandlung zerknittert. Auf seiner Hose breiteten sich einige hässliche Flecken aus.
Arup sah meinen besorgten Blick, winkte aber gleichgültig ab.
»Du bist doch nicht ärgerlich, oder?«
Überrascht sah ich von meinen Bemühungen auf. »Es war großartig«, flüsterte ich, stand auf und küsste ihn sanft. »Was war das übrigens – nach dem Zimt?«
Er grinste erleichtert.
»Ingwerpaste. Ist ein bisschen schärfer als das Pulver, aber ich dachte, du wirst es mögen.«

Den Rest der Woche sah ich wenig von Arup. Herr Ratzinger schien den Ehrgeiz zu verspüren, die gesamte Hohe Schule seiner Kunst in den paar Tagen durchzupeitschen. Hie und da schaute ich in der Küche vorbei, aber da der Hotelbetrieb auf Hochtouren lief, ging es dort immer dermaßen hektisch zu, dass ich so schnell wie möglich wieder flüchtete. Ich verbrachte die Tage mit Spaziergängen, im Hallenbad oder mit dem Buch über die Geschichte dieses Tals, das Herr Ratzinger mir mit einem entschuldigenden Blick angeboten hatte.
»Tut mir Leid, interessantere Bücher haben wir hier leider nicht. Wir kommen hier so wenig zum Lesen, dass wir gar keine kaufen.«
Tatsächlich stand nichts Spektakuläres darin, aber den Alltag vergangener Zeiten hatte der Heimatforscher einfühl-

sam und drastisch beschrieben. Die Schilderungen ließen vermuten, dass auch Herr Ratzingers Vorfahren keine Zeit für Müßiggang gehabt hatten. Die Abende verbrachten wir teils im Gastraum, teils im Schwimmbad, das Arup in seiner effektvollen Künstlichkeit faszinierte. In stillschweigendem Einverständnis verhielten wir uns weiterhin wie Profis: höflich-distanziert.

Am vorletzten Abend indes wünschte er mir nicht förmlich »Gute Nacht«, sobald wir vor unseren Zimmertüren standen. Stattdessen warf er einen schnellen Blick in den menschenleeren Flur und zog mich blitzschnell zu sich herein. Ich schnappte nach Luft. Nicht nur wegen der überraschenden Aktion, sondern wegen der Kulisse, die er aufgebaut hatte: Auf seinem Hotelbett lag eine dunkelrote, samtig schimmernde Decke, übersät mit kleinen goldfarbenen Kissen. Auf allen Abstellflächen flackerten Teelichter in bunten Gläsern und malten ein farbenfrohes Muster an die Zimmerdecke. Aber das Eindrucksvollste waren die betäubend duftenden Räucherstäbchen und die Unmenge von Jasminblüten, die in einer flachen Schale auf dem Tisch ihren betäubenden Duft verströmten. Sprachlos nahm ich den Anblick in mich auf.
»Gefällt es dir?«
Arup klang recht zufrieden mit sich. Er wirbelte mich zu sich herum, küsste mich tief, fast wild. Sein Mund dicht an meinem, flüsterte er heiser:
»Ich will deinen Elfenbeinkörper auf rotem Samt ausgestreckt sehen, den Duft von Jasmin auf deiner Haut riechen, deinen Atem trinken, deinen aufblühenden Schoß fühlen …«
Seine Hände glitten schmeichelnd über meine Hüften, suchten den Reißverschluss, entkleideten mich, jeden Handgriff

auskostend, als zelebrierte er ein Ritual. Nackt bis auf Lillis Magnolienohrringe stand ich schließlich da. Mit feierlich anmutender Förmlichkeit führte er mich zum Bett und strich die flauschige Decke glatt, griff nach einem reich verzierten Flakon und raunte:
»Ich möchte dir eine klassische Ölmassage machen. Leg dich auf den Bauch und versuch deinen Geist zu öffnen für die Empfindungen.«
Das ließ ich mir nicht zweimal sagen. Ich liebe Massagen über alles und eine klassische indische Ölmassage schien schon vom Drumherum einiges zu verheißen. Kaum hatte ich mich bequem zurechtgelegt, als ein dünner Strom warmen Öls über meine Wirbelsäule geträufelt wurde – von meinem Nacken bis zur Pospalte. Jeder einzelne Tropfen traf auf, zerrann und verlief an den Seiten. Warme, kräftige Hände legten sich auf meine Schulterblätter und begannen, das Öl gleichmäßig zu verteilen. Allmählich wurden seine Bewegungen zärtlicher, streichelnder. In federleichten Strichen tanzten sie über Schultern, Rücken und hinunter zu den Pobacken, umschmeichelten sie, zeichneten die Formen nach. Öl rann über meine Oberschenkel, Kniekehlen, Waden, wurde zärtlich eingerieben. Die Kniekehlen entpuppten sich als besonders empfänglich für die sanfte Liebkosung. Ich fühlte meine Beine schwer werden, mit dem weichen Stoff unter mir verschmelzen. Behutsam hob er einen meiner Füße an, tropfte mir Öl auf die Fußsohle und begann, es langsam einzumassieren, wobei er jeden Zeh ausgiebig knetete, rollte, an ihm zog, bis ich das Gefühl hatte, der Fuß sei das Zentrum meiner gegenwärtigen Empfindungen. Das überwältigende Gefühl von Entspannung und Wärme zog sich durch den ganzen Körper. Als er mit dem zweiten Fuß fertig war und mich leise bat, mich auf den Rücken zu drehen, war ich so träge, dass ich mich mühsam

aufraffen musste, mich zu bewegen. In der neuen Position roch ich als Erstes den intensiven Jasminduft des Öls, das Arup mir jetzt über Brust und Bauch laufen ließ. Ich öffnete die Augen und nahm im unruhigen Kerzenlicht seinen in warmem Braun leuchtenden Körper über meinem wahr. Er kniete nackt und mit gespreizten Beinen über meinen Hüften, beugte sich nach vorne und verteilte die Ströme, vereinte sie zu einem Film, der meine Haut samtig schimmern und leuchten ließ. Seine Zähne blitzten weiß auf, als er bemerkte, dass ich die Augen aufgeschlagen hatte, und mir fragend zulächelte.

»Gut?«

»Hmh. Sehr gut!«

Seine Hände arbeiteten sich behutsam auf meine Brüste zu, umrundeten sie, kniffen zart in die Spitzen, fuhren mit einem Finger an der Grenze entlang, an der der bräunliche Warzenhof auf die weiße Haut der Brust traf. Der Ölfilm verlieh den Farben einen Perlmutthauch. Samt wurde zu Seide. Fasziniert beobachtete ich, wie die Knospen anschwollen, sich den neckenden Fingern entgegenreckten. Ich stöhnte und hob ihm mein Becken entgegen. Ungerührt wanderten die Hände weiter zu meinem Bauch, streichelten entlang der kaum sichtbaren Linie der feinen Körperhaare, zeichneten komplizierte Muster auf die zuckenden Bauchmuskeln. Dann näherten sich die Hände unaufhaltsam dem Zentrum meiner Lust, um es geschmeidig zu umfahren und statt seiner kräftig die Oberschenkel zu kneten. Enttäuscht stieß ich die angehaltene Luft aus, überließ mich wieder der Wirkung der geübten Bewegungen. Ob es an der Massage lag oder an dem betäubenden Duft, der mich umgab – ich taumelte eine ganze Weile am Übergang von totaler Entspannung zu leichtem Schlaf. An einem Punkt glitt ich endgültig hinüber.

Als ich die Augen aufschlug, waren die zahllosen Lichter erloschen. In der Luft lag noch die Rauchspur verglimmender Dochte. Ein kühler Luftzug vom Fenster her hatte den schwülen Jasminduft mit frischer, nächtlicher Waldluft verdünnt. Arup lag an mich geschmiegt, sein Bein zwischen meinen, einen Arm über mich geworfen. Im Schlaf wirkte sein Gesicht – ohne die für ihn so typische Zielstrebigkeit – jung und verletzlich. Vorsichtig strich ich ihm über die glatte Wange. Sein nahezu haarloser Körper verstärkte den Eindruck jugendlicher Unschuld. Außer ein paar vereinzelten Haaren um die winzigen Brustwarzen herum war sein Oberkörper glatt. So zart meine Berührung gewesen war, er hatte sie wahrgenommen. Verträumt hob sich ein dunkler Wimpernkranz. Fast zögerlich hob er eine Hand, umfasste meinen Hinterkopf und zog mein Gesicht an seines. Unsere Lippen fanden sich, nahmen sich Zeit. Zärtlich, fast leidenschaftslos, drang er in mich ein und wir bewegten uns in einem schläfrigen, langsamen Rhythmus, der zu meiner Überraschung in einem vollkommenen Zerfließen mündete. Kein Sprung, kein Flug, kein Triumph – ein weiches Auflösen, Ineinanderübergehen.

In den folgenden Tagen fungierte ich, wie abgesprochen, als Arups Chauffeuse. Ich beglückwünschte mich zahllose Male, dass ich auf einem kleinen, wendigen Auto bestanden hatte, denn die meisten unserer gastronomischen Ziele im Elsass lagen nicht gerade in gut erschlossenen Gebieten. Wir nahmen jetzt gemeinsame Zimmer und schliefen fast jede Nacht miteinander. Manchmal liebte Arup mich mit einer Art verzweifelter Intensität, die mir unheimlich war. Dann zog er mich meist auf alle viere, umklammerte meine Hüften und warf sich von hinten gegen mich, als wollte er sich einen Weg in mich hineinbahnen. Danach legte er den

Kopf an meine Brust und ich hielt ihn fest, streichelte beruhigend seine Schultern und lauschte seinen keuchenden Atemzügen. Meist aber war er in verspielter Laune und wir kicherten wie Teenager – zum Beispiel, als er ausprobierte, wie viele Muskateller-Trauben in mir Platz fanden.
Am letzten Abend vor seinem Rückflug, als ich ihm gerade beim Kofferpacken Gesellschaft leistete, nahm er mich plötzlich in die Arme und fragte:
»Würdest du mit mir nach Bombay gehen?«
Die Frage überraschte mich, denn unser Verhältnis war mir auf emotionaler Ebene eher freundschaftlich erschienen. Ich fühlte mich wohl mit ihm, unsere Körper harmonierten, aber über ein Mehr hatte ich mir keine Gedanken gemacht. Überrumpelt rang ich um Worte. Was sollte ich in Bombay? Ich mochte Arup, aber doch nicht so, dass ich seinetwegen mein Leben dermaßen verändern würde. Mein instinktives Zurückschrecken war ihm nicht entgangen. Traurig ließ er die Arme sinken und wandte sich wieder seinen Hemden zu. Die vernünftigen Einwände erstarben mir auf der Zunge, als ich hilflos neben ihm stand. Es gab Dutzende stichhaltiger Begründungen, wieso ein solcher Vorschlag nicht realistisch sein konnte, aber ich schwieg.
»Entschuldige, ich weiß nicht, warum ich dich das gefragt habe«, murmelte er gepresst.
In dieser Nacht lagen wir jeder auf seiner Seite des Doppelbetts, bemüht, ausreichend Abstand zum anderen zu halten. Ich weiß nicht, wie lange wir wach, aber wortlos so taten, als schliefen wir.

Das Klopfen des Zimmermädchens riss mich aus einem wirren Traum, in dem ich in einem finsteren exotischen Tempel unter Obst lebendig begraben wurde. Aus dem antiseptischen Hotelzimmer waren Arup und alles, was an ihn erinnert hätte, verschwunden. Der intensive Duft von Jasmin kam aus dem kleinen Abfalleimer im Badezimmer. Dort fand ich das fast leere Fläschchen Jasminöl und steckte es ein.

Kapitel 9

Frank

Die Sache mit Arup ging mir näher, als ich angenommen hatte. In den Wochen nach unserer Reise machte ich mir schwere Vorwürfe, nicht gemerkt zu haben, dass ihm unser Verhältnis mehr bedeutete als mir. Frau von Levetzow hatte nur mit den Schultern gezuckt und gemeint, Arup sei ein erwachsener Mann, dem es nicht schade, einmal abgewiesen zu werden.

»Arup hat nur für seinen Ehrgeiz gelebt. Es wurde höchste Zeit, ihn mit der Nase auf andere Dinge zu stoßen. Er wird sich schon wieder fangen. Haben Sie übrigens die Profile herausgesucht, die Cannes angefordert hat?«

Ihr demonstratives Desinteresse und ihre Weigerung, meine Besorgnis um Arup zu teilen, verbunden mit einem plötzlich explodierenden Arbeitsanfall ließen mir keine Zeit für Schuldkontemplationen. Langsam begann ich zu hoffen, eines Tages in ihrem Büro tatsächlich festen Boden unter den Füßen zu fühlen. Das Datengeflecht auf der Festplatte war mir inzwischen so vertraut, dass ich die Aufgaben, die mir anvertraut wurden, problemlos bewältigte. Der Herbstnebel legte sich, von mir beinahe unbeachtet, über die Landschaft. Einige für mich kurzfristig anfallende Vertretungen bei neuen Klienten aus Übersee erinnerten daran, dass die

Jahreszeit wieder einmal ihren Tribut an Erkältungen forderte – unsere halbe Belegschaft war vergrippt. Keiner der Kunden war interessant genug, um sich an ihn zu erinnern. Ich vergaß ihre Namen, sobald ich ihre Abrechnung abgespeichert hatte.

An einem freien Tag Ende November hatte ich mir ein langes Frühstück mit der Zeitung gegönnt und wollte gerade nach oben, als es an der Haustür klingelte. Die Post? Eigentlich zu früh. Schnell zog ich mir einen Morgenrock über und öffnete die Tür. Die noch tief stehende Sonne, die nach mehreren grauen Wochen endlich einmal durchgedrungen war, blendete mich, so dass ich das Gesicht des hoch gewachsenen Mannes nicht erkennen konnte. Ein Vertreter? Ein seltsamer Mensch. Er schien zu warten, dass ich ihn ansprach, also tat ich ihm den Gefallen.
»Ja, bitte?«
Das tiefe Lachen klang vage vertraut, was mich aber traf wie eine Faust auf den Solarplexus, war seine Stimme:
»Menschenskind, Lissa, kennst du mich nicht mehr? Oder brauchst du eine Brille?«
Manchmal zweifelt man tatsächlich an seinem Geisteszustand, an seinen Augen, an der Realität – an allem. Nichts hatte mich auf einen Geist aus meiner Vergangenheit vorbereitet. Es war ein Morgen wie jeder andere auch gewesen. Keine prophetischen Träume, keine düsteren Ahnungen. Aber ohne jeden Zweifel stand hier in voller Lebensgröße »der Tiger« vor mir, meine erste – und äußerst unglückliche – Liebe. In Sekundenbruchteilen fielen Jahre von mir ab. Ich schwankte, während alles Blut ins Herz schoss, das unter dem Ansturm schlug wie verrückt und wie damals, am Baggersee, fragte er besorgt:

»Lissa, ist dir nicht gut?«
Meine Rechte fand Halt am Türrahmen und der Kontakt zu etwas Festem, Unbeweglichem stützte mich.
»Frank ...?«
Meine Stimme klang fremd in meinen Ohren, krächzend. Ich leckte mir über die trockenen Lippen und räusperte mich energisch.
»Was machst *du* hier?«
»Na, das ist mir eine schöne Begrüßung!«
Er klang fast beleidigt.
»Freust du dich denn gar nicht, mich wiederzusehen?«
»Ich weiß nicht.«
Ich wusste es tatsächlich nicht. Der Schock ließ keinen Raum für diffizilere Empfindungen.
»Lässt du mich trotzdem herein? Du holst dir ja den Tod, wenn du im Morgenrock in dieser Kälte vor der Tür stehst.«
Es wehte wirklich ein ungemütlich kalter Wind. Ich fröstelte und trat in den Flur zurück. Ohne zu zögern, folgte Frank mir und schloss die Haustür hinter sich.
»Wenn du mir die Küche zeigst, koche ich dir einen schönen Tee zur Beruhigung. Und schau nicht so skeptisch: Das bringe ich schon fertig.«
Er verschwand in der Küche und ich beeilte mich, mir etwas anzuziehen. Vor meinem Kleiderschrank brach es plötzlich über mich herein: Frank, der Tiger, war da! Was, um Himmels willen, wollte er nach all den Jahren von mir? Taucht hier einfach mir nichts, dir nichts auf ... Der Ärger half mir. Absichtlich wählte ich einfache Jeans und meinen unförmigen Lieblings-Kaschmirpullover, in dessen Fülle ich mich beschützt und geborgen fühlte. Er umgab mich wie ein Zelt. Ein kurzes Hochziehen der Augenbrauen und ein spöttisches Lächeln signalisierten mir, dass Frank meine Motive erraten hatte

»Fühlst du dich jetzt wohl genug, mit mir einen Tee zu trinken und über alte Zeiten zu plaudern?«
Ich knirschte hörbar mit den Zähnen, während ich sein Geschick bewundern musste, sich in kürzester Zeit mit einer unbekannten Küche vertraut zu machen. Er hatte sogar das selten benutzte Milch-und-Zucker-Set gefunden. Steif rutschte ich ihm gegenüber auf einen Küchenstuhl, ließ mir eine Tasse eingießen und beobachtete seine leicht gebräunten Hände, die sich mit der Selbstverständlichkeit langjähriger Übung den Tee zubereiteten. Er nahm Milch, aber keinen Zucker. Ich riskierte einen genaueren Blick:
Die früher stets ungekämmt wirkenden, braunen Haare waren inzwischen rigoros in Form gezwungen und nur vereinzelte Exemplare wagten es noch, in nicht vorgesehene Richtungen abzustehen. Es waren sogar ein paar graue darunter, vor allem an den Schläfen. Das glatte Jungengesicht aus meiner Erinnerung wies nun einige Falten auf: ein feines Netz von Lachfältchen und einige ernstere, die auf zu wenig Schlaf und zu viel Arbeit hindeuteten. Das galt auch für die bläulichen Schatten unter den Augen. Der Mund schien fester als früher, das ganze Gesicht schmaler und kantiger. Er trug den teuren, hellgrauen Anzug mit der Lässigkeit eines Mannes, der es gewohnt ist, seine Tage darin zu verbringen. Ich bemerkte, dass er um seine breiten Schultern wie angegossen saß. Er lockerte auch nicht sofort seine Krawatte, wie man es oft bei Männern sieht, die selten eine tragen und das auch ausstrahlen. Das Alter stand ihm gut. Er sah immer noch blendend aus.
»Du fragst dich sicher,«, er trank einen Schluck und stellte die Tasse etwas umständlich wieder hin, »wieso ich jetzt hier aufkreuze.«
Das fragte ich mich tatsächlich.
»Weißt du, ich habe in den letzten Jahren hie und da Gudrun

getroffen. Sie hat mir erzählt, dass du dich endlich von diesem arroganten Bankheini getrennt hast.«
So konnte man es auch ausdrücken. Ich war Gudrun zwar dankbar, dass sie mich Frank nicht als sitzen gelassenes Opfer präsentiert hatte, blieb aber misstrauisch. Es sah Gudrun so gar nicht ähnlich, die Kupplerin zu spielen.
»Was hast du mit Gudrun für Treffen? Und wieso hat sie mir nichts davon erzählt, dass sie Kontakt zu dir hat? Sie hätte sich doch denken können …«
Ich biss mir auf die Zunge, aber es war zu spät. Er warf mir unter den immer noch beneidenswert dichten Wimpern einen langen, forschenden Blick zu.
»Ich habe sie gebeten, dir nichts von mir zu sagen, weil ich noch mitten in einer unschönen Scheidung steckte«, erklärte er. »Und solange du mit diesem Schleimer glücklich verheiratet warst, sah ich keinen Sinn darin, mich in dein Leben zu drängen.«
Ich versuchte, das Gehörte einzuordnen und zu verstehen. Alles klang so schön logisch und vernünftig, bis auf …
»Und warum hast du mich damals einfach stehen gelassen?«
Das platzte einfach aus mir heraus. Hätte ich bloß damals schon den Mut besessen, ihn einfach in eine Ecke zu drängen und ihn das zu fragen. Für einen Mann seines Alters und seiner Souveränität errötete er ziemlich heftig, bemühte sich aber tapfer, mir in die Augen zu sehen.
»Du wusstest ja damals am Baggersee überhaupt nicht, was du tatest, und ich habe deine Naivität und dein Vertrauen ausgenutzt. Als ich merkte, dass du noch Jungfrau bist, kam ich mir plötzlich so mies vor, dass mir richtig schlecht wurde. Du hast mich angeschaut, als wäre ich der Weihnachtsmann und der Osterhase in einem, mit deinen riesigen Kulleraugen – wie früher, wenn du so rührend sicher warst,

dass ich dich schon aus deinen blöden Klemmen holen würde. Ich habe mich so geschämt, konnte tagelang nicht in den Spiegel sehen …«

Erleichterung durchflutete mich: Er war nicht *vor* mir zurückgeschreckt, sondern *wegen* mir. Wie süß – und wie unaussprechlich dämlich. Ich hatte ganz genau gewusst, was ich wollte, nur das Know-how war mir noch nicht vertraut gewesen. Ein abgrundtiefer Seufzer entfuhr mir. Welche Verschwendung! Und wieso war er mir so offensichtlich und gründlich aus dem Weg gegangen?

»Das war nicht unbedingt meine Schuld. Ich hatte ehrlich vor, dir wenigstens einen Brief zu schreiben, dir alles zu erklären – aber ich hatte mich für einen Ferienjob in Frankreich angemeldet und alles überstürzte sich irgendwie. Und als ich dort war, bin ich irgendwie nie dazu gekommen … Du weißt doch, wie das so ist.«

Zumindest konnte ich es mir denken. Die unangenehme Aufgabe, einen komplizierten Brief zu schreiben, war sicher immer auf den nächsten Tag verschoben worden, an dem sich ebenfalls keine ruhige Minute fand, es endlich anzupacken. Irgendwann hatte es sich dann von alleine erledigt. Männer!

»Wie lange warst du denn in Frankreich?«

»Bis vor ein paar Jahren. Eins führte zum anderen: Die Firma bot mir nach den Ferien an, mich zu übernehmen und auszubilden. Die Chance ließ ich mir natürlich nicht entgehen, habe mich hochgearbeitet, schließlich sogar die Tochter des Geschäftsführers geheiratet.«

Er verstummte, unsicher, ob er weitersprechen sollte. Ich nickte ihm ermutigend zu. Seine Ehe interessierte mich brennend.

»Es ging eine Weile gut, dann fingen wir an, getrennte Wege zu gehen. Sie hatte sich die Sache anders vorgestellt, mehr

Jetset und Glamour – und ich war zu müde, um mich abends auch noch mit den Hohlköpfen abzugeben, die sie bevorzugte.«

»Habt ihr Kinder?«

Er schüttelte mit einem Anflug von Verbitterung den Kopf. »Glücklicherweise nicht. Ich wollte gerne eine Familie, aber Nadine fand immer einen Grund, wieso es ihr gerade nicht passte. Jetzt bin ich allerdings froh darüber.«

»Und wieso stehst du in Kontakt mit Gudrun?«

Der kleine Stachel der Ungewissheit ließ mir keine Ruhe. Hatte er mit ihr etwas gehabt? Er lachte.

»Die hättest du erleben müssen! Ich war gerade auf der größten Computermesse Frankreichs in einem Gespräch mit einem wichtigen Kunden – da stürzt eine Art Dampfwalze auf mich zu, baut sich vor mir auf und zischt mich an: ›Du bist doch der Arsch, der meine Schwester auf dem Gewissen hat.‹ Unsere Sicherheitsleute konnten sie gerade noch von Handgreiflichkeiten abhalten. Ich sah zu, den schockierten Kunden so rasch wie möglich loszuwerden und dann bat ich sie, sehr höflich übrigens, mir ihren Ausbruch zu erklären. Sie gab mir die Schuld für deinen Banker. Stimmt das?«

Der Ernst, mit der er die Frage stellte, erforderte eine ehrliche Antwort. Es wäre verlockend einfach, ihm die ganze Verantwortung für meine Entscheidung zuzuschieben, zu einfach.

»Teilweise«, schränkte ich ein. »Christoph war damals viel netter. Ich fühlte mich geborgen bei ihm, sicher. Er war so zuverlässig.«

»Alles, was ich nicht war, hm? Nun, Gudrun verabscheute ihn aus ganzem Herzen und machte sich offen Luft. Aber da wir inzwischen beide verheiratet waren und du auch Kinder hattest …«

»Habt ihr euch öfter getroffen?«
Er nickte.
»Jedes Jahr auf dieser Elektronikmesse. Sie hielt mich auf dem Laufenden. Ich hätte sie erwürgen können, als sie mich angrinste und sagte: ›Jetzt ist der Weg frei, Tiger. Sie ist seit einem Jahr geschieden. Aber ich fand, sie bräuchte noch etwas Zeit, ehe ich dich wieder auf sie loslasse.‹« Noch immer erbost presste er die Lippen zu einem dünnen Strich zusammen. »Als ob ich eine Gefahr für dich wäre.«
»Aber das bist du.«
Die leichthin gesagten Worte hingen zwischen uns in der Luft. Überrascht starrte er mir ins Gesicht.
»Wie meinst du das?«
Ich wollte ihm dabei nicht in die Augen sehen, also stand ich auf und begann umständlich, die in der Spüle aufgestapelten Tassen und Gläser umzuschichten. Wie viel sollte, wie viel wollte ich von meinen Gefühlen preisgeben?
»Es war nicht leicht für mich«, begann ich vorsichtig. »Als Christoph mir eröffnete, dass er die Scheidung wollte, hat sich alles verändert. Jetzt habe ich es endlich fast geschafft: Ich habe einen guten Job und ich fühle mich wohl, nicht wie eine sitzen gelassene Ehefrau, die sich durchkämpft, sondern wie eine freie unabhängige Frau, die keinem Mann Rechenschaft schuldig ist. Niemand fragt mich, wo ich so lange gewesen bin, was dies oder jenes gekostet hat und wann das Essen fertig ist. Ich möchte nie wieder so leben, verstehst du das?«
Ich schaute über die Schulter zurück und sah ihn nachdenklich mit dem Kaffeelöffel die Muster auf der Tischdecke nachfahren.
»Ich denke schon, dass ich verstehe. Ich würde das auch nicht wollen. Aber was hat das mit mir zu tun?«
Verdammt, wie sollte ich ihm das erklären – wo ich mir nicht

einmal selbst so ganz im Klaren über meine Empfindungen war. Ich drehte mich zu ihm um, an die Spüle gelehnt.
»Die Männer, mit denen ich mich einlasse, haben alle ein aufgedrucktes Verfallsdatum. Und sie haben keinen Zutritt zu meinem Privatleben. Hast du schon einmal etwas von der Agentur Levetzow gehört?«
Die Stirn gerunzelt, durchforstete er sein Gedächtnis.
»Ich bin sicher, den Namen schon gehört zu haben, aber ich komme einfach nicht darauf. Arbeitest du da? Was ist das für eine komische Agentur – Künstler?«
Ich schüttelte den Kopf.
»Nein, Begleitservice – aber einer von der ganz feinen Sorte.«
Um ein Haar hätte er sich an seinem Tee verschluckt. Mit einer nicht gerade schmeichelhaften Ungläubigkeit starrte er mich an.
»Du? In einem Begleitservice – nie. Du verarschst mich!«
In seinen Augen war ich wohl immer noch die unschuldige Lissa mit dem anbetenden Blick. Es war an der Zeit, dass er sein Bild von mir änderte.
Mit einer recht guten Kopie des arroganten Kopfwurfs meiner Chefin erwiderte ich kühl:
»Traust du mir das nicht zu? Ich bin nicht mehr das dumme kleine Gör von früher.«
Ärger glomm in seinen Augen auf. Er kämpfte sichtlich mit dem Versuch, seine frühere Vorstellung von mir mit der Gegenwart in Einklang zu bringen.
»Okay«, begann er so vorsichtig, als betrete er ein rhetorisches Minenfeld, »du bist also so etwas wie eine Mätresse auf Zeit – um es unverblümt auszudrücken. Habe ich das richtig verstanden?«
Irgendwie gefiel mir das nicht sonderlich. Für meinen Geschmack klang das zu sehr nach Callgirl und so hatte ich

mich nie gefühlt. Bilder von Kuniyoshi, Theo, Arup zogen an meinem inneren Auge vorbei. Hatten sie mich auch als käuflich betrachtet?
»Ganz so ist das nicht«, verteidigte ich mich schwach. »Ich werde nur für die Begleitung bezahlt. Der Rest bleibt mir überlassen. Ich bin völlig frei in meinen Entscheidungen.«
Die steile Doppelfalte auf seiner Stirn und das hervortretende Relief der Kiefermuskeln verrieten, dass er wütend war.
»Ach, und was braucht es, um deine Entscheidung positiv zu beeinflussen? Geld, Schmuck?«
Jetzt wurde auch ich wütend.
»Was bildest du dir eigentlich ein? Du hast nicht das geringste Recht, hier auf einmal aufzukreuzen und den moralischen Saubermann zu spielen. Was weißt du schon von mir? Verschwinde und lass mich in Frieden!«
Vor Enttäuschung stiegen mir die Tränen in die Augen. Da ich mir nicht die Blöße geben wollte, nach einem Taschentuch zu kramen, drehte ich ihm verächtlich den Rücken zu und wartete darauf, dass die Haustür zufiel. Statt des erwarteten Geräuschs fühlte ich plötzlich seine Gegenwart hinter mir. Eine große Hand hielt mir ein für den Zweck völlig ungeeignetes Einstecktüchlein aus duftiger Seide vors Gesicht.
»Tut mir Leid«, murmelte er betreten. »Ich bin sicher der Letzte, der das Recht hat, dir irgendetwas vorzuschreiben. Wenn du wirklich möchtest, dass ich gehe, dann gehe ich, aber …«
Meine Augen hingen an dem kleinen Stück weinroter Seide, ich konnte sein Rasierwasser riechen, seine Nähe elektrisierte mich. Verdammt, ich brachte es einfach nicht fertig, ihn rauszuschmeißen! Es wäre nur vernünftig gewesen. Meine innere und äußere Unabhängigkeit war schwer ge-

nug erkämpft. Frank in mein Leben zu lassen würde alles wieder gefährden. Ich sah es wie einen Film vor mir ablaufen: Jemand würde auf mich warten, jemand würde mich fragen, was ich getan hätte, jemand würde meine Entscheidungen in Frage stellen – ja, vielleicht sogar versuchen, mir Vorschriften zu machen. Und ich war mir keineswegs sicher, mich ihm gegenüber behaupten zu können. Er war tatsächlich gefährlich, der Tiger. Zwei Hände legten sich geradezu schicksalhaft auf meine Schultern, drehten mich sanft um und zogen mich an seine Brust.

»Bitte versuche, meinen Lieblingsanzug nicht zu ertränken.«

Mit elementarer Urgewalt brach alles aus mir heraus: die alte Verletzung, die Enttäuschung, die Wut auf Christoph, die Anspannung des letzten Jahres. Ich produzierte Tränenmengen wie seit vielen Jahren nicht mehr. An die beruhigende Solidität seiner breiten Männerbrust gedrückt, weinte ich in seinen Anzug, was das Zeug hielt. Er hielt mich fest, streichelte beruhigend meine Schultern und flüsterte mir lauter dumme Sachen ins Ohr. Schließlich versiegte mein Tränenstrom. Ich schniefte möglichst dezent und griff nach dem Geschirrtuch, um mein Gesicht zu trocknen. Auf seiner rechten Vorderseite war das Jackett total durchnässt. Erschreckt wollte ich mit dem Tuch darüberreiben, aber er fing mein Handgelenk ab, entwand es mir und meinte trocken:

»Lass es lieber, wie es ist. Oder willst du ihm den Rest geben?«

Er löste sich von mir, zog es aus und hängte es über die Stuhllehne. Auch das hellblaue Hemd darunter klebte feucht an seiner Brust. Mit einer kleinen Grimasse zog er es aus der Hose und begann, es ebenfalls auszuziehen. Er trug kein Unterhemd. Fasziniert verfolgte ich, wie immer mehr von seinem Oberkörper zum Vorschein kam. Die dunkle Behaarung auf den Brustmuskeln wies ebenfalls einige graue Haare auf. Er hatte es geschafft, seinen Körper gut in Form zu halten. Am Bauch zeichnete sich sogar ein schwaches Waschbrettmuster ab. Unwillkürlich leckte ich mir mit der Zungenspitze über die Unterlippe. Das musste sich gut anfühlen … Hatte er meine Gedankengänge erraten? Unter halb gesenkten Lidern warf Frank mir einen schnellen Blick zu, ließ das Hemd achtlos auf den Küchentisch fallen und stand dicht vor mir.

»Lissa.«

Mehr brachte er nicht heraus, stattdessen riss er mich mit erschreckender Heftigkeit an sich. Seine Lippen pressten sich auf meinen Mund, ehe ich irgendwie reagieren konnte. Sobald unsere Münder sich berührten, hatte ich nicht das geringste Bedürfnis, daran etwas zu ändern. In rasender Geschwindigkeit spulten die Jahre sich rückwärts und mein Herz klopfte genau so nervös wie damals. Meine Lippen öffneten sich wie von selbst, ließen seine Zunge ein. Wir probierten einander erst vorsichtig, dann immer gieriger. Unsere Zungen umschlangen sich, drückten sich aneinander, wichen zurück, tanzten über die harten, scharfen Zahnreihen, fuhren spielerisch darüber und unser vermischter Atem hatte eine Wirkung auf uns wie starker Alkohol. Als er den Kopf hob, rangen wir beide nach Luft wie ausgepumpte Sprinter. In seinen Augen spiegelten sich meine Gedanken. Beide sahen wir in diesem Moment den Mond über dem Baggersee, beide sahen wir uns, wie wir damals waren.

Wirst du mich wieder sitzen lassen?, fragte ich stumm.

Vertraust du mir?, fragte er ebenso wortlos zurück.

Es war seine schiere körperliche Nähe, die mich überwältigte. Ich schmiegte meine Wange an seine Brust und ging

das Risiko ein. Nicht, weil ich so mutig und selbstbewusst war, sondern weil ich einfach nicht die Kraft besaß, ihm zu widerstehen. Mit einem unterdrückten Aufstöhnen senkte er den Kopf und küsste mich wieder, diesmal langsam und mit absichtsvoller Raffinesse, bis meine Beine zu knochenlosem Gelee wurden. Hilflos und schwindlig umklammerte ich ihn, sog seinen Duft ein wie eine lang entbehrte Droge.
»Lass uns ins Schlafzimmer gehen, Lissa. Den Küchentisch können wir uns für später aufheben.«
Mühsam riss ich mich aus meiner Trance, Hand in Hand taumelten wir die Treppe hoch, in mein exotisches Schlafzimmer. Frank erfasste es mit einem kurzen Blick und grinste anzüglich.
»Recht inspirierend. Dieses unförmige Hausgräuel ist eine Beleidigung für das Zimmer.«
Damit hatte er mir den Pullover über den Kopf gezogen. Ich stand in Jeans und meinem schönsten Spitzen-BH aus himmelblauer Seide vor ihm und fühlte mich unbehaglich. Er musterte mich so ungeniert, wie er sich selbst in der Küche vor mir ausgezogen hatte.
»Viel besser. Die Jeans auch.«
Er beobachtete mich aus schmalen Augen, während er seinen Gürtel löste und Hose, Slip und Socken in einer einzigen flüssigen Bewegung abstreifte. Meine Hände verharrten und ich starrte ihn an. Gelassen stand er neben meinem Bett und wartete. Natürlich war er nicht mehr der schlaksige, hoch aufgeschossene Junge – seine harten Konturen erinnerten in nichts an die jugendliche Ungelenkigkeit. Tatsächlich wurde er seinem Spitznamen jetzt eher gerecht: Er erinnerte an ein Raubtier, sprungbereit, geschmeidig und muskulös. Von seinem breiten Brustkorb zog sich ein schmales, dunkles Haarband bis zu seinem Nabel, fächerte darunter auf und ging in dichtes Schamhaar über.

Aus dem Haarbusch ragte zwischen seinen Beinen ein halb erigierter Penis. Unter meinem ungläubigen Blick richtete er sich schwankend auf, ein großer Phallus in dunklem Purpur, von violett durch die Haut schimmernden Adern durchzogen. Frank ließ mir einige Augenblicke Zeit, ihn zu bewundern. Dann kam er auf mich zu.

»Nicht so zurückhaltend. Das alles ist auch für den Gebrauch bestimmt.«

Ich zog überrascht den Atem ein, als er vor mir niederkniete, mir die Jeans herunterzog und zärtlich meinen Bauchnabel küsste.

»Du hast einen süßen Nabel, weißt du das?«, raunte er gegen meine Haut, während seine Zungenspitze ihn umflatterte und seine Zähne hier und da leicht zubissen, so dass ich mehr überrascht als erschreckt zusammenzuckte.

In meinem Unterbauch begann es zu glühen und zwischen meinen Beinen pochte das Blut, dass ich es in meinen Ohren hören konnte. Bevor meine Knie nachgaben, erhob Frank sich geschmeidig und zog mich zum Bett. Der kühle Satin auf meiner erhitzten Haut ernüchterte mich für einen Augenblick. Ich öffnete die Augen und sah Franks Gesicht über mir: Die vor Leidenschaft schwarzen Pupillen beobachteten mich, belauerten jede Reaktion. Plötzlich fühlte ich mich wie ein Tier in der Falle, Panik stieg in mir hoch, blinde Angst. Instinktiv schien er meinen Gemütszustand zu erfassen. Sein Griff um meine Schultern wurde sanfter, er ließ sich neben mich gleiten, zwang sich zurück. Von seinem Gewicht befreit, atmete ich sofort leichter und merkte, wie die Anspannung mich wieder verließ. Er küsste mich, langsam, als sei jede Sekunde ein kostbarer Genuss, strich mit den Lippen über meine Schläfen, biss in mein Ohrläppchen, wanderte fast unmerklich immer tiefer, widmete sich ausgiebig meiner Kehle und landete schließlich an einer

Brust. Es war die linke und sie hob und senkte sich deutlich mit meinem rasenden Herzschlag. Zärtlich fing er die Spitze ein, saugte am Nippel, bis er steif aufgerichtet auf dem hellen Hügel stand. Das Prickeln in der Brust strahlte bis in meinen Unterkörper aus, wo das glühende Fleisch um meine Perle sich hektisch zusammenzog, sehnsüchtig und ungeduldig. Ich versuchte, mich in eine bessere Position zu manövrieren, um mich an einem harten Oberschenkel reiben zu können. Frank schob ein Bein zwischen meine Schenkel und ich hörte ihn unterdrückt aufstöhnen, als er die Nässe bemerkte. Ich war nicht nur feucht, ich triefte. Es gab ein laut schmatzendes Geräusch, als er mich mit einer Hand öffnete und behutsam zwei Finger hineingleiten ließ. Meine Hände krallten sich in seine Schultern und ich biss hinein, um meinen Schrei zu ersticken, aber er zuckte nicht einmal. Stattdessen zog er langsam, sehr langsam die Finger wieder heraus, löste meinen verzweifelten Klammergriff und rutschte an mir herunter, bis er sein Gesicht in meinen Schoß pressen konnte. Mit beiden Händen drückte er meine Oberschenkel auseinander, küsste die empfindliche Haut an den Innenseiten, leckte darüber und näherte sich quälend langsam meiner vor Erwartung zitternden Spalte. Ich bäumte mich auf, als er endlich begann, sie mit der Zunge zu erkunden, zu liebkosen, meine Perle zu necken, bis ich meinen Kopf nur noch hilflos auf den Kissen hin und her warf. Er ließ sich Zeit und leckte in Zeitlupe, so dass ich ihn anschrie, mich endlich kommen zu lassen. Ich war nur noch zuckendes, zitterndes Fleisch am Rande der Auflösung und wehrte mich mit aller Kraft, als er sich von mir löste. Trotzdem schaffte er es, sich auf den Rücken zu drehen und mich über sich zu ziehen.

Ich begriff, was er vor hatte, und richtete mich auf. Mit weit gespreizten Beinen über seinen Hüften kniend, spürte ich seine harte, samtene Spitze an meinem Eingang und ließ ihn eindringen. Sein unbarmherziger Griff an meiner Taille hinderte mich daran, ihn so schnell in mich aufzunehmen, wie ich wollte. Genüsslich jeden Zentimeter auskostend, schob er sich in die glitschige Passage. Er füllte mich aus bis zum hintersten Winkel, heiß, hart und unnachgiebig. Plötzlich lockerte er den Griff, erlaubte mir volle Bewegungsfreiheit und ich fiel in den Rhythmus, den er mir bisher so geschickt vorenthalten hatte. Der dicke Stab in mir zog bei jeder Bewegung an meinem geschwollenen Fleisch, meine Muskeln zogen sich lustvoll zusammen und mit einem letzten Hüftschwung warf ich mich in die Luft, segelte hoch hinauf und landete keuchend und bebend auf seiner breiten Brust. Seine Arme hielten mich umfasst, sein Kinn schmiegte sich an mein Haar. Ausgepumpt lag ich auf ihm wie ein nasser Sack, bis er mich sanft schüttelte und fragte: »Hallo, wieder da? Ich würde gerne gleichziehen. Kannst du mich reiten oder bist du zu erschöpft?«

Die Frage belebte mich auf wunderbare Weise. Auf einmal war ich mir wieder des harten Gegenstands in mir bewusst, spürte sein forderndes Zucken, die Wärme, die mit meiner wetteiferte. Ich richtete mich auf und lehnte mich zurück. Auf die Art rieb sein Glied aufreizend am oberen Teil meiner Scheide entlang. Genießerisch hob und senkte ich mein Becken ein paar Mal, beobachtete sein Gesicht, in dem die Haut sich straff über den Backenknochen spannte, und genoss das Gefühl der Macht über seine Lust. Franks Gesicht war zu einer Maske erstarrt: die Augen geschlossen, die Nasenflügel weit gebläht, der Mund verzerrt. Aus seiner Kehle drangen bei jeder meiner Bewegungen keuchende Laute. Auf seiner Brust schimmerte ein feiner Schweißfilm. Ich versuchte, das Bild in mir zu fixieren, diesen wunderbaren Augenblick festzuhalten, aber Frank verlor die Geduld mit meinen spielerischen Neckereien und packte meine Hüften mit so eisernem Griff, dass ich für später blaue Flecken befürchtete. Nur sein fester Halt verhinderte, dass seine heftigen Beckenstöße mich in die Luft katapultierten. Seine Hände drückten mich herunter, der steinhart geschwollene Phallus in mir füllte mich aus, rammte sich in mich, als wolle er mich der Länge nach durchbohren. Ich überließ mich der ungehemmten Leidenschaft mit absoluter Passivität. Diesem Ausbruch hatte ich nichts entgegenzusetzen, das ihm gewachsen gewesen wäre. Mit einem heiseren Schrei bäumte er sich ein letztes Mal auf und brach erschlafft zusammen. Einzelne Schweißtropfen rannen an seiner Schläfe herunter, die entspannten Gesichtszüge machten ihn mir wieder vertraut. Erleichtert kuschelte ich mein Gesicht an seinen Hals.

»Geht es dir gut, Lissa?«

Der besorgte Unterton und seine feste Umarmung ließen mich lächeln. Hielt er mich für ein zerbrechliches Püppchen, das vor ihm zurückzuckte? Ich richtete mich auf einem Ellenbogen auf und schaute auf ihn herunter. Er schien tatsächlich unsicher, wie ich seine Wildheit aufgenommen hatte. Ein undamenhaftes Grinsen unterdrückend, verzog ich mein Gesicht zu einem Ausdruck übertriebener Besorgnis:

»Ich weiß nicht recht, Frank. Bist du immer so heftig? Dann sollte ich mir wohl gründlich überlegen, noch einmal mit dir ins Bett zu gehen.«

»Nicht immer. Ich kann auch ganz sanft, aber ich kann nicht garantieren, dass du mich nicht wieder so weit treibst wie eben.«

»Das müsste man ausprobieren …«, murmelte ich zufrieden und versuchte mich auf seinen Penis zuzuschlängeln, der inzwischen weich und feucht von meinen Säften in seinem

Haarnest ruhte. Ich roch meinen eigenen Geruch und wollte ihn an Frank schmecken. Er vereitelte meine Absicht, indem er mit einer Hand in mein Haar packte und mich sanft, aber unerbittlich hochzog.
»Lass ihm ein paar Minuten Ruhe, dann steht er dir gerne wieder zur Verfügung.«
Der Griff wurde fester, fast schmerzhaft, als er fortfuhr:
»Ich weiß ja nicht, was du bisher getrieben hast. Und ich glaube, ich möchte es auch gar nicht so genau wissen.«
Er sah mir mit einem Ernst in die Augen, dass ich nervös schluckte.
»Aber eins ist mir wichtig: Wenn ich dich mit einem deiner Promi-Touristen im Bett erwische, dann versohle ich dir deinen süßen, kleinen Hintern, dass du eine Woche lang nicht sitzen kannst. Mit dem Sonder-Service ist ab jetzt Schluss, klar?«
Ich überlegte blitzschnell, dass es sicher keine Probleme geben würde, wenn ich darum bat, nur noch die »Grießbrei«-Kunden betreuen zu dürfen, und nickte sanftmütig. Ich würde ihm später mitteilen, dass ich keineswegs bereit war, meinen gesamten Job an den Nagel zu hängen.
Aber das konnte warten …